どこかでベートーヴェン

中山七里

宝島社
文庫

宝島社

Contents

どこかでベートーヴェン

プロローグ

大統領の語尾が微《かす》かに震えていた。

『とても不思議な話だ。だが、これが音楽の力なのだろう。ミサキよ。コンクールの審査委員たちは君に何も与えなかったと聞いた。だが君の奏でたノクターンで二十四人もの命が救われたのだ。審査委員たちが与えないのなら我々が君に感謝と栄誉を与えよう。本当にありがとう、ミサキ。君の音楽がいつまでもショパンの魂とともにあることを願う』

テレビモニターの中でパキスタン大統領がこちらを見据えている。いや、彼が見ているのはおそらく岬洋介《みさきようすけ》その人なのだろう。

自室で何気なくテレビを見ていた僕、鷹村亮《たかむらりょう》は大統領の口から岬洋介の名前が出た瞬間、しばらくその姿勢のまま固まっていた。

まさか彼の名前をこんなシチュエーションで聞くことになるとは。

ニュース番組の最中、突然飛び込んできた大統領からの緊急メッセージだった。平日の午後九時過ぎ、プライムタイムの最中なので各局のニュース番組もこのメッセージを取り上げているに違いない。

だが、このメッセージの意味するところを本当に理解できる視聴者がいったい日本中に何人いるだろうか。

今回のショパン・コンクールではファイナリストの中に二人の日本人が残っていた。

コンクール初の日本人優勝者誕生か――押しなべて日本のマスコミおよび音楽ファンの興味はそこにあった。だが岬洋介というピアニストは彼らのちっぽけな期待を超越し、コンクールの成績など比較にならないほどの業績を残したのだ。

その番組がつけていた〈五分間の奇跡〉というキャプションは、やがて各局共通のものとなり、翌日には雑誌や新聞紙面を飾ることとなった。それまでは一部の音楽ファンにしか認知されていなかった岬洋介という名前が、いきなり世界規模になった瞬間だった。しかも皮肉なことに、彼はコンクールに優勝するよりも、優勝しなかったことによって一躍有名になってしまったのだ。

そうした報道を見聞きしていた僕は、もちろん彼の活躍に胸がすく思いだったが、同時に一抹の寂しさも感じていた。何となく彼が急に遠い存在になってしまったように思えたからだ。

しかしすぐに思い直した。彼のことだ。もし再会したら、あの懐かしい顔を綻《ほころ》ばせながら「やあ」と気軽に片手を挙《あ》げて駆け寄ってくるに違いない。仮にコンクールで優勝したとしても、何事もなかったかのように振る舞うだろう。岬洋介というのは、そういう男だ。

時を同じくして、コンクール開催期間、ワルシャワ市内を席巻《せっけん》した一連のテロ活動実行犯逮捕についても報道がなされた。犯人の背景はまだ詳細が報《し》らされていないが、その意外な正体に世界中が驚倒した。

ところで犯人を逮捕したのはかの地の国家警察だったが、僕はその陰に彼の姿を感じてならなかった。コンクール開催前から暗躍していたテロリストがコンクール閉幕、つまり岬洋介の帰国寸前に逮捕されたのだ。そこに何の符合も見出せないほど僕も馬《ば》鹿《か》ではない。きっと事件の解決には彼が一役買っているに違いなかった。

思えば岬洋介という男は昔からそういう人間だった。音楽で人心を虜《とりこ》にしてしまう悪魔性と、錯綜《さくそう》し縺《もつ》れた事象を一挙に解明してしまう神がかった部分を兼ね備えていた。だからこそ僕は全幅の信頼を寄せながらも、どこかで彼を畏《おそ》れていたのだ。

不意に僕の記憶は過去に飛んだ。

彼に初めて出逢《であ》った二〇〇〇年の春。

その頃の僕は世界を知らず、他人を知らず、そして自分を知らなかった。

僕は彼のクラスメートだった。同じ教室で学んだ期間はそれほど長くない。だがその短い時間は、僕にとってそれ以前それ以後よりも数段濃密な時間になった。理由は言うまでもなく彼と過ごしたからであり、もう一つは人生を左右させるような事件に遭遇したからだ。

僕と彼の通っていた高校で人が死んだ。明らかに殺人だった。

当時十七歳だった僕たちに暗い影を落とした事件。

それは僕が知る限り、岬洋介最初の事件だった。

I

Vivo cantabile

ヴィーヴォ カンタービレ

〜生き生きと歌うように〜

1

県立加茂北《かもきた》高校は新設校で、僕たちは二期生に当たる。だから下級生が入った時、初めて三学年が揃《そろ》ったことになる。

そもそも新設校といっても、その設立には紆余曲折《うよきょくせつ》があったと聞く。高校不足に悩む岐阜県議会が高校の新設にゴーサインを出したはいいものの、その建設地を巡って紛糾したのだ。誘致合戦ではない。逆だ。適当な建設地が見当たらなかったのだ。

新設校は岐阜県中央部、所謂《いわゆる》中濃地区に建てられることが決まっていた。この中濃地区というところは山と河で成り立っていて、当然のことながら平地が少ない。その平地部分は多くが市街地になっており、学校が新設できるほどの空き地は存在していなかった。市街地以外は農地になっていたが、こちらも土地が唯一の財産だからなかなか買収に応じようとしない。

困り果てた設置委員会が捻《ひね》り出した妙案が「場所がないなら作ればいい」、つまり二束三文の山林を買い取り、その山を切り拓《ひら》いて無理にでも平地を作ってしまおうというやり方だった。

この案は功を奏し、浮いた買収費用を開発費用に転用することができたため、無事に用地を確保することができた。ただし安価な山林を買い叩《たた》いたため、校舎は麓《ふもと》からかなり離れた場所に建設されることになった。その距離約一キロ。勾配があまりに急なので自転車を使用する訳にもいかず、生徒たちは毎日小登山を強いられる羽目になる。急な坂道を登った末、切り拓かれた高台に聳《そび》え立つ校舎を目撃した者は例外なく驚嘆しただろう。

加茂北高校の特色はもう一つある。普通科の他に音楽科が併設されていることだ。新設校創立の際、何か既存の高校にはない魅力を付加させたい――そうした思惑と初代校長の音楽好きが合致しての併設だったらしい。

実は僕が加茂北高校に進学を決めた理由もそれだった。音楽を専門的に学ぼうとすれば隣の市までの遠距離通学になってしまうので、地元に音楽科高校があるのはとても都合がよかったのだ。

もっともそう思ったのは、僕よりも母親が顕著だったのだが。

そして僕たちがめでたく二年生に進級した時、音楽科に一人の転校生がやって来た。

「岬洋介です」

転校生はそう言って頭を軽く下げた。

初対面にも拘《かか》わらず男子の大半はたじろぎ、女子の大半は身を乗り出した。

当然と言えば当然だった。この転校生はすらりとした細身で小顔、その顔が嫌味なくらいに整っている。軟派系でもなければ野獣系でもない。ただひたすら上品な面立ちで、良家に生まれた坊ちゃんがそのままひねくれもせず順調に育ったという感じだ。我々、山の中で生まれ育った男子どもとはまるで違う世界の生き物のように思える。女子たちが目の色を変えるのも無理のない話だった。

「岬はピアノを専攻にしている。近々みんなにもお披露目する機会があるだろう」

音楽科担任の棚橋《たなはし》先生はそう言って岬の肩を叩いた。その顔がどこか誇らしげなのが気になったが、その理由は後に判明することになる。

空いている席は窓際で、僕の座っているすぐ隣だった。今までは好きに使えた空席が埋まることになり、何やら陣地を取られたようで面白くなかったが、これは仕方のないことだろう。

「よろしく」

岬は僕に向かって会釈した。気障《きざ》だ。しかもその仕草がごく自然に映るところが更に気障だ。

「色々教えてやれよ、鷹村」

棚橋先生は僕に案内役を振ることを忘れなかった。

内心、面倒臭いと思っていた。引率でもあるまいし、男を引き連れて学校中を案内するなんて鬱陶《うっとう》しいに決まっている。しかも相手は美形ときている。こういうのと一緒に歩いていて比較される方は堪《たま》ったものじゃない。

こちらの気持ちを知ってか知らずか、岬は「そういうことらしいから、頼むね」と、笑いかけてくる。その屈託のない笑みがまた癪《しゃく》に障る。

「まあ、ぼちぼちと」

そう答えて、僕はそっぽを向いた。

間もなく一時間目の数ⅡBが始まった。

音楽科とはいえ五教科のカリキュラムは普通科と同一になっている。ただし音楽が主になっているからという訳ではないのだが、クラス全員数学の偏差値はあまり高くない。はっきり言ってしまうと普通科のそれよりもかなり低い。数学担任もそれを承知してか、授業に熱心な風ではない。

ところが転校生が早速やってくれた。

「誰かできるヤツはいるかあ？」

数学担当の佐久間《さくま》先生は黒板にこんな問題を記した。

『$3x^2+ax+4=bx^2-2x+c$が恒等式になるよう、係数a、b、cの値を求めよ』

もちろん誰も手を挙げる者はいない。だが佐久間先生は目敏《めざと》く新顔に目をつけた。

「岬、やってみるか」

ああ、始まったと僕は思った。多分クラス全員がそう思ったに違いない。

できないクラスを教えるのは、教える方にとっても苦痛か、さもなければ退屈なのだろう。そこで退屈しのぎなのか、佐久間先生には問題を誰か一人に当てて、その困惑ぶりを楽しむという悪癖があった。

「どうだ?」

佐久間先生は意地悪く催促する。ここで降参するなり、立ち上がってしどろもどろになれば先生の溜飲は下がったのだろうが、岬は起立すると、すたすたと黒板に向かった。そしてチョークを手にするなり、何の躊躇《ちゅうちょ》もなく書き出した。

『$(3-b)x^2+(a+2)x+(4-c)=0$

$3-b=0,\ a+2=0,\ 4-c=0$

よって$a=-2,\ b=3,\ c=4$』

佐久間先生は解答を見て沈黙していた。

静まり返った教室に、チョークを置く音がやけに大きく響く。

「多分、これでいいと思います」

岬に話し掛けられると、佐久間は黒板の方に顔を向けたまま「……ああ」と呟《つぶや》いた。

まるで仕掛けた悪戯《いたずら》が不発に終わった時の子供の顔だった。

対する岬は何事もなかったかのように席に戻る。見送る女子たちは再び憧憬《しょうけい》の目をしている。

だが僕は不機嫌だった。

イケメンの上に頭脳明晰《めいせき》だと。

何でそんなハイスペックなヤツが選《よ》りにも選ってこのクラスに入ってくるんだよ。

僕はこっそりと最前列の右端に座る鈴村春菜《すずむらはるな》の顔を窺《うかが》う。彼女もまた席に戻る岬をぼおっと見送っている。

彼女のそんな顔を見るのは初めてだった。

もう癪に障るどころではない。僕は岬に対して明確な悪意さえ抱き始めた。

休憩時間になると案の定、岬の周りを女子たちが取り囲んだ。

「ねえねえね、岬くんって前はどこの学校だったの」

「すっごく頭いいじゃん。進学校だったの？」

「お家のお仕事、何？」

「どこに住んでるの」

「ピアノ専攻なんだって？　後で聴かせてよ」

幸いにも一団の中に春菜の姿はなかったので僕は安心していた。

岬に視線を向けると、彼は意外にも矢継ぎ早の質問に困惑している様子だった。質問者の顔をきょろきょろと見ながら、どう答えようか思案している風だ。

ただ、岬よりも女子たちの騒音が耳障りだった。この勢いでは、そのうち好きなタイプだとか、肌の手入れにはどんな化粧品を使っているのとか聞き出しそうだった。

「うるせーよ、お前ら」

僕は大声で彼女たちの間に割り込んだ。ちったあ気を遣えよ、気を」

「本人が迷惑がってるじゃないか。ちったあ気を遣えよ、気を」

するとと当然のごとく逆襲された。

「何でそんなこと亮に言われなきゃならないのよ」

「迷惑かそうでないかなんて、本人でなきゃ分かんないじゃない」

「いやねー、もてない男子の僻《ひが》みって」

「そうそう」

聞いているうちに脱力してきた。

女子たちは一斉に喚《わめ》き立てるが、平素が十人並みの顔なので怒ると更に見苦しくなる。

「お前らさー、どうせアピールするなら一対一の方が効率いいとか思わん訳？ 傍《はた》から見ているとすげえ労力の無駄遣いなんだけど」

自分で言いながらどきりとした。

横目で盗み見ると、春菜はちらちらこちらを見ているだけだ。これは一対一でアピールする機会を窺っているんじゃないのか？

女子たちが気まずそうに顔を見合わせていると、次の予鈴が鳴った。女子たちは不完全燃焼の顔をして自分の席に戻っていく。

騒音の元を追い払ってほっとしていると、突然横から手が伸びてきた。岬の手だった。

「助かった。ありがとう」

「え」

「ああいうの苦手なんだよ」

差し出された手に目が釘《くぎ》づけになった。

僕もピアノを弾くから他人の指がどんな形なのか観察する癖がある。

岬のそれは身長に似合わぬ長さで、広げれば一オクターヴは余裕で届く。下手をすれば十度までいくのではないか。それから日常生活ではあまり動かさないはずの薬指や小指、そして小指球がずんぐりと張り出している。

差し出された手を思わず握った。ずんぐりしているのに驚くほど柔らかい。

間違いない。これは練習に明け暮れて理想的に変形したピアノ弾きの手だった。

「よ、よろしく」

弁当を食べ終わる頃、岬が席に戻ってきた。

「鷹村くん。申し訳ないけど音楽室に案内してくれないかな」

「音楽室？　そんなに慌てなくっても明日の三時間目は音楽演習だから、嫌でも音楽室に移動するよ」

「今すぐ見ておきたいんだよ」

少しも強引ではないのに、柔らかな口調が何故《なぜ》かこちらをその気にさせる。母性本能をくすぐるというのではない。何かしら手を貸してやりたいような気持ちにさせてしまうのだ。

「しょうがねえなあ。じゃあ、ついて来いよ」

「どうもありがとう」

丁寧に礼を言われて、逆にこちらの方が畏《かしこ》まってしまった。

「い、いいよ。どうせ暇だったし」

「悪いね、鷹村くん」

岬を連れ出そうとすると、早速女子たちの熱い視線を浴びた。

だから、何で僕がお前らから嫉妬《しっと》されなきゃいけないんだよ！　岬は男だぞ！　そして俺はノンケだぞ！　というかそれって俺のBL的発想？

教室を出たら出たで廊下の至るところから注目を浴びる。主に他クラスの女子が岬を見るなり、驚いたような顔をして擦《す》れ違う。ウチの女子のように黄色い声を上げないのは評価できたが、何だかヤンバルクイナを引き連れて歩いているような気分で落ち着かない。

「鷹村くん、どうかしたのかい」

「何が」

「いや、何だか落ち着かないようだから」

「あのさ、君って天然なのか？」

「えっ」

「自分が他人からどう見られているとか意識したことないのか」

岬はキツネにつままれたような顔をして考え込んでいたが、やがて僕を見て言った。

「ない」

嘘《うそ》や冗談を言っている風ではなかった。

こういう無自覚なイケメンというのが一番タチが悪い。

「演奏中は鍵盤《けんばん》しか見てないからなあ。聴いている人のことにまで注意がいかない」

「いや、そういうんじゃなくって」

喋《しゃべ》りながら既視感を覚えた。演奏中は打鍵のことにしか注意がいかず、他のことは一切頭に入らなくなる――そういう人間が周りにもう一人いたからだ。

ふと訊《き》いてみたくなった。

「今日は髪の毛キマってるとか、こんな風に笑ったら魅力的に見えるだろうとか、ピアノ弾いててそろそろ腹が減ったなとか、そういうこと思ったことない？」

「ああ。あまり興味がないなあ」

「やっぱりそうか」

「やっぱり？」

「君によく似た人間を一人知ってる。ピアノを弾いている時は脇目も振らず、呼んでも返事なし。晩御飯の時間が過ぎても気づかないから、家族は自分で飯を作らなきゃならない」

「へえ。有名なピアニストかい」

「……ウチの母親。ピアニストじゃなくってただのピアノ教師だよ」

へえ、と洩《も》らした岬の声が興味深げだった。

「やっぱり音楽高校に集まる人は境遇が似ているんだねえ」

「じゃあ、君の母親も？」

「うん。元ピアニスト。人に教えたことはなかったんじゃないのかな」

「やっぱり演奏中はこれもん？」

両目の横に手を立ててみせると、岬は困ったように笑う。

「僕もずいぶん夕食が遅れたよ。小学校まではね」

「までは？」

「小学校からは僕の方が夕食を忘れるようになったから」

それから僕と岬は家庭の中にピアノ弾きがいる弊害について語り合った。知り合いから電話が掛かってきても、家の外に出ないと碌《ろく》に会話ができないこと。夜中に演奏が始まると、すぐ近所への言い訳を列挙してしまうこと。湿気や熱気は厳禁なので、どんなに寒くてもピアノの部屋にストーブは持ち込めないこと。ひょっとしたら家族よりもピアノの方が大事にされているんじゃないかと、時々思ってしまうこと。

何だ。

同類じゃないか。

我ながら現金だと思ったが、会話をするうち岬への敵対心はどこかへ消えてしまっていた。

「あのさ、訊いてもいいかな」

「どうぞ」

「どうしてまた、この学校選んだんだよ？　数学の時間に薄々気づいたと思うけど、ここってあんまり偏差値高くないぞ。音楽科なら尚更《なおさら》だし」

「音楽専攻するんなら恒等式ができなくても、別に構わないじゃない」

「いや、それにしたって岐阜市内とか音楽科併設でもっといいトコあっただろ。それこそ長距離通学する価値がある学校がさ」

「親の仕事の都合だしね。しょうがないよ」

「君のオヤジさんって何やってる人？」

「……公務員」

岬は何の感慨もなくそう答える。

今度は僕がへえ、と洩らす番だった。

これは音楽科の生徒ほぼ全員に該当することなので大っぴらに言えるのだが、音楽教育には滅法カネがかかる。一例を挙げればこの加茂北高校も、普通科と音楽科では年間の授業料に大きな差がある（差額の内訳は主に設備費と楽譜代だ）。それだけではない。学校以外にも個人レッスンを受ける者はレッスン代が必要だし、各々が持つ楽器のメンテナンス料も馬鹿にならない。

つまり子供を音楽科に通わせる親はよほど懐に余裕があるか、さもなければ子供に過大な期待を抱いているかのどちらかということになる。失礼な話だが、ただの公務員の収入では大変だろうと思ったのだ。

音楽室は四階の北角に位置している。二方向にあるドアは普通仕様だし、窓ガラスも特に防音処理は施されていない。これが街中なら、下手くそな演奏が洩れた途端、近所から苦情が浴びせられるだろうが、生憎《あいにく》こんな山の中では鳥獣が抗議に来るくらいだろう。

きっと内装を見て落胆するだろう。そう思っていたが、予想に反して岬は部屋に入るなり表情を輝かせた。

「いいなあ！」

感嘆の声を上げながらまず彼が近づいていったのは、教室の中央に向かい合って鎮座している二台のグランドピアノだった。一台はヤマハ製、そしてもう一台は――。

「ベヒシュタインに常時触れるなんて最高だ」

岬はそのもう一台に駆け寄って、大屋根を愛おしそうに撫《な》でる。

「み、見ただけでベヒシュタインって分かるの？」

「当然でしょ。だって佇《たたず》まいが全然違うもの。ピアノのストラディバリウス。リストに最高の楽器と言わしめた逸品。音楽科のある高校でも、これを教材に置いている学校なんて全国にいったいどれだけあるんだろう」

岬は昂奮《こうふん》を抑えきれない様子で蓋《ふた》を開け、鍵盤の一つに指を載せる。

かんっっっっ。

宙空に消えていく一音を、岬は耳で味わうようにしている。

「ああ、やっぱり音がすっきりしているなあ。それに響きが強い。途轍《とてつ》もなく強い」

そして恭《うやうや》しく蓋を閉めたかと思うと、次は壁に駆け寄ってその表面に掌を押し当てた。

「でも今の音の響きはベヒシュタイン単独のものとも思えない。壁もずいぶん貢献している」

「壁？」

「これはね、防音壁じゃない。調音パネルなんだよ」

聞き慣れない単語だった。

「防音壁はただ音を遮《さえぎ》るだけだけど、これはほぼ平坦な吸音特性とともに散音性能も持っている。つまりね、この音楽室で弾いても、より広い場所で演奏したような音場が得られる。特に低域だ。聴いた限りでは制御音域の最低域を拡張している」

今までとは打って変わったような口調に、思わずたじろいだ。

「本当のことを言うとね、加茂北高校を選んだ理由はこの設備のことを噂《うわさ》で聞いていたからでもあるんだ。創立以来の校長先生と音楽科担当の先生が、音楽室に破格の費用をかけたってね。でもこれは噂以上だよ。こんなに恵まれた音楽環境なんて、ちょっと見当たらない」

何だよ、こいつ。

人と接している時とまるで別人みたいじゃないか。こういうの何オタクと言うんだろう。

ピアノオタク？

それとも音響オタク？

「これも趣があっていいなあ」

岬は感に堪《た》えないように呟いて、また別の方向に歩み寄る。

それは天井近くの壁に掲げられた作曲家の肖像画だった。

楽聖ルートヴィヒ・ヴァン・ベートーヴェン。

肖像画は、楽聖がペンとスコアを持ち上目づかいにこちらを凝視している例の代表的な一枚だ。岬はその肖像画を見上げてしきりに頷《うなず》いている。

「変だろ、それ」

僕は弁解がましく言葉を差し挟む。

「大抵、音楽室って他にバッハとかショパンとかモーツァルトの肖像画も並べるもんなんだけどさ」

「聞いてるよ。音楽科の棚橋先生の趣味なんだってね。偉大な作曲家は他にも沢山いるけど、ベートーヴェンからはその作品群以外からも学ぶことが多い」

岬の言葉に既視感を覚える。それもそのはず、それは日頃から棚橋先生が口癖のように繰り返している楽聖への賛美そのままだった。

「聴力を失うなんて作曲家にしてみれば死刑判決にも等しい。実際に彼は一度ならず自殺を考えた。それでも作曲することに生きる価値を見出し、〈交響曲第三番　英雄《えいゆう》〉とか〈ピアノ協奏曲第三番〉なんて大傑作を直後に完成させてしまう。凄《すご》いよ。本当に凄い。作曲時、英雄というのはナポレオンのことを暗喩していたという説が広く知られているけど、僕はそう思わない。英雄というのはむしろ作曲者ベートーヴェン本人のことなんじゃないかな」

肖像画を見上げる岬の目は異様にきらきらしている。

これは——アレだ。

ジャニーズ系アイドルに声援を送る女子の目よりもずっとイッてしまっている。

「好きなんだな、ベートーヴェン」

「好き？　とんでもない」

岬はふるふると首を横に振る。

「彼は僕の羅針盤みたいなものだよ」

その目は神を崇拝する信者の目だった。

岬の傾倒ぶりに圧倒されている時、いきなりドアから闖入者《ちんにゅうしゃ》が現れた。

「……っと。あら先客がいたのかよ」

僕たちを見るなり気まずそうな顔をしたのは岩倉智生《いわくらともき》。同じ音楽科の生徒だが、少しばかり色合いが違う。

学生服は羽織っているものの、その下からはカール・カナイのジャージが覗《のぞ》いている。本人はヒップ・ホップ系のヤンキーを気取っているつもりなのだろうが、学生服を羽織っている時点でヤンキー失格だ。

「だけど片方はあんまり見掛けない顔だな。こいつ、普通科にいたっけ」

僕はあからさまに呆《あき》れた口調で言ってやった。

「岩倉ァ。お前午前中いなかったから知らないだろうけど、彼も音楽科。転校一日目」

「あ、君も音楽科なんですか。よろしく、岬洋介と言います」

岬が律儀に頭を下げてみせたが、岩倉は彼を怪訝《けげん》そうに見るだけでなかなか言葉を発しない。

やがて岩倉は僕の方に視線を移した。

「ここは雑音ないから、五時間目まで寝てようと思ったんだけどな……まあいいや。他を探すわ」

「五時間目って……」

「音楽理論。あれだけは聞いていても退屈しないからな」

午前中の四教科はどれも普通教科だった。岩倉が自主休講を決め込んだ理由はそれしかない。いくら特定教科にだけ興味があるといっても、岩倉の出席態度は極端過ぎている。

だが、それを敢《あ》えて注意する気にはなれなかった。去年もお節介な女子約一名が、良かれと思って本人に全教科の出席を促してみたところ、あろうことか本人に「他人の生き方に介入すんな、この土星ブス」と言われて泣き出したことがある(因《ちな》みに土星ブスというのは、輪をかけたようなブスという意味らしい)。

以来、岩倉の自由行動に口を挟む者はいなくなった。たった一人、棚橋先生という例外を除いて。

「それにしても転校生。お前、面白いヤツだな。いや、面白いっていうか珍しいよな」

「何がですか」

「音楽室であれだけ燥《はしや》いでたヤツ、初めて見た」

「でも、君も音楽が好きで音楽科に入ったんでしょう?」

「俺はともかくとして、全員が全員、音楽好きなヤツとは限らねえぞ」

岩倉は意味ありげに笑ってみせる。岬のそれとは違い、岩倉の笑いは人を見下し、蔑《さげす》む種類のものだった。

「転校生ならここは新天地みたいに思えるかも知れんけどな。まあ今だけだろうよ。直に期待が外れて、ここがクソみたいなところだって分かるようになる」

岩倉はそう言い残して音楽室を出ていった。

2

最初はいけ好かないと思っていた相手が、何かの弱点なり自分との共通点を晒《さら》した途端、急に親近感を覚えることがある。ちょうど岬がそんな具合だった。

眉目《びもく》秀麗に加えて頭脳明晰。これだけで全男性を敵に回したようなものだが、彼が見せた意外なオタク気質と母親についての共通点が僕たちの溝を埋めてくれた。

転校間もなくであり、しかも外見だけで男子生徒の反目を受けているので、自然に僕が岬と行動をともにすることが多くなった。そして付き合えば付き合うほど、彼の抗《あらが》い難い魅力に惹《ひ》かれていった。

とにかく岬は本人申告の通り、呆れるほど自意識が希薄だった。男なら誰でもそうだろうが、髭《ひげ》が生える頃になれば自分の外見、殊《こと》に女子からどう見られているかが必要以上に気になってくる。僕もそうだった。毎朝鏡の中で癖毛と格闘し、デオドラントを欠かしたことはない。

ところが岬という男はそういうことには、呆れるくらい無頓着《むとんちゃく》だった。聞けば髪には碌すっぽ櫛《くし》も入れず、朝は洗顔と歯磨きだけで済ませるという（それでも汗掻《あせか》きではないので体臭はしない)。着る物に拘泥しないのは、体育の着替えの際、シャツが裏表反対になっていた事実で証明済みだ。

外見の無頓着さが関係しているのかどうかはともかく、岬は女子にも関心がなかった。いや関心がなかったというのは正確じゃない。正しくは「演奏しない女に興味はない」だ。たとえば岬も、同じ音楽科の女子には興味を持っていた。だが僕たちその他大勢が彼女たちの器量や胸の大きさに視線を集中させるのに対し、岬はその指先しか見なかった。つまり演奏に適した手かそうでないかだ。健康な高二男子としては色気がなさ過ぎる。かといってＢＬ方面に興味があるかと言えばこれも大外れで、もしやと思った腐女子の一人が名作と称されるＢＬコミックを読ませたところ、岬は途方に暮れたような顔をしていた。どうやら琴線に触れるどころか意味不明だったらしい。

そしてまた明晰と思えた頭脳に詰まっている知識にも、ひどく偏りがあることが判明した。理数系はまるで問題なし。音楽に関しては下手《へた》をすれば担任の棚橋先生以上。ところが社会と国語に関してはからっきし駄目だった。特に古典の品詞分解に至っては手も足もでない様子だった。

「言葉みたいな感覚的なものを分解して、それにどんな意義があるのか全然分からないんだよ」と、彼はそう弁解した。

こうした弱点が明らかになるにつれ、僕以外にも岬に話し掛ける者が増えてきた。

まるで独占権が侵害されるようで僕自身は面白くなかったが、クラスの男どもは岬を大層面白がった。

最初に岬をスカウトしようとしたのは同じクラスの板台幹安《ばんだいみきやす》だ。

「岬ー。お前さー、ウチのバンドに入らね？　もちろんキーボード担当で」

皆の名誉のために言及しておくが、多少頭の出来や素行に問題があっても、音楽科に在籍している限り、音楽に興味を持っているという点は共通している。中でも板台の率いるバンドはB'zのコピーを専門にしており、校内でなかなかの人気を博していた。

誘われた岬は少し困った顔をして言った。

「誘ってくれて光栄だけど、僕に務まるかな」

「ピアノ、弾けるんだろ」

「うーん、威張れるほどじゃないと思う」

「それならよ、俺たち三日後に練習あるから覗いていけよ。その場でテストしてやるよ」

それを聞いていたらしい春菜がいきなり割って入ってきた。

「そういえば、まだ一度も岬くんのピアノを聴いてないよね。亮くんは聴いたことあるの？」

春菜の問い掛けに、僕はぶんぶんと首を振る。

「ちょっ、待てよ、春菜。お前B'zとか興味なかったじゃんか。横から口出すんじゃねーよ」

「B'zなんかより岬くんのピアノに興味あるの」

「なんかとは何だよ。お前は松本孝弘《まつもとたかひろ》の偉大さが分かってない！」

「あのね、十年も経《た》たないうちにころころブームが変わるようなJ-POPとクラシックを同列にしないでちょうだい」

「バカヤロウ。B'zは今年で十二年目だ！」

「バッハは今年で三百十五年目よ！」

春菜と板台が言い争っている間、岬は困惑顔のままだった。それを見て僕は確信した。

岬はピアノがそれほど上手《うま》くないのだ。

母親が元ピアニストだからといって息子のピアノが上手いとは限らない。

ピアノオタクだからといって演奏に秀でているとは限らない。

岬を紹介する際に棚橋先生がどこか誇らしげだったのは、侮蔑《ぶべつ》の意味合いだったのだ。そう考えると岬の困惑している理由が分かる。

僕は二人と岬の間に割り込んだ。

「二人ともさ、岬が困ってるじゃないか。そういうのはどっか他でやれよ」

春菜がすぐに唇を尖《とが》らせた。

「亮くん、いつから岬くんのマネージャーになったのよ」

「マネージャーっていうのはスターにつくものなの！　俺は単なる保護者。さ、あっち行け」

板台と春菜は一瞬気色ばんだが、岬が本当に困ったような顔をしているのを見て、渋々自分の席に戻っていった。

岬は頭を掻きながら、申し訳なさそうに僕を見た。

「えっと……何だか護《まも》ってもらったみたいだね。どうもありがとう」

「気にすんなよ」

誇らしげにそう応《こた》えた。春菜に対してだけはやっかみ半分の気持ちもあったが、その場は本当に自分が岬の保護者になったような気がしたからだ。

音楽科のカリキュラムは高二で専門教育課程が三十三単位設定されている。このうち音楽演習が一単位、合奏と合唱がそれぞれ一単位ずつ。そしてレッスンが二単位ある。

レッスンは金曜日の三、四時間目の二時間ぶっ続けで行われる。前半一時間は全員がピアノを演奏し、後半一時間はめいめいが専攻している楽器を弾くことになる。つまり専攻していない者もピアノ演奏は副専攻として必修なのだ。

それは岬が転校してきてから最初のレッスンだった。音楽科の中でも、ピアノを専攻する者とそうでない者との格差は大きい。そしてまた同じピアノ専攻の中でも、トップとビリでは笑ってしまうくらいの差がある。文字通り玉石混交の中で演奏する訳で、下手な人間にしてみれば罰ゲームのようなものだ。

そのトップというのが春菜だった。演奏順はいつも通り七番目、曲は十八番のショパンエチュード作品10-3ホ長調〈別れの曲〉。作曲したショパン自身が「これ以上、美しい旋律はもう二度と作れそうにない」と残した、甘く切ないメロディが有名な曲だ。

春菜が最初のフレーズを弾くと、生徒たち全員が居住まいを正した。元よりこの曲は技巧的な部分よりも、レガートの微妙な調整と表現力に重きが置かれている。だから音を追うだけなら小学生でもできるのだが、ショパンがピアノを介して作り上げたハーモニーを表現できるかは別の問題だ。しかも技巧的な難度は高くないものの、中間部には六度の連続の他、珍しい四度の連続が潜んでいる。手の小さい者には決して容易な課題ではない。

春菜もさほど手が大きい方ではないが、難関とされる部分をポジションの移動でクリアしている。不安は残るもののミスタッチには至らない。彼女なりにショパンの甘やかさと激情をバランスよく表現していると思った。

　五分弱の演奏が終わると、期せずしてぱらぱらと拍手が起こった。さすがに音楽科トップの演奏で、僕ごときが指摘できるような欠点は一つもなかった。棚橋先生も腕組みをしたまま、何も注文はつけないでいる。

　その棚橋先生が不意に声を上げた。

「岬、弾いてみないか」

　たちまちクラス全員が岬に注目する。貴公子の実力が遂に明らかになるという期待で、皆の目は異様に輝いている。

　僕はと言えば棚橋先生の仕打ちに少しばかり腹を立てていた。順番でいけば岬は最後の辺りなのにそれを無視し、しかも春菜の演奏直後に指名するのは嫌がらせだとしか思えなかったのだ。

　ところが当の岬は「はい」と応えると、何の抵抗も感じないように二台並んだピアノに向かう。

　ピアノの前に立った次のひと言がふるっていた。

「先生、ベヒシュタインで弾いてもいいですか」

　僕を含め、音楽科の面々は仰天した。

ベヒシュタインは元々、卒業式や発表会でなければ持ち出されることもないし、それ以前に畏れ多くて誰も蓋を開けようとしない。それを岬は何の躊躇《ためら》いもなく弾くという。

僕はすぐに岬の気持ちを理解した。どうせ玉砕するのなら思いきり派手な方がいい。悲劇も演出次第ではギャグになる。往年の名器ベヒシュタインを指名しておいて、派手にずっこければそれだけで笑いが取れるだろう。

「おう、構わんぞ」

棚橋先生も岬の気持ちを汲《く》んだのか、やけに上機嫌で承諾する。何だ、これも岬をクラスに解け込ませようとする出来レースみたいなものか。

「曲は何か指定がありますか」

「好きなのを弾けばいい」

岬は無言で頷き、椅子の高さを調整してから指をそっと鍵盤の上に翳《かざ》した。

そして奏でられ始めた最初のフレーズで、おそらくその場にいた全員が息を止めた。

ベートーヴェンピアノソナタ第14番 作品27-2嬰《えい》ハ短調〈月光《げっこう》〉。

〈熱情《ねつじょう》〉、〈悲愴《ひそう》〉と並ぶベートーヴェン三大ピアノソナタのうちの一つ。だが皆が息を止めたのは有名な曲だったからではない。最初のフレーズがとんでもない重量感で迫ってきたからだ。

第一楽章　アダージョ嬰ハ短調。

岬の指は三連符の分散和音を淡々と奏でる。目を閉じなくても、そこに湖が拡《ひろ》がった。暗い夜の湖。波もなく全《すべ》ての光を吸い取るような漆黒の湖に、ただ一条の月光が射《さ》している。

元より作曲したベートーヴェンが〈月光〉と命名した訳ではない。彼の死後、詩人ルートヴィヒ・レルシュタープが「スイスのルツェルン湖上の小舟が月光の波に揺られているようだ」と称したことからこの名前がついているが、岬の演奏はそうした先入観を別にして、僕に湖上の月を連想させた。

とても切ない旋律だった。音楽科の生徒でなくとも何十回何百回聴いたはずの旋律なのに、初めて耳にするような切なさが胸を締めつける。

第一楽章の主題はアルペジオとG音の反復から成り立っている。単純な構成なのに和声の変化だけで聴く者の心を摑《つか》んで離さない。鍵盤を叩くだけ、音符を追うことだけなら中学生でもやってのけるだろうが、これほどまでの叙情性を引き立たせるには暗譜以外の何かが必要になる。だからこの曲を知れば知るほど難曲であるのが分かってくる。言い換えれば、これほど演奏者の力量を露《あら》わにする曲もない。

だが岬のピアノはそんな計算を軽々と超越して僕の胸に飛び込んでくる。いや、それは居並ぶ生徒たちも同様だろう。今までピアノ演奏では一番だった春菜はプライドをぶち壊されたように呆然《ぼうぜん》としているし、岬をバンドに誘った板台は予想をはるかに超えたパフォーマンスに口を半開きにしている。

他人の演奏に何の興趣を示さなかった岩倉でさえ、際立った反応を示していた。両手をだらりと下げ、岬というよりはその十指を追っている。

分散和音のハーモニーで時間の流れが遅くなったような錯覚に陥る。聞き慣れたはずのメロディで時間感覚が狂うのは、ハーモニーの美しさに五感が引き摺《ず》られているからだ。

展開部に入ると、最初に示された主題が動きを活発にする。三連符の分散和音は高音部に移動し、上昇しながらクライマックスを迎え、また下降していく。この動きが提示部の静と相俟《あいま》って情熱の大きさを表現するのだが、岬のピアノはその振幅が大きい。もちろん楽譜の指示から外れてはいないのだが、打鍵の強弱だけでは推し量れないピアニズムが情熱を表出させている。

基本的には陰鬱《いんうつ》で静かなメロディにここまで心が掻き乱されるのは、アクセントのつけ方が絶妙だからだろう。僕の拙《つたな》いアナリーゼ（分析）では表現しきれないが、テクニックをテクニックと感じさせない技法としか言いようがない。

再現部で、再びメロディは緩慢になり静かな振る舞いを見せる。静から動、動から静という流れはハーモニーの変化を生み、単純な構造でありながら極限まで緊張を引き出すが、これも演奏者自身が自制と瞬発を兼ね備えてこそ得られる効果だ。その意味で岬のピアノはベートーヴェンの作曲意図をこれ以上ないほど的確に表現している。

右手の三連符と左手の重厚なオクターヴ。繰り返される静かなメロディは切れば血の出るような切なさを湛《たた》えている。その切なさが聴く者の心を掻き乱している。

僕にはその切なさの正体が我がことのように理解できる気がした。

これは叶《かな》わぬ恋の切なさだ。

このソナタは一八〇一年に作曲され、当時ベートーヴェンの弟子であり恋人でもあったジュリエッタ・グイッチャルディに捧《ささ》げられている。だがベートーヴェンにとってこの恋は決して成就しない悲恋だった。十四歳という年齢差もあるがジュリエッタは伯爵《はくしゃく》令嬢であり、その身分差がベートーヴェンに絶望をもたらせたのだ。

叶わぬ恋の切なさは万国共通の感情だ。年齢や身分の差だけではない。想いを打ち明けられないもどかしさ、打ち明けても受け入れられない痛み。主題の三連符はそれを思い起こさせる。

僕は驚愕《きょうがく》した。

今、目の前で鍵盤を叩いているのは僕と同じ十七歳だ。たかだか十七年、人生経験にそれほど差があるとは思えない。

それでも岬のピアノは僕に胸の痛みを与えている。紡《つむ》ぎ出すメロディが心の一番織細な部分を突いてくる。こんなピアノは初めてだった。今まで聴いてきた音高生のピアノとはレベルどころか性質がまるで違う。音高生のピアノは楽譜に対しての正確さを求めているが、彼のピアノはそんな段階を超越して聴く者に批評を度外視させてしまうのだ。

僕は旋律に身を委ねながら必死に考えようとした。

僕たちと岬の違いはいったい何なのだろう？

桁外《けたはず》れの暗譜能力なのか？　それとも猛練習の末に培われた鍵盤の支配能力なのか？

違う、と僕の中で僕が否定する。いみじくも音楽家を夢見、目指した者ならうっすらと分かる。

しかし厳然とそこにある事実だけれど、それを認めてしまうのが怖い。そのせめぎ合いで混乱している一方、耳から入ってくる音は更に絶望を露わにする。

とても平常心を保てないままでいると再現部が終結に向かい、音は急降下していく。

やがて緩やかなテンポで一音、そして最後に一音。

岬が絶賛したベヒシュタインの一音は強く、長く宙空に留《とど》まっている。僕の耳と心はいつまでもその余韻に浸りたいと欲していた。

だが間髪《かんはつ》を入れずに次の楽章が始まった。

第三楽章　アレグレット変ニ長調。

第一楽章と第二楽章が切れ間なく続いているのはベートーヴェンによる新しい試みだ。これ以前のピアノソナタは各楽章がそれぞれ主張し合っていたのだが、ベートーヴェンは全楽章が融合して一曲を構成する様式を採用している。

第二楽章は一転、アップテンポの曲調に変わる。水面《みなも》を撥《は》ねていくように音が踊る。いや、踊るというよりは空に浮かんでいる感じだ。楽譜にはメヌエットともスケルツォとも記述されていないが、第一楽章を支配していた緊張感がふっと消え去り、聴く者に安寧を与えてくれる。

浮き立つリズム、踊り出したくなるようなメロディで、知らず知らず身体《からだ》が動く。

それにしても、と思う。岬がこのベヒシュタインを演奏するのは今日が初めてのはずだ。それなのにこの一体感はどういうことだろう。まるで長年の相棒同士のように岬はピアノの、ピアノは岬の特性を余すところなく引き出しているではないか。

特性の一つは打鍵の強さだ。あの柔らかい指先からは信じられないような強烈な力が、ベヒシュタインを朗々と歌わせている。それもただ耳に煩《うるさ》いような、かんかんと甲高い音ではない。芯《しん》の入った銛《もり》のような音だ。だからいくら強くても空中に拡散することなく、こちらの耳と心を直撃する。

ベヒシュタインはこんな音を出すのか。このピアノはこんなにも懐《ふところ》が深かったのか

――。

発表会で棚橋先生がベヒシュタインを弾くのをステージの上で聴いたことはあるが、その時もこんな風には鳴らなかった。名器と名高いベヒシュタインはこんな程度かと落胆した記憶がある。だがそれは単に演奏者の力不足だったのだ。どこまでも澄み切った高音、いくらでも拡がる低音。全てはピアニストの技量が引き出す成果だったのだ。

僕は気になって棚橋先生の顔を窺ってみた。きっと岬の実力を知っていたのだろう、決して意外そうな様子ではない。ただ明らかに慌てていた。岬と、そしてベヒシュタインの潜在能力を初めて目《ま》の当たりにしたという風だった。

中間部になってメロディの軽快さはいったん低くなる。第一楽章で味わった緊張感が不意に甦《よみがえ》る一瞬だ。

しかしそれも長くは続かない。沈み込んだ旋律は一際強い音で立ち上がり、またも悠然と踊り出す。ここからが再現部だ。

岬は旋律を踊らせるとともに自分でも踊っていた。指先だけを動かしているのではなく、手首から上、肩、そして背中と上半身を揺らしている。いや、頻繁《ひんぱん》にペダリングしている足も含めれば身体全体でだろう。他の演奏者が同じことをすれば奇異に映ったかも知れない。しかし岬は自分の奏でるメロディと同化してごく自然に見える。

やがて岬の動きが緩やかになり、同時に音も絞られた。こうして二分ほどのダンスは終わりを迎えた。

一拍後、岬の指は目にも止まらぬ速さで動き出した。

第三楽章　プレスト・アジタート嬰ハ短調。

岬は最初の一打から疾走を開始する。弱音から始まった第一主題は分散和音を果てしなく上昇させていき、最も高く跳ね上がったところで、スフォルツァンド（特に強いアクセント）を打ってすぐ元に戻る。伴奏の左手もメロディの右手も、鍵盤の上を駆け巡り、一瞬たりとも静止しない。目にも止まらぬというのは比喩《ひゆ》でも何でもない。本当に僕の目には指の残像しか残らないのだ。まるで手首から先は精密機械のように走っている。何かに追われて切羽詰まり、リズムは急峻《きゅうしゅん》に駆け上がる。音は縦横無尽に室内を駆け巡る。

華やかで激烈。

俊足で重量。

相反するはずの要素が一つになって、僕の心を鷲《わし》摑みにする。上行と下行の連続に心拍数が上がり、スフォルツァンドが打たれる度に呼吸が止まる。

第一楽章とは打って変わったような激烈なメロディだが、楽譜を読めば二つの楽章の主題はともにアルペジオとG音の反復であることが分かる。つまり同じ要素をパッセージの違いだけでまるで別物に仕上げているのだ。

打鍵は更に強さを増す。時折、ダン、ダン、と響く低音が心臓を射抜く。圧倒的だった。第一楽章の緊張、第二楽章の安寧など彼方《かなた》に消し飛ばすような勢いで音が走る。

その激烈さと情動に、僕は不安を覚えた。

ベートーヴェンの心情がベヒシュタインに憑依《ひょうい》したかのような恐怖を覚えた。

〈月光〉の作品番号は27-2。ベートーヴェンの作曲歴の中では中期に当たり、難聴の症状が現れ始めた時期になる。以前の曲とは形式も内容も変わり、喜怒哀楽が激しさを伴って表現されるようになる。

第三楽章の激烈さはベートーヴェンの心情そのものだ。報われぬ恋への絶望、それでも想いを断ち切れない恋人への愛情が怒濤《どとう》のように押し寄せる。

音楽科に籍を置いていながら、音楽がこれほど心を揺さぶるものだとは想像もしなかった。安寧や快楽をもたらしてくれることは前から知っていた。しかし宙に放り出されるような不安や、逃げ出したくなるような切実さを実感するとは思わなかった。

いつの間にか呼吸が浅くなっていたのだろう。不意に口中の渇きに気がついた。見れば両手は汗を握っている。

こんな馬鹿なことがあるか、と僕はまた自問する。

目の前でピアノを弾いているのは自分と同じ十七歳だ。だがその指から放たれる音、紡ぎ出されるメロディは成熟したピアニストのそれだ。いったい僕と岬は、どこがどう違っているというのだろうか。

僕以外のギャラリーもおそらく同様の思いに囚《とら》われている。ある者はだらしなく口を半開きにし、またある者は瞬《まばた》きもせずに彼を凝視している。プライドを破壊されたらしい春菜も、今は完全に旋律の虜となって岬の背中から視線を逸《そ》らさない。板台は打ちのめされたように肩を落とし、岩倉は怪物でも見るかのように目を見開いている。

中間部に入ると、ひたすら激烈だった曲調が俄《にわか》にのびやかになる。分散和音を駆け上がらせた展開部のリズムに比べてメロディが優先している。だが、このメロディは安堵《あんど》とともに緊張感も孕《はら》んでいる。激しい音が続けば耳も精神も疲弊し、度が過ぎれば不感症を招きかねない。この転調はあくまで次に控える再現部までの小休止だ。それを知っているからこそ、余計に緊張の度合いが高まる。しかもこの旋律は反復するばかりで完結しないので、次の展開によるクライマックスを尚更期待させてしまうのだ。

音楽の魔力だと思った。第一楽章を聴けば続いて第二楽章も聴きたくなる。第二楽章まで聴くと、最終楽章を聴くまでは席を立ちたくないと思わせてしまう。依存性の強い麻薬と同じだ。

単なる音素の集合体、単なる旋律の繋《つな》がりが聴く者の心をいいように扱う。音で縛られたいと思わせる。音で殴られたいと思わせる。そして音で解放されたいと願わせる。

やけに岬の身体が大きく見えた。

春の陽射しのように微笑《ほほえ》む岬、解けない問題を前に困惑する岬はどこにもいない。

僕たちの眼前にいるのは名器ベヒシュタインを己が手足のように操り、ベートーヴェンの魂を代弁する憑依《よりしろ》だった。表情は揺るぎない自信に満ち、身体全体が奏でる快感に打ち震えている。

ここに至って、もう僕は認めざるを得なかった。

僕たちと岬の違い、両者を深い溝で隔てているもの。

それは才能だった。

凡人がどれだけ努力し、どれだけの涙と汗を流そうとも、決して頂点に届かない最後の一歩。生まれながらにして神様から与えられ、本人だけが無自覚な宝物——岬はそれを持っているのだ。

99パーセントの努力と1パーセントの才能という言葉はよく聞かされる。しかし、それは1パーセントを手にしている者の勝手な自己評価に過ぎない。凡人の99パーセントの努力は1パーセントの天才に遠く及ばないのだ。凡人が汗を流した九十九時間を、天才はたったの一時間で越えていく。

凡人である僕が悔しいのは、そんな悔しさなど粉砕する勢いで岬の才能が爆発しているからだ。不公平な扱いも、才能を授けられなかった不遇も薙《な》ぎ払って、彼のピアノが僕の心を席巻する。ちっぽけな感傷など木端微塵《こっぱみじん》に破壊して音楽の力を見せつける。

旋律が少し落ちてから天上に向かって駆け上がる。再現部だ。

第一楽章のように情熱を遮るものはもう何もない。この再現部に楽曲全体の重心が置かれているといっても過言ではない。

右手のメロディが左手のリズムに襲い掛かる。

左手のリズムが右手のメロディを刻む。

旋律は狂おしくうねり、のたうち、咆哮《ほうこう》する。

音が炸裂《さくれつ》する。リズムが時間を切断する。

岬は静かに昂奮していた。冷徹な視線ながら唇を真《ま》一文字《いちもんじ》に締め、体内から放出しようとしているものを必死に堪《こら》えているようだ。

遂に第三楽章もコーダを迎えつつあった。

岬は最終周を全力で疾走し始める。

苦悩と悲憤をエネルギーに変換し、終結に向かって突き進む。それはソナタという名前の情熱、ピアノに形を借りた狂気だった。

もう僕は呼吸も身動きもできなかった。ただ彼の叩きつける和音に打ち抜かれ、彼の奏でるリズムに身を刻まれるしかなかった。

カデンツァにも似た長大なコーダを、岬が狂奔する。脇目《わきめ》も振らずただ一点のゴールを目指して突進する。

やがて旋律は下降し、しばらく地に横たわる。そしてまた徐々に立ち上がり、最後の咆哮を見せる。

そしてとどめの一打。

ピリオドの一打。

余韻がまだ棚引いていた。僕は夢うつつのような状態で、まだ音の呪縛《じゅばく》から解放されなかった。この場にいる全員がそうだった。

岬は一瞬脱力して、ふうと大きく息を吐いた。緊張に強張《こわば》っていた顔は弛緩《しかん》し、いつもの岬に戻っている。

「ブラボー」

ひと足先に呪縛から解き放たれた棚橋先生が手を叩く。

だがそれに追随する生徒は数人しかいなかった。それも困惑したようにぱらぱらとしか起こらない。

僕には皆の気持ちが痛いほど分かっていた。

拍手するのもおこがましいと思っていた。

音楽科で一番とか、春菜より上手いとかのレベルではない。喩《たと》えて言えば、小学校の運動会にオリンピックのメダリストが闖入してきたようなものだ。そんな走りを見せられたら、小学生たちは拍手する以前に呆れてしまうだろう。

それくらい僕たちとは別次元の演奏だったのだ。

僕は急に恥ずかしくなった。岬の戸惑《とまど》いも棚橋先生の思惑も全く逆に捉えていたことに気づいたのだ。

岬が板台の誘いに躊躇を見せたのは、彼らとの演奏レベルがあまりに違い過ぎて浮いてしまうことを懸念したからだ。

棚橋先生が誇らしげに岬を紹介し、上機嫌でピアノに向かわせたのは、彼の実力を知悉《ちしつ》していたからだ。

こんな間抜けなヤツはいない。

きっと赤面しているのだろう。顔中から火が出るように熱かった。

それなのに、岬は何事もなかったかのように涼しげな顔でこちらに戻ってきた。

よほどぶん殴ってやろうかと思った。

でもその時、あることに気がついた。

岬がピアノの前に座ってから、既に二十分近く経過していた。〈月光〉の全楽章演奏時間が十七分程度なので当然と言えば当然なのだが、すっかり時が経つのを忘れていたのだ。

それにしても不思議な時間だった。

演奏中は一時間ほどにも感じたのに、終わってみれば一瞬だったような気もする。こんな風に時間の感覚が喪失するなんて、大ホールでのクラシックコンサートを聴いた時以来久しくなかった。

よくよく考えてみれば棚橋先生が岬に演奏を促した時、まさかピアノソナタを全楽章丸ごと弾き果たすとは予想もしなかったに違いない。それでも途中で中断させなかったのは、岬の腕前を知っているはずの棚橋先生までもがその演奏に魅了されたからだろう。

悔しいが認めざるを得ない。

岬のピアノはそういうピアノだったのだ。

僕は彼が隣に座る前に言ってやった。

「君はひどいヤツだな」

「えっ」

岬は驚いて僕を見返した。

この野郎、何をとぼけてるんだ。

「あんなピアノ弾けるのに、威張れるほどのものじゃないって？　人を馬鹿にするのもいい加減にしろ」

「いや、あの。本当に威張るような演奏じゃなくて……えっと、何が気に障ったのか分からないけど、怒らせたのなら謝る。ごめん」

岬は慌てたように頭を下げる。とても演技でとぼけているようには見えない。

そして思い当たった。

今までのやり取りの中で、岬が自分の演奏を下手だと言ったことは一度もなかった。威張れるほどのものじゃないというのも謙遜《けんそん》のようなものだ。全部、僕の勘違いでしかなかった。

演奏を聴けば分かる。岬は自分の演奏が優れているとは思っていない。鍵盤の上に両手を翳した時も最後の一音を放った後も得意げな顔は一切せず、弾《はじ》けて当然のように振る舞っていたではないか。

途端に怒りが消えた。

それにたとえ岬がどれほど鼻持ちならないヤツだったとしても、あの演奏を聴いた後ではどうでもいいことのように思える。

正直に言おう。僕は一度聴いただけで、すっかり岬のピアノのファンになってしまったのだ。

「そうやって素直に謝っちゃうのが、また君らしいなあ。んー、今のは冗談だよ」

「冗談？　本当に？　怒ってないんだね？」

「あー怒ってない、怒ってない。ていうか自分が嫌になった。色んな意味で」

「え。それはそれで気がかりだな。何が嫌になったんだい」

岬は心配そうに僕の顔を覗き込む。

やっぱりぶん殴ってやろうかと思った。

3

レッスンが終わり、僕と岬が教室へ戻る最中、後ろから声を掛けてきた者がいた。

「よお、やるじゃないか」

岩倉が岬の肩を摑んだ。いつものように携帯オーディオのイヤフォンを耳に挿したままだ。こいつはトイレに行く時もそれを外したことがない。

「音楽室の燥ぎ方で只者《ただもの》じゃないとは思ったけど、別の意味で只者じゃなかったんだな」

「ど、どうも」

「でもよ、転校生」

「岬です」

「お前、ますます浮くぞ」

岬は不思議そうな顔をした。

「どうして？」

この答えに岩倉は面食らったようだった。それを見て僕は少し溜飲《りゅういん》を下げる。演奏についてのやり取りで、僕だけは岬の特徴の一つを理解したからだ。

おそらく岬洋介という男は徹底的に無自覚なのだ。

ピアノ演奏だけではなく、自分の容姿、立ち居振る舞い、発言、全てにおいて彼自身は自意識が欠如している。良く言えば天衣無縫《てんいむほう》、悪く言えば天然、だから自分が周囲から浮いているなどとは露ほどにも思っていない。

岩倉は珍獣を見るような目をしてから言葉を継ぐ。

「この前は期待が外れてとか言ったけど、あれ取り消すわ。お前の転校してきた目的って、ベヒシュタインだったんじゃねえのか」

岬が口を開こうとしたその時だった。

「凄かったよ、岬くんのピアノ！」

いきなり僕たちの間に春菜が割り込んできた。

「もう何て言うか、降参。いったいあんなピアノ、どこで習ったの。ヤマハとかカワイの学校じゃないんでしょ？」

「うん。前に住んでいた近所にピアノの講師がいたんだよ」

「へえ、やっぱりそうなんだ。岬くんの運指《うんし》って変な癖ついてなかったから、そうじゃないかって思ってたんだ」

「おい春菜。今は俺が話してるんだぜ」

「いいじゃないの、別に。どうせ智生、ピアノ弾かないんだし」

春菜に押し出されるような形で岩倉は弾かれる。一瞬、僕たちを睨《にら》んだかと思うとぷいと顔を背《そむ》けて向こうに行ってしまった。

春菜は岬以外の人間がそこにはいないような素振りで話し続ける。先刻、プライドを傷つけられたのとは一転、まるでアイドルに群がるファンの顔をしている。

「全楽章よかったんだけど、特に第三楽章凄かった。最初から最後まであの打鍵でしょ。よくあんな体力続くよね。あたしだったら十小節目くらいで指が転んじゃう。ね、ね、あれは体力というより握力の賜物《たまもの》だよね。何か日頃からトレーニングとかしてるの。あたし、連打が苦手なの。どうしたら岬くんみたいに持続力つくのかな」

機関銃のように喋り続ける春菜はどう見ても舞い上がっているようだった。その証拠に岬が少し困った顔で笑っているのを見ると、途端に我に返った。

「あ……ご、ごめんなさい。あたしだけ一方的に喋ってたみたいで」

みたい、じゃない。まんまだ。

ところが岬ときたら、こんな場面でも自意識皆無だった。

「構わないよ。音楽やピアノのことだったらひと晩中でも聞いていられるから。鈴村さんとピアノの話をしていたら時間を忘れちゃいそうだな」

いや、だからそういうことをさらりと言うなって。

岬は〈ピアノ〉に比重を置いて喋ったつもりでも、春菜の方は〈鈴村さん〉に比重を置いて聞いている。

案の定、春菜は見る見るうちに真っ赤になった。

「そ、それじゃあ、また」

そして逃げるようにして彼女も向こうに行ってしまった。

「今日は何だかよく話し掛けられるね」

岬はのほほんと楽しそうだった。僕は彼を見ながら溜息《ためいき》交じりに言う。

「たった今、パイロットの話を思い出した」

「え？」

「イラク戦争の時、バグダッドを爆撃したパイロットの話だよ。眼下には何万人もの人間がいて、ここに爆弾を落とせば確実に大勢の人間が死ぬ。だけど爆弾を投下する際はボタン一発だから、彼は何の躊躇いもなくそのボタンを押す。あんまり簡単で彼は良心の呵責《かしやく》を感じることもない」

「ああ、それは僕も何かで聞いたことがあるよ。その良心の呵責のなさこそが現代の戦争を象徴するものなんだってね」

岬はまるで他人事みたいに受け答える。

良心の呵責がないというのは君のことを言っているんだ。

実際、岬の奏でたピアノソナタ〈月光〉は一種の破壊兵器だった。ただ一曲のピアノソナタが破壊したものは数知れない。それなのに、爆弾を投下した本人はその惨状に気づきもしない。

たとえば春菜。彼女はほんの数十分前には音楽科でトップという自負を持っていた。そのプライドは岬の〈月光〉を聴いた途端、木端微塵に粉砕され、そればかりか彼のピアニズムの虜にさせられた。自尊心をかなぐり捨ててまで岬に駆け寄る様は、僕から見れば敗北宣言以上のものだ。

たとえば板台。岬が演奏している間、彼は馬鹿みたいに口を半開きにしていた。そして終わってからは遠巻きにするだけで近づこうともしない。その気持ちが僕には手に取るように分かる。拙い学生バンドのキーボードに岬を誘い、そればかりかテストしてやるとまで言った自分の愚かさが堪らなく恥ずかしいのだ。こんなヤツがキーボード担当になってみろ。そっちに全部持っていかれてボーカルだろうがベースだろうが、あとのメンバーなんて存在感ゼロになってしまう。板台もまた自尊心を破壊されたクチだが、それがすぐさま岬への信奉に移行しない分だけ、落ち込みぶりは半端ではないということだ。

そしてその他の音楽科生徒一同。

彼らの反応は昼飯時に顕《あらわ》れた。いつもであれば興味半分で岬の周囲に集まってくる生徒たちが、今日は僕以外に誰もいない。春菜はと見れば、他の取り巻きの女の子に囲まれながら、ちらちらとこちらを恨めしそうに窺っている。

僕は付き合いのいい方なので、今日も岬と向かい合って弁当箱の蓋を開ける。それでも異様な圧力を全身に感じていた。一挙手一投足、息をするのも監視されているような気分に襲われる。皆の視線が実体化して矢のように飛んでくるが、岬は相変わらず平気な顔で弁当をぱくついている。

「なあ、岬」

「うん」

「何か感じないか」

「……昨日と同じだ」

「はい？」

「君のオカズが昨日と同じ鶏の唐揚げだ。好物なのかい？」

岬の周囲にはまるで結界が張り巡らされているようだった。嫉妬と憎悪、羨望《せんぼう》と憧憬、排斥と白眼《はくがん》。様々な思惑が襲ってきても岬自身は何の痛痒《つうよう》も感じていないらしい。

「観察力に自信あるか」

「自信というか……そうだね、人がピアノ演奏している時には運指をじっと見ていることが多いよ。それがどうかしたのかい」

「その観察眼を少しは演奏以外に向けたらどうだ」

「うーん」

岬は面目ないという風に首を傾《かし》げる。

「それは前の学校でもよく言われたなあ」

「言われたのに実行しようとしないのか」

「努力したつもりなんだけどね。人の気持ち無視するのもいい加減にしろって、何人か女の子に泣いて抗議された。今にしてやっと理由が分かったような気がする」

「何だったと思う？」

「きっと自分でも知らないうちに、失礼なことをしていたんだろうね」

それは違うって――僕は突っ込もうとして、やめた。

自意識がないから自分が女の子から好意を持たれていることに気づかずにいる。そして幸か不幸か、彼は僕らと同い年でありながら異性のことなど全く眼中にない。いや、異性どころか同性からのやっかみや羨望も知らない。だから、あんな演奏を披露した直後だというのに、平気な顔で弁当を食べている。

「率直に訊くけど、いいか」

「構わないよ」

「さっきの〈月光〉でみんながどんだけ意気消沈しているのか分かるか？」

「……雰囲気が変わったことくらいは分かるよ。そんなに不感症じゃない」

「それは感心だ」

「でも理由がよく分からない。僕の演奏がちょっと上手いくらいで、どうしてみんなが凹《へこ》まなきゃいけないんだい？」

「どうして、そりゃあ」

「何かのコンクールならいざ知らず、ここは教室だろ。一番も二番も関係ない。それぞれが目指しているものを習得できれば、それでいいはずじゃないか」

　あっと思った。

　岬は完璧にこのクラスを誤解している。だからそんなプラス思考しか思いつかない。明らかに僕の説明不足だった。転校してからこっち、いつも彼の傍《そば》にいる僕こそがその役目を負っていたのに自らへの引け目もあって口に出せずにいたのだ。

確かにここは音楽科のクラスで音楽を専攻している。もちろんクラシックやポップス、ロックにラップと趣味や嗜好《しこう》は分かれているけどみんな音楽が好きだ。

だけど、煎《せん》じ詰めればそれだけだった。

この先、この高校から音大に進み、将来は音楽家を目指す——そんなことを考えているのはクラスで春菜くらいのものだろう。いや、僕だって直接彼女に問い質《ただ》したことはないから、春菜がプロの演奏家を目指しているのかは断言できない。

元々、この学校の音楽科は普通科からの受け皿という位置づけがされている。入試の際は数学だけでなく各学科の偏差値が低く、普通科に落ちた受験生を拾い上げるポジションにある。競争率がほぼ1・0倍なので希望者はほぼ洩れなく入学できるという特典もある。要は滑《すべ》り止めみたいなものだ。

当然、音楽のことしか頭になく、この道一直線というよりも、普通科に行けなかったヤツらの集合という性格が強い。音楽が好きなことは間違いないが、それを武器に将来を切り拓こうなどと思っている人間は皆無に近い。音楽は楽しむものであって学ぶべきものではないと考えているヤツらが大多数なのだ。

だから互いの演奏を発奮材料にして切磋琢磨《せっさたくま》しようという空気もない。音楽理論もソルフェージュも授業として受けるだけで、それを自分の演奏技術にフィードバックさせるつもりはない。

毎日がゆったりまったりと過ぎていく。漫然と特殊技能という科目を履修する以外は普通の高校生だ。演習とレッスンの時間だけはそれらしい雰囲気を味わって、少しばかり得意げな選民意識に浸る。三年生になれば嫌でも進路という厳しい選択肢が待ち構えているが、それまではこの心地いい微温湯《ぬるまゆ》のような楽園で高校生活を享受したい——おそらくほとんどの生徒がそう考えている。この間、岩倉の言ったクソみたいなところとは、そういう意味だ。

ところが岬のピアノソナタは僕たちの楽園を完膚《かんぷ》なきまでに破壊してしまった。鬼気迫る演奏と圧倒的なピアニズムを目の当たりにして、僕たちは自分たちのやっている音楽がどれほど稚拙なものかを思い知らされたのだ。岬に比べたら、春菜のピアノですらお嬢さまの趣味に過ぎない。その他大勢の演奏技術に至っては、幼稚園児のお遊戯以下だろう。

自分たちは才能ある者の前では塵芥《じんかい》でしかない。そして塵芥が存在を許される場所は光の届かぬ場所しかない。

それを自覚することと、確認することは身を切られるような辛《つら》さだ。僕は以前から自分の才能に見切りをつけていたし、音楽科の内情を冷めた目で見ていたからまだ傷は浅いと思う。それでも胃の辺りが失意と幻滅でずっしりと重くなっているから、能天気に授業を受けていたヤツらは弁当も喉《のど》を通らないだろう。

音楽によらず芸術一般、それからスポーツにはそれぞれの神様がいるようにしか思えない。

神様は純粋で、気紛《きまぐ》れで、残酷だ。本人の努力や熱意を平気で無視して、自分の選んだ者だけを寵愛《ちょうあい》する。他の人間が渇望《かつぼう》し、血の出る思いで欲している才能という宝石をそいつにだけ与える。断言してもいい。岬はそうして音楽の神様から選ばれた一人なのだ。

理屈では分かっている。才能の恐ろしさも何となくだが知っている。しかし、改めて見せつけられた時、自分を騙《だま》していた凡人たちは自我まで崩壊させられそうになる。ちょうど今の音楽科クラスがそういう状態だった。

自分には音楽の才能など欠片《かけら》もない。あったとしても、岬の宝石のような才能に比べれば砂金程度のものだ。いや、音楽以外の教科が普通科の生徒より下ならただの劣等生だ。

ついさっきまで平静を保ってくれていた偽りの自信を粉々に砕かれ、教室の中には見えない死体が累々と重なっていた。心ときめく食事どきだというのに、まるで通夜の席みたいに静まり返っている。

これが岬の放った破壊兵器の威力だった。

クラス全員の自尊心を撃ち抜き、彼らが微温湯を享受していた浴槽をぶち壊し、寒風吹き荒《すさ》ぶ中、彼らを真っ裸で放り出したのだ。

それなのに当の本人ときたら、涼しい顔をして弁当を食らっている。本人に憎まれている自覚がない分、余計に始末に負えない。

「もう一つ訊いていいか？」

「一つと言わずいくらでも答えるよ」

「今更だけど、前にいた学校って音楽科だったのか」

「いや、普通科しかなかった」

「で、転校ついでに普通科より音楽科を選んだってことか」

「うん。今までは放課後とか家でないとピアノを弾く時間がなかったからね。僕にしてみれば願ったり叶ったりだった」

それで合点した。周囲に比べるものがなかったから、岬は無自覚でいられたのだ。自分の才能が他人を絶望させることに気づかずにいられたのだ。

「今まで、自分が他人からどう見られているか意識したことないって言ったよな」

「うん、言った。嘘じゃないよ」

「それはいつからだ」

「うーん……母親からピアノを習い始めた頃からずっとだね。暗譜や運指のことだけで頭一杯だったから」

やっぱり天然だったか。

「忠告しておくけど、少しは周りの空気を読んだ方がいい。君みたいな性格は絶対に誤解される」

「別に誤解されたっていい」

「何だと」

「少なくとも鷹村くんは僕を分かってくれているみたいだからね」

「……照れもせずに、よくそういうことを口にできるな」

「全ての人間に自分を理解してもらおうなんて無理だよ」

岬は箸《はし》を動かす手を止め、じっと僕を見つめた。

「全員じゃなくたっていい。誰か一人でも自分を分かってくれて、感情を共有できる。それで充分じゃないか」

意外にも正面から岬を見るのはそれが初めてだった。

不思議な目だった。碧《あお》がかった鳶色《とびいろ》で日本人じゃないみたいだ。しかも人工物のように綺麗《きれい》に澄み切っている。

こんな目で見つめられていると、ノンケなはずの僕でさえが何だか妙な気分になってくる。

僕は照れ隠しに視線を逸らした。

「た、確かに一理あるかもな。君の場合にはピアノっていう最強の伝達手段もあるんだし」

「ピアノで自分の意志や感情を伝達しようなんて思っていないよ」

岬は事もなげに言う。

「僕は作曲者の気持ちが知りたいだけなんだ」

4

音楽科の生徒だから、という理由だけではないのだけれど、数カ月前に音楽ものの映画を観た。『アマデウス』という映画で、かの天才作曲家ウォルフガング・アマデウス・モーツァルトと宮廷作曲家アントニオ・サリエリの相克を描いた内容だった。この映画の中のモーツァルトは下品で、女好きで、徹底した礼儀知らず、対するサリエリは信仰心の強い真面目な男と設定されている。

観ていて辛くなった。三時間の長い映画だが、一時間もすると画面から目を逸らしたくなった。つまらなかったからではない。そこには才能を持つ者と持たざる者の相違が描写されていたからだ。どんなに下品で女好きで無礼であっても、モーツァルトの作った曲は天上から降臨した音楽で、片やサリエリの作る曲は凡庸《ぼんよう》で全く美しくない。圧倒的な才能の前では、高貴な人間性や涙ぐましい努力など何の役にも立たない。人間性や努力では決して才能の差を埋められない――映画は、その残酷な真実を僕に見せつけた。

僕たちは僕たちが大嫌いだ。

僕たちは平凡が嫌いで、ありきたりが嫌いで、十人並みが嫌いで、没個性が嫌いだ。だから本当の自分たちが大嫌いだ。

僕たちは特別な存在だと思いたい。特別な知能、特別な容姿、そして特別な才能の持主でありたいと願っている。当たり前の、どこにでもある人生なんて真っ平だ。

僕たちは一人一人が唯一無二で特別な存在なのだ――小中学校の頃、教師たちは判で押したようにそう言い続けていた。ナンバーワンでなくてもあなたたちは全員がオンリーワンで、無限の可能性を持っているのだと。

それが嘘であることは皆も薄々《うすうす》気づいていた。僕たちは凡人かも知れないけど馬鹿ではない。教師たちの言葉が文科省の指導要領とやらに基《もと》づいた虚言であり、妄言であると知ったのは高校受験を控えた頃のことだった。僕に限らず、あの頃に痛い思いをした人間は相当数いるはずだ。誰にだって信じ易《やす》い時期がある。そんな時に自分は万能なんだと呪文のように唱《とな》え続けられたら、大抵の子供は信じ込むに決まっている。だからあの頃、そういう無責任なお題目を唱え続けていた教師たちを僕たちは未《いま》だに許すことができない。

受験というのは拾い上げる制度ではなく、切り捨てる制度だ。当然のように優れた者から合格し、そうでない者は切り捨てられる。そしてようやく知ったのだ。僕たちの大半がナンバーワンどころかオンリーワンですらないことに。

万能ではなく、何もできない人間だった。

僕たちが個性だと思い込んでいたものは、精々河原の石が丸いか四角いかくらいの違いでしかなかった。本物の個性とは、それがただの石なのか鉱石なのかという相違だった。

僕たちは揃いも揃ってただの石だったのだ。

精一杯手を伸ばしても、欲しいものには手が届かない。憧れは遠く、伸ばした腕は短く、背伸びする体力もなかった。

厳しい現実に直面して救われた者も少なからずいた。中学の同級生と時折出くわすことがあるが、彼らは自分の資質と能力を見極め、その上で進路を模索していた。まだ決めていなくても決して遅くはない。模索するのは決して悪いことではない。少なくとも殻《から》に閉じ籠《こ》もっているよりはよほどマシだ。

一方で現実を見るのが怖くて、ずっとオンリーワンの幻想を大事に抱き続けた者もいる。他ならぬ加茂北高校音楽科に入学した僕たちだ。

音楽は好きだが、それを武器にできるほどの才能も能力もない。それでも普通科と異なるカリキュラムを受けていると、自分は特別なんだという錯覚に浸っていられる。最低でも卒業を迎えるまでは夢を見ていられる。

それを岬のピアノが完膚なきまでに粉砕してしまった。ちょうど『アマデウス』を観て、僕が絶望したように。

音楽科クラスの生徒たちにとって、岬はまさしく破壊神だった。自分たちの幻想を打ち砕くもの、自分たちを現実という恐怖に直面させるもの。

しかも破壊神だから誰も正面きって岬と対抗しようという者はいない。当たり前だ。まともに闘えば自分が傷つくに決まっている。何しろこの破壊神は容姿も知能も才能も兼ね備えている。クラス全部が束《たば》になっても敵わない。イジメようとすれば、逆に冷笑されるだけだろうからそれもできない。

神を相手に人間ができるのは畏れることだけだ。遠巻きに見て、その姿と声、そして奏でる音楽を享受するしかない。だから〈月光〉を演奏してしばらくの間、岬はアンタッチャブルな存在とされ、少数の者を除いては誰も近づこうとしなかった。

そしてまた幻想を破壊された者たちは、目の前に拡がる廃墟《はいきょ》から今まで幻想に隠されていた醜悪を目撃することになる。

「ねえ、亮くんたらあ」

一人で廊下を歩いている時、後ろから声を掛けられた。振り向いて見るまでもなく春菜だった。

「シカトとかせずに教えてよー。一昨日《おととい》から訊いてるじゃない」

「だから何で俺にそういうこと訊くんだよ」

正直、僕はうんざりしていた。春菜が質問してきたのは、もっぱら岬に関することだったからだ。好きな作曲家は誰なのか。その中でも一番好きな曲は何なのか。親は何をしている人なのか。好きなタイプはタレントで言えば誰なのか。そして、それを岬本人にではなく僕に訊いてくることに心底うんざりしていた。

「そういうことは本人に訊け」

「だってこの間、自分は岬くんの保護者なんだって言ったじゃない」

「前言撤回！　俺はあいつのマネージャーでもなければ保護者でもないっ」

「じゃあ何よ」

「ただの友達だ。悪いか」

「べ、別に悪いとか言ってないじゃない」

「お前だってただのクラスメートなんだぞ。だったら、何でそんな個人的なことを俺に訊くんだ。本人に直接訊いた方が手っ取り早いに決まってるじゃないか」

「直接って……無理だよ、そんなの。亮くんだって分かってるでしょ、そのくらい」

春菜は気分を害したように顔を背ける。

ああ、分かってるさ。

誰も彼も岬には近づき難くなっている。興味は頭から溢《あふ》れ出るほどあるのに、彼と話すことで自分の実像が露わになるのを恐れているのだ。

「大体だな、そんなこと訊いていったいどうするつもりさ」

「べ、別にどうするとかないけど……あのねえ、クラスメートなんだからプロフィールを知りたいと思うのは当たり前じゃない」

「どれだけ春菜があいつに興味を持ったところで、あいつがお前に興味を持つとは限らねーぞ。いや、絶対に興味は持たないだろうな」

「どうして、そんなこと断言できるのよ」

「お前に限った話じゃない。あいつはおそらくクラスの誰にも興味がない」

「……どういうこと？」

「あいつの興味は音楽だけだ。音楽を通じて作曲者の気持ちが知りたい。それを知るためには誰から誤解されても構わない。あいつはそう言っていた」

多少の誇張は許容範囲だと思ったが、それが逆に作用した。絶対に気持ち悪がると予想していたのに、春菜は途端に目を輝かせ始めたのだ。

「……ストイック！」

いや、だからそこはそういう反応じゃないだろう。

それで嗜虐《しぎゃく》心に火が点いた。

「だったら権力を行使して近づきゃいいだろ」

「権力？」

「あたしの父親はこの町の町長だ。この高校も父親の肝入りで造った……そうやって脅せば、ここの生徒は大抵お前の言うことを聞くぞ」

春菜の顔色が変わった。

しまった、言い過ぎた――と思った時には遅かった。

こんな辺鄙《へんぴ》な場所に高校が設立されたのは候補地が少なかったのが一因だが、実はそれに絡んでまことしやかな噂話も囁《ささや》かれていた。春菜の父親である鈴村町長が、自分の娘を近くの学校に通わせるため、強引な誘致をしたという内容だった。そして高校に音楽科が創設されたのも、ピアノ以外にはぱっとしない娘のために横槍《やり》を入れた結果なのだと。

春菜の父親が町長であるのは事実だ。しかし町長が春菜のために高校を誘致したり音楽科を創ったりしたというのは、ただの噂に過ぎない。そして噂を本人にぶつけるほど無神経なことはない。

「ま、まあ、それはあくまでもシャレだけどさ」

僕は慌てて言い繕った。具合が悪い時には洒落《しゃれ》や冗談で済ますのが一番だ。

「そんな訳であいつは音楽にしか興味がない。だったらお前、ピアノ得意じゃん？だったらその方面の話をしたらいいだけじゃん」

春菜の顔が苦しそうに歪《ゆが》む。それを見て僕はちくりとした痛みとともに溜飲を下げる。

「案外、意地悪なんだね、亮くん」

「何が」

「音楽科のクラスにいて、それが分からないなんて言わせない。岬くんの弾くピアノとあたしの弾くピアノは完全に別物よ。比較の対象にもならない」

「そうか？」

「しらばっくれないで。あの〈月光〉、聴いたでしょ？　あそこにいた人はみんな知っているわ。あのピアノが普通じゃないって。あんな演奏、真似《まね》しようとしたって真似できないって。だから、みんな彼には近づかないじゃないの」

でも、お前は近づこうとしている。

「近づけなくても知りたいことってあるでしょ？」

知ってどうするというんだよ。

「春菜さ。お前、岬に気ィあんの？」

その瞬間、春菜は僕を睨みつけた。すごく分かり易い反応だった。

「どうしてそうなるのよ」

「だったらやめとけ。あいつは破壊神だ」

「破壊……何よ、それ」

「あいつはたった一曲ピアノを弾いただけだ。それだけで色んなものを破壊した。安心とか、プライドとか……お前も分かってるだろ」

春菜は唇を真一文字に締めて口を開こうとしない。これも分かり易い反応だ。

「アレは破壊神っていう神さまなんだよ。神さまってのは信仰の対象であって恋愛の対象じゃない」

「……っとに、訳分かんないっ」

そう言い捨てると、春菜は踵《きびす》を返して廊下の向こう側へ走り去っていった。

ふう、と僕は溜息を洩らす。どうして他人のことで春菜と口論しなくてはいけないのだろう。

すると、今度は背後でぱちぱちと手を叩く音が聞こえた。

廊下の陰から岩倉が姿を現した。

「ずっとそこにいたのか」

「ああ。話し掛けようとしたけど二人の話があんまり面白かったんで、ずっと聞いていた」

「……趣味悪いな」

「相手の弱点を狙い撃ちするヤツには言われたくねーな。あれって春菜が一番、気にしてることだろう」

僕が返事をしない間に、岩倉はつかつかと歩み寄ってくる。

「口が滑った」

「滑ったくらいで出てくる言葉は本音だろう」

「突っかかるなよ」

「正直なのは嫌いじゃない。その点じゃ、お前が一番信用できるかもな」

「信用できるほど俺と話したことないだろ」

「けど、お前の言い分はもっともだと思った。あの比喩はゼツミョーだよ」

「比喩って」

「岬洋介は破壊神」

岩倉はメロディをつけ、歌うように言った。

「正にその通り。あのクソなクラスに蔓延《まんえん》していた、しょーもない安心とプライドを木端微塵にしちまったからな。見たか、あいつが演奏し終わった時のみんなの顔。拍手するのも忘れてよ、たった今夢から覚めましたって顔してんのな」

「しょーもないとまでは言ってないぞ。プライドも安心も、必要なヤツには必要なんだ」

「ねえよ、そんなもん」

岩倉は舌を出して嗤《わら》う。

「まともに普通科入れなかったヤツらの安心だと？　あんなちっぽけな音楽科の中でピアノが上手いプライドだと？　そんなもん全部あいつらが自分に吐《つ》いている嘘じゃねえか。最初っから存在しないんだよ」

「そう言う自分はどうなんだよ」

「俺？　俺は自分の立ち位置ってのを知ってるからな。だから自分に嘘を吐く必要なんてない。だから岬のピアノを聴いても、純粋に破壊力を見物するだけで済んでる」

「へえへえ、それはようございました」

「お前もだぞ、鷹村」

「何がだよ」

「お前だってとっくの昔に自分のいる場所を知っている。もう音楽への道を諦めている。自分の中でぶち壊している。だから破壊神の近くにいても平気なんだろ？」

一瞬、言葉に詰まった。

これが岩倉の嫌なところだった。クラスの人間に無関心な風を装っているのに、その実観察を怠らない。何かの拍子にそれを意地悪く開陳して一人で悦《えっ》に入るのだ。

「俺のことはどうだっていいだろ。放っとけよ」

「ああ、そうする。それなら岬について教えてくれ」

「はあ？　何だよ、お前も春菜と一緒なのかよ」

「俺が訊きたいのは岬の好きなことじゃない。逆だ。あいつの嫌いなもの、苦手なことを知りたい。そういうのは本人に直接訊いても、教えてくれそうにないからな」

「どうして、そんなことが知りたいんだよ」

「決まってるだろ、破壊神をぶち壊すためだ。相手を倒すには、まず弱点を調べるってのが定石じゃないか」

僕はどきりとして岩倉を見た。それでも本気なのか冗談なのかは判然としない。いつものように、人を小馬鹿にしたように嗤っている。

「転校生イジメなんて中坊までの遊びじゃないのか。第一、お前ってそういうキャラじゃないだろ」

「遊びじゃないさ。今は大丈夫でも、いずれ俺にも破壊神の魔の手が迫る。そうならないうちに叩いておかないとな」

「意味分かんないな」

「お前が分かる必要はない」

もう一度、岩倉を見る。

まだ嗤っている。しかし目だけは違っていた。

「春菜もお前も誤解しているようだけど、俺だって岬くんのことを全部知ってる訳じゃないぞ」

「そりゃあ全部じゃないだろうな。でも、この学校の中じゃ一番知ってそうだ」

「自分で観察して探したらどうだよ。得意だろ、そういうの」

「協力は拒否するってか」

岩倉の声が一段低くなる。これは岩倉が相手を本格的に脅しにかかる前兆だった。

普段だったら、僕も危険を回避しようとしていただろう。元々、無益な争いを好むタイプでもない。

しかし、この時は違った。

先に春菜と言い合い不機嫌になっていたことも手伝って、ひどく好戦的な気分だった。

それで、つい口にしてしまった。

「要するにあれだろ。春菜が岬くんに興味津々だから気に食わないだけだろ」

僕が言い終わるか終らないかのうちに、向こうの手が伸びてきた。

「珍しく尖った言い方するじゃないか。お前もそういうキャラじゃないと思ってたんだけどな」

剣呑《けんのん》な雰囲気だったが、一つだけ岩倉の意見に同意したくなった。

岩倉も僕も、そして春菜までもがいつもと違う対応をしている。孤高の存在を決め込んでいた岩倉が中学生並みの行動をしようとしたり、とり澄ましていた春菜が妙に浮き足立ったり、そして周囲には比較的無関心なこの僕が他人のために躍起になっている。

理由は明らかだった。何もかも岬洋介という闖入者のせいだった。

「尖ったように聞こえるのは図星だからか？」

僕の襟首《えりくび》を捩《ねじ》り上げながら、岩倉は凄みかけた。

「うるさいよ、お前」

岩倉の右手が大きく振り被《かぶ》られる。

来る——と直感したその時だった。

「お前らあ。そんなところで何やってんだあ」

廊下の向こう側から声を上げたのは棚橋先生だった。

ちっと舌打ちをして、岩倉は襟首を摑んでいた手を緩める。やれやれ、何とか難を免れたらしい。

「二人とも喧嘩《けんか》か」

「とんでもない」

岩倉はぱっと手を放して、棚橋先生に笑いかける。

「じゃれあってただけっスよ」

「校内で喧嘩は許さんぞ」

校外でならいいのか。

棚橋先生が近づくにつれ、岩倉は僕から離れていく。その距離の取り方が絶妙だった。

「岩倉。お前な、推薦で大学受けるんなら内申点が重要だってこと、知ってるよな」

「一般入試で合格すりゃ関係ないでしょ」

「自信ありそうな口ぶりだな」

「いーや、推薦されても受かる確率なんて似たようなもんだから」

岩倉はひらひらと手を振る。

「それにさー先生。水差すようで悪いけど、音大行ったところで、その先食っていけるかは別問題だぜ。じゃあ、いったい何のために音大合格するために勉強しなきゃならない訳？」

軽薄な口調だが、言っていることは途轍もなく重い。さすがに棚橋先生も返答に詰まったようだった。

実際、音楽科の高校から推薦入学で入ろうが一般入試で入ろうが、晴れて音大生になったところで卒業後の職業が保証されている訳ではない。

弁護士や医者、建築技師といった知識と技能が要求される職業には資格があり、その資格を得るために専門の大学が存在する。しかし片や美術や音楽、文学という才能を必要とされる職業に資格は存在しない。そして資格が存在しないということは、最低限の保証も存在しないということだ。現に音大の卒業生が全員音楽関係の仕事に従事している訳ではない。いや、そういう恵まれた者の方がずっと少ないだろう。

だったら、どうして僕たちは乏しい可能性にしがみついているのだろうか——岩倉の投げかけた質問は、つまりそういう意味だった。

「そんな理屈で逃げるつもりか」

棚橋先生はそう返した。

「そうやって逃げてばかりいると、いつか行き場を失うぞ」

横で聞いていて半分感心し、半分幻滅した。

岩倉への切り返しとしてはよくできた弁舌だ。でも決して僕たちの味わう絶望を緩和してくれるものではない。

岩倉もそう踏んだのだろう。薄ら笑いを浮かべたまま、「はーい」と返事をしてその場を立ち去った。

その後ろ姿を見ながら、棚橋先生は短い溜息を吐く。

「才能もあるし馬鹿でもないのに、何で真面目に取り組もうとしないんだろうな」

独り言ではなく、僕に訊いているかのようだった。

「ああいう性格ですから」

「それなら余計にもったいない。性格が二の次になる職業というのは、そうそうないからな」

「どんな職業も一緒じゃないんですか」

「違う」

棚橋先生は僕に向き直った。

「先生も音大卒で色々な音大生と、その進路を見てきた。だから言えるんだが、ほとんどの職業はもちろん能力主義だが性格を軽視している訳じゃない。組織の一員である限り協調性が優先される場合がいくらでもある。ただし、中には協調性よりも能力が優先される職業が少なからずある。その一つが芸術方面の職業だ。岩倉の性格があいう風なら、その方向に進むのはあながち間違いじゃない」

才能の有無についてあまりはっきり言ったことのない先生なので、少し驚いた。授業中でも雑談の中でも、勉強とか練習とかの言葉は多用するのに、才能という単語を聞いた記憶がなかったのだ。

すぐにぴんときた。

ここでもまた岬だ。岬の才能を目の当たりにして、棚橋先生までもが裡《うち》に秘めていたものを表に出し始めたのだ。

だから僕も訊きたくなった。

「でも先生。岩倉の言うことにも一理ある気がします。音大出たからといって、音楽関係の仕事が保証されている訳じゃありませんから」

「何だ。鷹村もそんなこと考えていたのか」

「俺や岩倉だけじゃなく、音楽科のヤツらは全員だと思いますよ。ほら、岬ショックがあったから」

「岬ショック？　ああ、あの〈月光〉のことか。……いや、あれは先生も軽率だった」

そう言って棚橋先生は頭を掻く。

「まさかあれほどだったとはな」

「え。先生、事前に岬のピアノを聴いていたんじゃないんですか」

「先に推薦状ありきだった。推薦状を書いたのが知り合いでな。滅多に生徒のピアノを誉《ほ》めない人間が絶賛していたからある程度は予想していたが、あそこまで突出しているとは予想もしていなかった。お蔭《かげ》で第一楽章だけ弾かせるつもりが全部聴く羽目になった」

そうか。あれは棚橋先生にとっても想定外の出来事だったのか。

「岬の練習量が半端じゃないことは聞いていたんだ。元来の才能に努力が加われば、どれだけの成果を挙げることができるか……そういう手本を示して欲しいと思ったんだがな」

「正直凹みましたよ。あれって努力どうこうで何とか追いつけるレベルじゃないでしょう」

「決めつけるなよ。最初から努力を放棄して何ができる。……しかし、岬のピアノがそう思わせてしまうのも事実だろう。前もって先生が実力を把握しておくべきだった。あの時は我を忘れて拍手までしてしまったが、今思い返すと少し罪作りなことをしたのかも知れないな」

少しじゃない、と口走りそうになった。

本気ではなかったにしろ、音楽専門のカリキュラムを受け、実技にも時間を割いた。音楽科の生徒としてはそれなりのことを学んでいたつもりだった。だが、あんな演奏を聴かされた後では全てが徒労に思えてしまう。

性格よりも才能が優先される職業がある――棚橋先生の言ったことはきっと本当なのだろう。それくらいの理屈は僕にだって分かる。だから僕たちは練習を繰り返す。

その才能を高めるには努力する以外にないからだ。

しかし、あんな演奏を聴かされてみろ。僕たちのしている練習など、ただの悪足掻《わるあが》きに過ぎないことが分かってしまう。音楽科の毎日が、決して本選には出場できない補欠選手の準備運動でしかないことを自覚させられてしまう。

岬の演奏は罪作りなどではない。罪そのものなのだ。

そこまで考えてやっと腑《ふ》に落ちた。

破壊神の手が伸びる前に叩いておく。岩倉の言ったことは冗談でも何でもない。わずかでも音楽の道に希望を見出している者の、切実な思いだったのだ。

Ⅱ
Crescendo agitato
クレッシェンド アジタート

〜次第に激しくなって〜

1

六月に入ってから、岩倉の岬への反目は顕著《けんちょ》なものになった。どんな具合に顕著かと言えば——要するに暴力だ。

その日の放課後、僕は音楽室に忘れ物を取りに急いでいた。元々音楽科クラスの生徒といえども、放課後に残ってまで練習をする者はあまりいない。以前は春菜あたりが遅くまでいたのだが、例の岬ショック以来、放課後の音楽室は半ば岬専用の練習室と化していた。だから今音楽室を覗けば、岬が一人きりで演奏に没頭しているはずだった。

ところが音楽室の前まで来ると、ピアノの音ではなく男の野卑な声が聞こえてきた。耳に馴染《なじ》みがある。それは岩倉の声だった。

「おら。丸くなっているだけなのかよ、転校生。我慢していれば終わると思ったら大間違いだぞ」

ドアを開けた僕は思わずあっと叫んだ。

ピアノを前にして岬が床に突っ伏し、それを岩倉が足蹴にしていたのだ。

「何やってるんだ！」

僕の声に振り向いた岩倉は表情を固くしていた。決して暴力を愉《たの》しんでいる風ではない。まるで何かの使命を全うしているかのような真面目腐った顔だった。

「見て分からないか。破壊神をこうして責め立てている最中だ」

そう言いながら岬の脇腹を蹴る。岬は蹲《うずくま》ったまま手足を身体の下に隠して、呻《うめ》き声一つ上げない。

僕はすぐ二人の間に割って入った。

「じゃあ岬くんに何の落ち度もないんだな。お前が一方的にやってるだけなんだな」

「邪魔《じゃま》すんなよ。こうするとお前には宣言したはずだ」

「あ、あんなもの誰が本気にするもんか」

「こう見えても俺は有言実行の男だぞ。やると言ったことは必ずやる」

「ふざけるな」

その時の僕はどうかしていたのだと思う。岩倉が喧嘩慣れしているのは誰でも知っている。そして僕は、逆に誰とも争いたくない平和主義者だった。それなのに僕は岩倉の前に立ち塞がったのだ。

それだけではない。岩倉が片足を振り上げた瞬間、その足を摑んで突き倒した。岩倉は体勢を崩して後ろに引っ繰り返った。

起き上がった岩倉は不思議なものを見る目で僕を眺めた。不思議なのは僕の方も同様だった。思わず岩倉を突き倒した手を、まじまじと見直した。

「へえ、カッコいいじゃんか、鷹村。でも慣れないことしてると痛い目見るぞ」

「ああ、カッコいいだろ。少なくとも無抵抗の人間をいたぶるよりはずっとカッコいいと思う」

「別に抵抗してくれて構わないんだけどな。こいつ、全然刃向かってこないんだ」

僕がちらと視線を落とす。岬は弱々しく笑いながら見上げてきた。

「やあ」

やあ、じゃないだろ。

よくよく見れば、左の頬が赤くなっている。どうやら足蹴にされる前に、何発か顔面に食らったらしい。

「お前からも何か言ってやれよ。どんなに殴っても、全然歯応えないんだ」

「その前に教えてくれ。どうして僕を殴らないといけないんだい」

岬はまるで殴られている当人とは思えない口調で訊いてくる。岩倉は苦い顔をして言う。

「安心しろ、鷹村の言った通りだ。少なくともお前自身に殴られる理由は何もない」

「じゃあ、どうしてこんなことするんだ」

「ただ、そこにいるだけで迷惑だってヤツがいるんだよ。しかも、そういうヤツに限って大抵自分が引き起こす迷惑に気づかないでいる」

「説明さえすれば理解するとは考えないのかい」

「説明なんか面倒臭い」

「そうか」

岬はゆっくりと立ち上がり、岩倉と対峙《たいじ》する。それでも両手を後ろにしている。

その格好を見て、はっとした。

岬はこんな状況にあっても、ピアニストの命である手を護ろうとしている。さっき岩倉に蹴られながら丸くなっていたのも、そのためだった。

「もう一つ訊いていいかな」

「何だ」

「君は何の楽器を演奏している」

「ギターだけど、それがどうかしたのか」

「じゃあ、指が無事なら大丈夫だよね」

言い終わらぬうちに、岬は大きな蹴りを岩倉の脛《すね》に炸裂《さくれつ》させた。

「うわ」

最短の軌道を描いた、無駄のない蹴りだった。威力もあったのだろう。岩倉は膝から崩れ落ちた。

撃たれた脛を擦りながら、岬を見る。

「何だ、ちゃんと抵抗できるじゃないか」

「そこにいるだけで迷惑なんて言われたら、自衛するしかない」

岬は後ろ手のまま岩倉を睨む。睨んでいても尚、敵意の感じられない不思議な目だった。自分を足蹴にしていた相手なのに、憎たらしいとか思わないのだろうか。

彼の横で僕は身構えてみせた。きっと不恰好《ぶかっこう》に映っているのだろうが、それでも岬とで二対一だ。岬の方も喧嘩慣れしているようにはとても見えないが、これなら一方的にやられっ放しにはならないはずだ。

岬と僕を交互に見ていた岩倉もきっと同じことを考えたのだろう。やがてすっと肩を落としてファイティングポーズを解いた。

「ちょっと分が悪そうだな。こういうのに慣れてないヤツが本気になると、手加減を知らねえから困る」

岩倉は何を考えているか分からないところがあるが、嘘を吐いたり姑息な真似をしたりする人間ではない。僕はほっとして肩の力を抜いた。どうやら僕を巻き込むつもりまではないらしい。

「それにしてもホントに意外だな。お前みたいなヤツが他人の加勢に入るなんて」

「放っとけ」

「だけどこれで終わりじゃないからな。精々護衛役に励むこった」

　そう言い捨てて岩倉は音楽室を出ていった。

　岬がふっと息を吐く。安堵のように聞こえたので、彼も緊張していたのだと思った。

「ありがとう」

　彼はぺこりと頭を下げた。僕はしげしげとその頭を見ていた。最初の時もそうだったが、この男は同い年の人間に対して、とても丁寧に礼を言う。

「君にはよく助けられるね」

「いや、今のは俺が悪かった。前にあいつから君を狙うって聞いていたんだ。まさか本気だと思わなかったから、君に警告しなかった」

「前ってどのくらい前だったんだい」

「君がレッスンで〈月光〉を弾いた後だよ」

「ちょっと待ってくれ。話が見えない。どうして僕が〈月光〉を弾いたら目の敵にされるんだ。この間も言ったように、音楽科に一番も二番もないだろう。それぞれが自分の目指すスタイルを探せばいいことじゃないか」

「だから……それはあくまで君の見方でしかないんだよ」

　岬が訳が分からないという顔をしたので、僕は腹を括《くく》って説明してやることにした。

　こんなに頭脳明晰なのに、どうして才能に恵まれない者の悲哀や苦悩が分からないのだろう。あんなにも感情表現豊かな演奏をするというのに、どうして目の前にいる人間の劣等感に気づかないのだろう。

自明なことを説明していると、僕自身が才能に恵まれない連中の一人でもあるので胸がちくりとする。それでも途中でやめる訳にはいかなかった。

「……と、いうこと。どうだ、理解できたか？」

岬は神妙な面持ちで頷いた後、困ったように言った。

「でも、申し訳ないけど、それは僕のせいじゃない」

そんなことは分かっている。

「みんなもそれは心得ているさ。だから余計にしんどいんだよ。結局は自分の能力不足を認めることになるからね。それで君みたいな人間が目障りになる」

「どうかな」

岬は意味深長に呟いた。

「岩倉くんについては、少し事情が違うような気がするけどね。彼の両親は音楽家なのかい」

「聞く限りじゃ音楽には縁もゆかりもないな。あいつの父親は建築業者だよ。ついでに言っとくと、この校舎の建設を請け負ったのも親父さんの会社だった。ええっと、母親も音楽には縁がないんじゃなかったかな」

「じゃあ、岩倉くんが音楽の道を志望したのは自発的なことだったのかい」

「ああ。根っからのヒップ・ホップファンでさ。普通科で勝手気ままにギターを鳴らしているよりは、音楽科で興味のあることを習った方がマシだと言ってたな。どうせ他の教科なんてフケてばっかりだし」

「彼はヒップ・ホップで僕はクラシックだ。音楽の方向も違えば、必要とされる才能もきっと違う。それなのに僕を排斥《はいせき》したがるというのは理屈に合わないよ」

なるほど、言われてみれば一理ある。

「誰も君と競うつもりなんてないよ。何て言うのかな……井の中の蛙《かわず》とか言うだろ。今まで井戸の中しか知らなかったカエルが、広い海のことを教えられたら、そりゃあ絶望するだろう」

「その言葉には続きがあるのを知ってるかい」

「続き？」

「井の中の蛙大海を知らず、されど空の深さを知る」

そんな話は初耳だった。

「まあ、後半部分は付け足しみたいなものなんだけど、つまり海の広さが全てじゃないということじゃないのかな」

何だか上手く言いくるめられたような気がして、素直には頷けなかった。

「とにかく助かったよ」

だが、岬の頬に残った痕《あと》は次第に色を濃くしていた。それを指摘してやると、岬は鷹揚《おうよう》に首を振ってみせた。

「ああ、こんなの別に構わないよ」

「でも、ひどいぞ。多分、内出血している。放っておいたら痣《あざ》になる」

「いや、だからさ、痣になろうがミミズ腫《ば》れになろうが、そんなの演奏に関係ないんだから……」

僕はつい大きな声を上げた。

「君には音楽やピアノに関係なければ、他のことはどうでもいいのか！」

「そんなこともないけど」

僕は指先で頬の腫れを突いてやった。岬はびくりと反応した。

「……痛いじゃないか」

「だったら、せめて手当てをしようとか考えろよ！　さあ、保健室行くぞ」

「親切は有難いけど、保健室にはもう誰もいないよ」

言われて思い出した。放課後は生徒の勝手な出入りを防ぐために、早々と施錠されてしまうのだ。

「職務怠慢だな！」

「その抗議にはいささか無理がある」

「分かった。だったらウチに来いよ」

「えっ」

「どうせ病院に行く気もないだろ。湿布薬くらいだったらウチにもある。来い」

僕は岬の手を引いて音楽室から飛び出した。

校舎が山の中腹にあるので、帰り道は下り坂になる。真横に流れる渓流と同じく勾《こう》配《ばい》が急なので、自然に歩調は速くなる。

「最初に登校した際にも思ったんだけど」

岬は軽く息を弾ませながら喋る。

「あんな場所に学校が建っていたら、毎日がトレーニングみたいなものだね」

「嫌になったか」

「逆だよ。演奏家には体力も必要だからね。お蔭で持久力をつけるにはもってこいだ」

「まあ、君でなくっても利点はあるみたいだな。三年生の担任が言っていたけど、あの立地条件が就職組には有利に働くらしい」

「どういうことだい」

「就職先の担当者が学校に来るだろ。そうすると例外なく感心するんだってさ。毎日こんな学校に通学する生徒は勤勉で真面目に違いないって。心証はどーんとアップするって訳さ」

「ところでさっき、手当てをすることも考えろと言ったよね」

「言った」

「その通りだ。君は正しい」

「……いきなりどうした」

「坂を下りる度に殴られたところがじんじんする」

坂を下りきり、県道を十五分も歩くと僕の家に到着した。

「やっぱり申し訳ないような気がする」

ドアの前で、岬は珍しく躊躇する様子を見せた。

「この怪我《けが》だって、君の責任でも何でもない」

「怪我人がそういう理屈を言い始めたら、救急隊員が廃業するぞ」

僕は構わず岬を家に引き入れる。

「ただいまー」

そう声を上げたが返事はない。その代わりに奥の方からはずっとピアノの音が洩れ聞こえてくる。

「ああ、リストの〈メフィスト・ワルツ〉だね」

「……一小節聴いただけで、よく分かるな」

「自分でも弾いているからね。弾いているのは鷹村くんのお母さんだね」

自信ありげに言われたので少し驚いた。

「どうして断言できる？　オフクロがピアノ教師なのは以前に言っておいただろ。それなら生徒が弾いているかも知れない。他にピアノを弾く家族がいる可能性だってある」

「玄関先を見れば、家族構成は大体分かる。ここには女物の靴一足と君の普段履きだろうスニーカーが一足。ピアノの生徒らしき靴は一足もない。それから、〈メフィスト・ワルツ〉をあれだけ弾きこなせるんだったら、ピアノ教室に通う必要はない。だから、あれを弾いているのは多分君のお母さんだ」

頭脳明晰なのは知っているけれど、こんな形で披瀝《ひれき》されても面白くない。僕は何のコメントもしないまま、彼を上げた。

「あ。お母さんに挨拶しておかないと」

「いいよ。どうせピアノの前に座ったら当分、部屋から出てこないんだ。クスリの場所はちゃんと知ってるしな。関係ないよ」

岬を従えて、キッチンに向かう。高校生の息子までいるというのに母さんは未だに家事全般がトロく、出したモノをよく放置したり失くしたりする。結局は僕が片づけ役になるので、クスリやら小物の置き場所は全部把握している。

救急箱から冷湿布薬を取り出し、手際よくシールを剝《は》がす。

「動くなよ」

岬の顔を軽く押さえて患部に貼る。皮膚の弱い部分の打ち身は、まず冷やすことだ。

「はい、終了」

「……一つ、いいかな」

「何だ」

「すごく手際がいい。大したものだ」

「あ、あのなあっ」

恥部を見られたような気がした。

「そんなもん誉められても、ちっとも嬉《うれ》しかないよっ。料理が上手いとかこまめに後片づけする男なんてな、拳が口に入るって自慢するのと同じくらい意味がないんだぞ」

「そうなのかい。僕なんかは純粋に尊敬するけれどね」

岬はさも感心したように湿布を上から撫でる。

「僕の家は父親と二人暮らしでね。父親は仕事で帰宅が遅くなるから、僕も家事全般はひと通りやってるんだけど……全然駄目だね。未だにどこに何が置いてあるのかもうろ覚えだよ。君とは比べものにもならない」

「父親と二人暮らしって」

「中学の頃に死んでしまってね」

さらりと言われたので、却《かえ》って胸に刺さった。

さっき玄関を見られて、この家には母親と僕しか住んでいないことは看破された。でもその理由まで、岬は推論を述べようとしなかった。

まさか、それさえも知っているのだろうか。

いや、さすがにそこまでは推理できないはずだ。

「ウチはさ、オヤジが単身赴任だもんでさ」

僕は平静を装って言う。言ってしまってから後悔する。母親を亡くしたクラスメートを相手に、何を空々しく喋っているのだろう。

「前にも言ったけど、オフクロは弾き始めると周りが見えなくなるタイプだからさ。結局はほとんど俺がやらなきゃいけないんだ。迷惑だよな、そういうの」

「笑えないな」

岬はぽつりとこぼした。

「自分の演奏に夢中で周りが見えていない。周囲に迷惑がかかっていても気づきもしない。音楽科クラスの中で、僕がまさにそういう存在らしいからね」

しまった。

地雷を踏んだ。

「立場が違うじゃん。俺たちまだ高二だぜ。立場も責任もある大人たちと同列に比べるなよ。〈月光〉を弾いた結果、みんなが落ち込んだとしてもそれは君の責任じゃない。それは君が自分でも言ったことだろ。僕のせいじゃないって」

「あれから少し考えてみたんだ」

岬の声は心なしか少し落ちていた。

「自分の立ち居振る舞いで傷つく人が現実にいるのなら、それに無頓着でいるのはやっぱり問題があるのかも知れない。もちろん犯罪云々《うんぬん》の話じゃないけど、本人が常日頃から心掛けていたら、発生するはずのない揉《も》め事だからね。それに、君が言う大人たちと同列に比べるなというのも、少し疑問に思っている」

「どうしてさ」

「いったい、何歳から僕たちは大人として認定されるんだろう。成人式を迎えた時点から？　でも二十歳を過ぎても周囲から子供扱いされて、本人もその気でいる人間はいっぱいいる。各地の成人式のニュースを見る度にそう思う。いい齢《とし》をしたオジサンの不始末を親がみるなんて話も珍しくないしね。だからさ、責任を取るとか自分を律するというのは年齢には関係のないことなんじゃないかな、よく分からないけれど」

「……ちょっとキモい」

「えっ」

「同い齢でそんなこと考えるなんてヤツいないぜ。老成って言うか何て言うか、異常にオッサン臭い」

「そ、そうかな」

「そうだって」

その時、不意にピアノの音が止んだ。

そして乱暴な打鍵。どうやら自分のミスを怒っている様子だ。ドアを開く音、そして廊下を歩いてくる音――。

「あら、亮。お客さんだったのお」

僕は咄嗟《とっさ》に声のした方を向く。

湿布薬を貼ってやった時とは比べものにならないくらい恥ずかしかった。

無造作この上ないひっつめ髪、化粧っ気のない顔、そして不機嫌そうな声。

これが僕のオフクロだった。

岬は馬鹿丁寧に姿勢を正して一礼する。

「お邪魔しています。鷹村くんの同級生で岬と言います」

「そう」

オフクロは岬の頭から爪先まで、値踏みをするように睨《ね》め回す。息子の僕から見ても、およそ上品には見えない視線だった。

「あんたの友達にしては見映えのいい方ね」

頼むから、少しは澄ました話し方をしてくれ。

「同じ音楽科なの？　楽器は何？」

「ピアノを弾いています」

「指」

オフクロはぶっきらぼうにそう言うと、岬の返事も待たずにその手を取る。

「ふうん。ずいぶん綺麗だけど、それなりに練習している手よね。いつから習っているの？」

「幼稚園の頃からです」

「ちゃんとした先生？」

「母親からです」

「駄目よ、そんなんじゃ」

オフクロは岬の手を突き放した。

「たとえ幼児からでも、ピアノ教育を素人任せにするなんて言語道断。変な癖がついたら取り返しがつかなくなるっていうのに」

可哀想に岬はおどおどしている。当たり前だ。誰が初めて訪れた友人の家で、その母親から詰《なじ》られるなんて想像するだろう。

「規模だけは大きいピアノ教室でも、やたら指を高くするような癖をつけちゃうからね。正確に弾けばいいってもんじゃないわよ、全く。そんなんだから、ショパン・コンクールのファイナルに残るような日本人が生まれないのよ。ねえ、岬くんとか言ったわよね」

「はい」

「途方もない話だと思うだろうけど、あなたショパン・コンクールに出たいと考えたことない？」

問われた岬は目を白黒させている。そしてまた、オフクロは相手の反応も確かめずに話を進める。

「そりゃあ本人の才能と努力如何《いかん》だけど、ちゃんとしたメソッドに則《のっと》った優秀な指導も必要よ。どう、わたしの教室に入らない？」

勧誘の材料にショパン・コンクールを持ち出すのは、オフクロの常套《じょうとう》手段だった。子供にピアノを習わせる親なんて大なり小なり夢を抱いている。どうせ夢なら、馬鹿らしいくらい大きい方が気を引き易いということだ。

でも、それを息子の友人に行使するのはアウトだ。しかも相手はあんな〈月光〉を弾いた人間なのだ。

きっと赤くなっているに違いない。僕は顔から火が出そうだった。

「やめろよ、オフクロ。岬くんが困ってる」

「ああら、困ることなんて全然ないのよー。レッスン料は格安だし、練習時間だってフレキシブルに対応できるし。ウチ、旦那が出ていったから、好きな時間に」

「オフクロ！」

慌ててオフクロを制したが、後の祭りだった。

「ぺらぺらと要《い》らんこと、喋ってんじゃないよ」

僕はそれだけ言って、岬の腕を引っ張った。これ以上、彼とオフクロを一緒にいさせるのは勘弁して欲しいと痛切に思った。

「レッスンのこと、考えといてねー」

うるさい、馬鹿。

玄関まで岬を見送る。でも僕はまともに顔を合わせることができなかった。

「じゃあ、また明日」

それだけ言って僕が背を向けた時、岬が最後に言った。

「ごめんね……」

それが手当てをしたことによる礼だったのか、それとも僕を気遣う言葉だったのかは確かめる術《すべ》もなかった。

僕は逃げるようにして自分の部屋へ駆け出した。

2

七月の後半から加茂北高校も夏休みに突入した。普通科の生徒にしてみれば待ちに待ったイベントの到来だが、僕たち音楽科の生徒は少し事情が異なる。と言うのは、九月の発表会を控えて、休み中にも練習があるからだ。それも一日二日のことではない。夏休み期間四十日中、何と二十一日間、つまり半分以上が夏季登校日になる。

クラスの中にはこの点について不満を露わにする者が少なくなかったが、元より音楽科は特殊技能だけで在学を許されているようなものだ。発表会ではそれなりのパフォーマンスを見せなければ、存在感がなくなってしまう。皆それを知っているので、不満たらたらながらあの長い坂を登ってくる。

七月二十八日は夏季登校が始まってまだ二日目だったが、早くも皆はだらけ切っていた。理由は主に三つある。

一つは二日前から降り続いている雨だ。土砂降りが続いた後で小降りになり、そのまま止《や》むかと思えばまた激しく降り出す。そんな降り方がもう三日も続いている。スクールバスでも通っていれば話は別なのだが、もちろんそんな気の利いたものはなく、長く急な坂を登ってくるだけだから、いい加減嫌になってくる。坂道なのでアスファルトの上から水が流れてくる。スニーカーの中はあっという間にずぶ濡れになる。シャツの中も同様だ。長靴を履いてくればいいだろうという意見もあるだろうが、多少なりとナルシストの傾向がある高校生には酷な注文だ。我慢できないヤツは学校に到着して濡れた靴下を脱ぎ、そうでないヤツは気持ち悪さに耐えながら、また帰宅途中にずぶ濡れになる。こんなことを繰り返していたら、どんな聖人君子も登校拒否を起こすだろう。

二つ目の理由は棚橋先生が不在だったことだ。原則として登校日には学年主任の横《よこ》屋《や》先生か担任の棚橋先生のうちどちらか一方がいなくてはいけないのだが、この日は体調不良という理由で棚橋先生が休んでいた。監視役のいない高校生が半日近くも真面目を維持できるかどうか、考えるまでもないだろう。リーダー役の春菜がどれだけ注意しても、練習に身を入れる生徒は半分もいなかった。多くは馬鹿話をしているか、携帯端末のゲームに興じている。

ただし彼らが神経を集中する場合がある。岬がベヒシュタインに向かっている時だ。発表会の演目の一つにピアノソナタが予定されていて、演奏者は半ば自動的に岬に決定した。岬ショックの後では誰も立候補する者もおらず、他薦すれば推薦された本人が尻込みしただろう。そして岬が鍵盤を叩き出すなり、全員が沈黙して彼の指先を注視した。彼のピアノは、そのくらいの吸引力があったのだ。

「それで三つ目の理由は何なんだい」

小休止の間、岬は僕にそう尋ねた。

「ゲームなら家でもできるけど、演奏は環境の整った場所でしかできない。それなら学校で練習するのが一番いいと思うんだけど」

三番目の理由は君自身だ――そう告げたら、岬はいったいどんな顔をするだろうかと想像してみた。きっとまた困惑しながら頭を振るに違いない。

練習段階でそんな完成度の高いピアノソロを聴かされてみろ。大抵の人間は物怖じして楽器に触れたくなくなる。ただ、それを岬本人に説明するのはさすがに僕も飽きてきた。

「三つ目は、まあ自分で考えてくれ。何にしろ、君は自分がとんでもなく異質だってことを自覚した方がいい」

すると岬は不思議そうに僕を見た。

「異質であることは自覚しているよ。僕は君ではないし、君は僕じゃない。でも、そういう異質なもの同士が各々のパートを奏でることでハーモニーが形成される。オーケストレーションの醍醐味《だいごみ》というのはそういうことだからね」

「いや、そんな意味じゃ……もういい。そういえば、君は演奏以外のことにはあまり関心がなかったんだな」

「あるよ。今のところは二つ」

「へえ、興味あるな。聞かせてよ」

「朝来た時にはいたはずの岩倉くんの姿が見当たらない」

「やっぱり気にしていたのか？　その、またちょっかい出してくるんじゃないかって」

反撃を受けてから、岩倉が岬に手出しをすることはなくなった。しかし時折岬に向けられる視線には相変わらず敵意が見え隠れし、僕も警戒していたのだ。

ところが岬の返事は冷めたものだった。

「単純に、そこにあるはずのものがなければ気になるよ」

「それなら答えは簡単だ。フケたんだよ。朝来た段階で棚橋先生がいなかったから。バッカみてーとか言って教室を出ていったよ。それにあいつは君と違ってアンサンブルには興味がない。自分さえ気持ちよくギターを弾ければそれでいい」

岬が音楽室を出ていく岩倉に気づかなかったのも無理はない。ちょうどその時、彼は演奏中だったからだ。ピアノを弾いている時の岬は完全に憑《つ》かれたような状態になっているので、周囲に爆弾が落ちても感知できないのではないかと思う。

それから棚橋先生と岩倉の確執もある。

　まだ岬には説明していないが、先生と岩倉の間にはちょっとした因縁がある。先日も僕と岩倉が剣呑な雰囲気になりかけたところを先生が割って入ってくれたが、あれで岩倉が拳を引っ込めたのは、二人が教師と生徒という関係以外に確執を抱えていたからだ。だから岩倉は棚橋先生がいないと見るや、自主休講を決め込んだに違いない。

「もう一つの興味って何よ」

「この雨」

　岬は窓の外に視線を移す。登校時にも結構な降り方だったが、今は篠突《しのつ》くような勢いになり、楽器の音を掻き消すほどだった。

「何だ。もう帰りのことを心配してんのかい。終わる頃には止むか、小降りになるんじゃないのかな」

「この二日間、止んだことがない」

「だから、もういい加減止むんじゃないのか。ものには限度ってものがある」

「それが怖い」

「えっ」

「鷹村くんの言う通り、ものには限度がある。問題はそれぞれの限界に差があることだ」

「……悪い。何を言っているのか分からない」

「いいさ。僕の杞憂《きゆう》かも知れないし」

「杞憂?」

「所詮《しょせん》、僕は新参者だからね。君たちには当たり前に見えるものが当たり前に見えない。そういうことも有り得る」

何を言っているのかさっぱり理解できなかったが放っておいた。岬が言葉を濁《にご》すのは慎重になっている時だ。せっついても決して全部を話そうとしないのは、僕もとうに学習済みだった。

雨の勢いは全く衰えない。

これが午前九時三十分のことだった。

その後もだらだらと締まりのない時間が過ぎていった。指揮者不在のオーケストラと一緒だ。各人が楽器を鳴らしていてもモチベーションが上がらず、方向性もばらばらだから一向に纏《まと》まる気配がない。

こういう時の岬の反応は見ていて面白い。絶対音感の持主なのか、こういう不協和音を聞かせていると次第に顔が険しくなってくるのだ。聞くところによれば生活環境音でさえもが苦痛になるというのだから、天賦《てんぷ》の才能を持つのも善し悪しといったところだろう。

だが幸いにも、その生活環境音が岬の救世主となった。

十時を過ぎた頃から雨の降り方が尋常ではなくなってきたからだ。

「うわ。見ろよ、スゲー」

「きゃっ、何よ、これ」

バケツの水を引っ繰り返したような、という表現でも追いつかない。視界はほとんどゼロとなり、校舎の壁や窓を叩く音は地響きのような凶暴ささえ孕んでいた。こんな中では、いくら楽器を鳴らしてもまともには聞こえない。

「早くフケた智生はラッキーだよな。あいつの家近くだから、もうとっくに着いてる頃だろ」

「あいつが真っ直ぐ家に帰るもんか。どっかで道草食ってずぶ濡れになってたら面白えのに」

「でもこんな土砂降り、長くは続かねえって。そのうち止むさ」

交わす言葉がいちいち大きい。そのくらい大声で話し掛けないと、雨音で掻き消されてしまうからだ。

窓はどこもかしこも水飛沫《しぶき》で向こう側が見えなくなった。車内に入ったままガソリンスタンドの洗車場を潜《もぐ》ったら、ちょうどこんな光景なのではないか。

クラスの連中は何となくお祭り気分に駆られているようだった。僕もそれは否定しない。台風が接近する際の昂揚感みたいなものは、確実に存在するからだ。

「おい。誰かケータイで気象情報見てくれよ」

「今更、何言ってんだよ。ここが圏外になってるの、みんなだって知ってるだろ」

「田舎だからさあ、基地局遠いんだよねー」

その通りだった。加茂北高校では、携帯電話の教室への持ち込みは特に禁止されていなかった。それは山間部で電波が届かないため、携帯端末もただの箱になってしまうからだ。

「母ちゃんにクルマで迎えに来てもらおうかな」

「バーカ。この雨だぞ。クルマだって、あの坂登ってこれるかどうか」

「だよなあ、こんな雨だったら学校側も今すぐ帰宅しろとは言わないだろうよ。校舎の中に避難していた方がずっと安全だぜ」

「この学校、山の上にあってよかったかな。これが平地にあったら一階部分、完璧に浸水してるぞ」

「あー、それは言えてる。どんな大洪水が起きたって、ここだけは安泰だからな」

もはや誰も楽器を手にしている者はいない。それぞれが勝手なことを口走り、収拾がつかない。

こういう騒ぎも不協和音のうちに入るのか、岬はひどく不機嫌そうだった。

「岬。あんまり辛いようだったら保健室行くか」

ふざけ半分で僕がそう話し掛けると、岬はきょとんとした顔をこちらに向けた。

「えっ。いや、別にどこも具合は悪くないよ」

「嘘吐け。今、とんでもなく不愉快な顔してたぞ」

「不愉快じゃなくて、不安なんだよ」

何が、と質問しかけたその時、異変が起きた。

どおん、という地を揺るがすような重量感のある音がしたかと思った瞬間、音楽室の照明が全部消えた。

たちまち女子たちが悲鳴を上げた。

「な、何だよ、今の」

「ドーンて音がしたよな」

「近くに雷が落ちて停電したんだ」

さっきまでのお祭り気分が一瞬吹き飛ぶ。

厚い雨雲に太陽を遮られているせいで、まだ昼前だというのに音楽室の中は薄暗い。

だが、深刻さが嫌いな僕たちはすぐに無駄な陽気さを取り戻し、騒ぎ始めた。

「あーあ、これでエアコンも停まっちまう」

「早速、暑いんじゃねえの？」

「おまけに湿度たっぷりだし」

「よーし、男子も女子も脱いだ脱いだ！」

「一人でやってろ」

「まー、明かりの方はケータイのスポットライトで何とかなるにしても、エアコンはどうしようもないよなー」

「この学校さ、自家発電のシステムとかない訳？」

「ないない、そんなもん」

「けど、さっきの雷は凄かったよな。もう一度落ちねえかな」

「やめてよ」

生徒たちがああでもないこうでもないと話している最中も、雨の勢いは一向に収まらない。

さすがに少し不安になり、僕は自分のケータイを開いてみたが、やはり〈圏外〉としか表示されていない。

こんな時、彼はどんな風にしているのだろう、と岬を見た。

岬は銀色に煙《けむ》る窓をずっと眺めていた。そして顔をそちらに向けたまま言う。

「ちょっと付き合ってくれないかな」

「何だ、君もフケるつもりか。だったら、もう少し雨が止んでからの方がいいんじゃないのか」

「みんなが一緒にサボることができれば一番なのだけれど……」

何やら謎《なぞ》めいた言葉を残し、岬は席を立つ。どうせ音楽室にいてもすることがないので、僕は彼に同行することにした。

「どうやら、フケるつもりじゃないみたいだな」

「うん。停電の原因を探りたいと思ってね」

「原因って、あれは落雷だろ」

「でも全く光らなかっただろう？　間近に落ちたはずなのに光らなかったのは変だ」

「じゃあ何だと思う？」

「取りあえずは最悪の事態を予想している」

岬は僕を従えてずんずん前を歩いていく。

「この辺はまだ電柱が多いよね」

「あん？　ああ、都会じゃ地下にケーブルを這《は》わせてるらしいね。けど、ここはまだ田舎だからさ。それがどうかした？」

「電線が切断された可能性を考えている」

「えっ、この豪雨で。いや、それはさすがにないだろう」

岬はそれには答えてくれなかった。

やがて岬は階段を下りて正面玄関に向かう。どうやら外に出るつもりらしい。

「お、おい。そのまま出たらずぶ濡れになっちまうぞ」

「君はレインコートとか持ってきているのかい」

「そんな気の利いたモノ、持ってないよ。今朝だって傘しかなかった」

「僕もだよ。それでね、こんな降り方だったら、傘なんか差していてもどうせ濡れてしまう。かえって邪魔になるくらいじゃないかな」

「……どうしても出るつもりか」

「こんな視界じゃ、校舎の中からじゃ見えない。ああ、鷹村くんまで出る必要はないよ」

かちん、ときた。

ここまで付き合わせておきながら何て言い草だ——というか、自分がそう言えば僕があっさり引き下がるとでも思っているのだろうか。

「行けるとこまで行ってやろうじゃないの」

僕は覚悟を決め、玄関の靴置き場に降り立った。岬はそんな僕を済まなそうな目で見ている。

「それで？　いったいどこを見に行くつもりなんだ」

「校舎周りをひと通り」

マジかよ、と愚痴《ぐち》りながら僕は靴を履き替える。

加茂北高校の敷地は山林を切り拓いて、無理やり造成したものだ。だから当然、色んなところに無理が残っている。校舎と体育館は隣接していて裏、つまり西側は山になっている。問題は他の三方向で、こちらはどこも川に面している。つまり麓に続く道路には橋一本で繋がっているだけなのだ。こういう地形の山林だから二束三文で買い叩けたというのも納得がいく。

「でも、その前に確認しておくことがある」

岬は下駄箱の端に設《しつら》えた緑色の公衆電話に向かう。これは生徒と外来者用に備えられたもので、下からクルマを呼ぶ時によく使用されている。

岬は十円玉を投入し、ボタンを三つ押した。数から考えれば警察か消防署だろう。しかし彼は数秒耳に当てていたかと思うと、すぐに受話器を戻した。

「駄目だ。やっぱりどこかで断線しているらしい。うんともすんとも言わない」

しかし折り込み済みだったのか、大して落胆した様子は見せなかった。

「それじゃあ、まず校舎裏から見てみよう」

「校舎裏には電柱なんて立ってなかったぞ」

「さっき妙な音がした。音の方角は北側だった」

「えっ」

「ほら、みんなが雷じゃないかと言っていたどおんという音。あの音に重なって、何かが滑り落ちるような音も聞こえた」

「そんな音、したかな」

「したさ」

岬は事もなげに言い、また来た道を戻る。廊下を突っ切って校舎の裏に出るつもりだ。

あの轟音《ごうおん》は二つの音が重なっていた——そんなことは今の今まで考えたこともなかった。いや、それ以前にそんな風には聞こえなかった。だからこそ、あれだけ人が集まっていた中で岬だけが異変を感知したのだ。

かりそめにも音楽科に籍を置いている身分だから、多少耳には自信があった。微妙な音のニュアンスやミスタッチ程度は楽に聴き分けられると思っていた。ところがあの時、岬には聞こえた音が僕には聞こえなかった。結構、劣等感を刺激する出来事だったが、聞こえたのが岬だけらしいという事実がわずかな救いでもある。

以前、自分が思い知らされたことを再確認させられる。音楽でも学問でもスポーツでも、十人並みなら努力次第である地点までは到達できる。しかし、そこから上は努力だけで進むことはできない。持って生まれた資質が通行証になる。常人が聞くことのできない音を聞き、常人の感知できないことを感知できる者のみが、通行を許される。

岬の後に続いて廊下を突っ切ると、やがて体育館に通じる渡り廊下が見えてきた。

いや視覚より何より、先に襲い掛かってきたのは圧倒的な音の洪水《こうずい》だった。

実際は玄関までやって来た時、既にその兆候があった。轟音としか表現できないような音の暴力。それが自分たちの周囲を取り囲んでいる。

だが、それがただの兆候に過ぎないことは渡り廊下に近づくにつれて分かった。渡り廊下は屋根だけでほぼ吹きさらしの状態なので、外からの音が直接伝わってくるからだ。

そして岬が裏玄関のドアを開けた瞬間、本格的な嵐が襲来した。

「うわっ」

珍しく岬が叫んだ。無理もない。半分ほどドアを開いたところ、風の勢いで身体まで持っていかれそうになったからだ。

ドアの向こう側は銀色のカーテンで覆われていた。視界は一メートルも望めない。地面に叩きつけられた雨の飛沫で、足元が白く見える。外に出て数秒もしないうちに、岬のシャツはべっとりと肌に吸い付いてしまう。

滝の中にいるようだった。

そして音は凶暴でさえあった。和音も不協和音もなく、ただただ破壊的な音がこちらに向かってくる。耳を劈《つんざ》き、身体の芯まで届くような衝撃音。正直、その音だけで二の足を踏んだ。この音の暴風雨の中に入ってしまったら、身体中を音で貫かれるような恐怖があった。

僕よりもずっと聴力の鋭敏な岬がこんな暴力に耐えられるだろうかと危ぶんだが、彼は怯《ひる》む様子もなく、銀色の槍の中に身を投じていく。

ついて行かない訳にはいかない。僕は深く息を吐いてからその中に飛び込んだ。

一瞬、激痛を覚えた。

それほど鋭い雨だった。銀色の槍という表現は誇張でも何でもない。ただの雨の滴《しずく》が肌を直撃する度に痛みを感じる。シャツは数秒で役立たずになった。

岬の後を追うが、両手を目の前に翳していないと歩くこともできない。わずか二メートルほど前を歩いているだけなのに、この中では白いシャツは雨の中に紛《まぎ》れ、岬の頭と下半身しか認識できない。

生温《なまぬる》い雨の匂いが鼻腔に侵入してくる。そして、僕は土の匂いも混じっていることを感知する。

しばらく進んでから、不意に岬の足が止まった。僕はどうした、と声を掛けてみたが雨音に掻き消されてしまう。

彼の横に並び、同じものを見る。

きっと僕は目と口を同時に開いていたに違いない。

本来であれば、そこには待ち受け擁壁が立ちはだかっているはずだった。崖崩れが起きても、張り巡らされた金網が土砂を防いでくれているはずだった。

ところが、その金網は原型を留めることなく大量の土砂に押し潰されていた。土砂だけではなく、巨大な岩石に押されて歪《いびつ》になった箇所や完全に埋もれてしまった部分もある。

いつの間にか崖崩れが起きていたのだ。それがこの轟々とした雨音に消されてしまっていた。

崖崩れの起きた痕跡《こんせき》は僕にでも分かる。以前は草木の生い茂っていた斜面がずるりと剝《そ》げ落ち、無残な山肌を晒していたからだ。降りしきる雨で全てを把握することはできないが、視界よりももっと高い場所から崩れているのは明らかだった。

先刻嗅いだ土の匂いの正体がこれだった。

背筋から恐怖心が湧き起こる。そして奇妙なことに好奇心も湧いた。怖いもの見たさに足が前に進む。

その時だった。

不意に雨の降り方が緩くなった。

銀色のカーテンが粗くなり、靄《もや》が消えるように視界が拡がる。

僕は啞然《あぜん》としていたと思う。

崖崩れの惨状が更に明らかになった。待ち受け擁壁は南北の端から端まで全滅だったのだ。真っ直ぐ金網が張ってある箇所など一つもなかった。擁壁を粉砕したのは土砂と岩石、そして大木だ。中には僕が両手で抱えきれないほど太い樹までが横倒しになっている。これでは待ち受け擁壁が紙細工のようにひしゃげても、何の不思議もない。

雨足が緩んだせいで、それ以外の音も聞こえるようになった。

唸《うな》る風の音。

揺らぐ木々の音。

音の渦に巻き込まれて、僕は束《つか》の間、方向感覚を失くす。

風の音は獣の咆哮だ。

木々の音は山の悲鳴だ。

ぐるぐると音が旋回する中、からからとひどく軽い音も混じる。

何かと思ったら、崖の上から小石の転がり落ちる音だった。それも一個や二個ではない。まるで降るような数が同時に落ちてくる。山肌のところどころから泥水が湧き出ており、その流れに運ばれてくるようだった。

急に見通しがよくなったことでふっと気が緩み、僕はごく自然に進み出ようとした。

「駄目だよ」

僕の前を岬の腕が制止した。

「これ以上、近づかない方がいい」

「でも、雨は小降りになった」

「それは関係ない」

そして僕の手を掴むと、半ば強引に校舎のある方向へと引っ張っていく。

「えっ。えっ。もう戻っちゃうのか」

「ここは、もういい」

ひどく緊張した声だったので驚いた。少なくとも、彼が転校してきてから、こんな声を放ったことは一度もない。

裏口を潜る寸前、また雨足が強くなった。どうやら、今しがた緩くなったのは空の気紛れだったらしい。思い出したように篠突く雨が甦った。

校舎の中に戻ると、安堵と気色悪さが同時にやってきた。安堵は暴風雨から逃れた安心、そして気色悪さは当然肌に密着したシャツの感触だった。シャツだけではない。確認したくもないが、おそらくパンツの中も水浸しだ。まさか十七にもなってパンツがずぶ濡れになるとは想像もしていなかった。下着はともかく、ジャージの上下は教室に備えてある。この冒険が終わったら、すぐに着替えるとしよう。

人心地がつくと、今まで麻痺していた感覚が一気に回復した。肌に纏わりついた雨の匂いは相変わらずだが、それに下駄箱と汗の臭いが混じり合う。

「これ」

岬は僕の前にハンカチを差し出した。

「飛び出す前に、ここに置いておいた。これで拭くといい」

「有難いけど、君はどうするんだよ」

「二枚用意していた」

岬は自分の下駄箱から、もう一枚を取り出した。いつの間にそんなところに置いていたのか、僕は全然気づかなかったのに。

「それにしてもびっくりした。まさか崖が崩れてたなんて……」

「多分、ゆっくりと崩れていたんだと思う。それが今朝になって加速したんだろうね。そして、いまだに継続している」

「何だって！　あれ以上、まだ崩れるっていうのか」

「だから近づかない方がいいと言ったんだよ」

「何か根拠があるのか」

「うん。崖の上から小石が落ちてきただろ」

「ああ」

「山肌から水が湧いていたけど、濁っていたよね」

「ああ」

「その二つは崖崩れの前兆だよ」

岬は顔を拭きながら答えた。

「それとも一つ。君が見たかどうかは知らないけれど、山肌には大きな亀裂《きれつ》が走っていた。僕たちが目撃した崖崩れはまだ小規模だった。後からもっと大きな崩れ方をする可能性がある」

「あれが小手調べだっていうのか」

「僕もニュースで聞きかじった程度なのだけれどね。崖崩れの規模というのは、地中に滲《し》み込んだ雨量に比例するらしい。この雨は、もう三日も降り続いているんだろう？　だったら溜め込んだ雨の量は相当なものになるはずだ」

「だ、だけど一度崩れた後だ。二度も同じ場所が崩れるはずないだろ」

「視界が拡がった時に見た。崩れた土砂は山の中腹部分で、まだ山頂辺りはずいぶん残っていた。それが一気に崩れたら、位置エネルギーも含めてもっと威力は大きくなる。土砂の量も多くなるだろうね」

「大変じゃないか！」

岬の冷静な口調に対して、僕のそれは上擦《うわず》っていた。

「早くみんなに知らせないと……」

「知らせてどうするんだい」

「ええっ」

「裏山で崖崩れが起こった。君が大声でみんなにそれを知らせたとする。それを信じて慌てる者が三割。半信半疑だからと自分の目で確かめようとする者が三割。残りはきっとパニックに陥る。全員がそれぞれ勝手な行動を取り出したら収拾がつかなくなるよ。それとも全員を鎮《しず》める魔法の呪文でも知っているのかい」

僕は言葉に詰まった。

「知らせるのはもちろんだけれど、その前に退路・避難場所を確保しておかないと徒《いたずら》にパニックを誘発させるだけだ。それさえ確保しておけば、みんなも冷静な判断や行動ができる」

「……どうして君はそんなに落ち着いていられるんだ」

「さあ。舞台度胸みたいなものかな」

「とにかく横屋先生には知らせておこうよ。今、職員室にいるはずだ」

走りかけた僕の腕をまた岬が摑んだ。

「そんな暇はない」

「だって」

「ああいう立場の人は、僕たちの話を鵜呑《うの》みにすることはない。必ず自分の目で確かめてから判断しようとする。時間のロスだ。まず僕たちで退路を確保してから全てを説明した方がいい」

「じゃあ、君が先生に伝えろ。僕は退路を確認しておく。それならいいだろ」

「退路を確認している最中、君が災害に巻き込まれる可能性は考えたかい？」

僕は再び言葉に詰まった。

3

結局のところ退路というのは校舎と道路を繋ぐ橋しかない。言い換えれば、この橋が使えなくなった時点で加茂北高校は陸の孤島と化す。

「君に聞いておきたい。舗装された道路は校舎より上にも、ずっと続いているんだよね」

「ああ。峠を越えて隣の恵那《えな》市に続いているはずだ」

「ということは、これより上にも民家があるということだよね」

「うん。詳しくは知らないけど、何世帯かは住んでいるはずだ」

「それなら道路沿いに電柱が立っているはずだな」

「……何を考えている？」

「さっきの停電の原因。電線だけが単独で切れたとは思えない。おそらく電柱が倒れるかどうかして、その弾みで切れたと考えた方が自然じゃないのかな」

「電柱が倒れたって」

「電柱が道路沿いに立っているんだったら、電柱が倒れた地面はもっと悲惨な状態になっているだろうね」

そういうことか。

しかし感心する暇も与えず、岬は正面玄関に向かっていく。

ガラス扉の向こうは再び銀一色の世界になっている。雨の伝わり落ちるガラスには、いっそワイパーをつけてやりたいくらいだった。

正直、あの滝のような雨に打たれることには躊躇を覚える。少なからず恐怖心もある。

それでも岬の背中を見ていると放ってはおけなかった。保護者気分ではなく、この人間を危険に晒して、自分だけが安全地帯にいることが居たたまれない。

迷惑で、面倒な話だと思った。

それが意外に心地いいのは不思議としか言いようがない。

岬は怯む様子もなく正面のドアに手を掛けた。

そして顔を顰《しか》める。

「悪いけど手伝ってくれないか。向かい風が強過ぎて、油断したらドアごと吹き飛ばされそうなんだ」

だから、そんな顔をして頼みごとなんてするな。

卑怯じゃないか。

僕はすぐ岬の傍《そば》に駆け寄った。彼の手に自分の手を添えて、目配せをする。

「ゆっくりと開けるからね」

岬と息を合わせてドアを開こうとする。途端に獰猛《どうもう》な力が向こう側から押し返してきた。

「せ、え、のっ」

上半身に体重を掛けてドアをゆっくりと押し開ける。

吹き込んできた風雨が、また感覚を遮断させる。

殴りつけるような雨で目を開けていられない。

振られるような風で身体の自由が利かない。

それよりも凄《すさ》まじいのはやはり音だった。

先刻の土砂降りの音に加え、今度ははっきりと獣の咆哮が聞き取れる。轟々と唸り、ありとあらゆるものを破壊し尽くす獰猛な声。架空の生き物だが、もしもこの世に竜が存在したら、きっとこんな啼《な》き声ではないだろうか。

川だ。

校舎の前を流れる川が普段の佇まいをかなぐり捨てて、凶暴さを露わにしている。元々ここの地形は急勾配なので、降雨がすぐに増水を引き起こす。この三日間の長雨もさることながら、さっきまでのゲリラ豪雨が川の表情を一変させているのだ。

岬は先に立って進む。歩きながら左右を確認するのは可能な範囲で被害状況を把握するためだろう。僕は岬を見失わない距離を保ちながら、彼の後に従う。

正面玄関から真っ直ぐ歩いて二十メートル。そこから川を跨《また》いで、十六メートルほどの橋が架かっているはずだった。

僕はそれを見て、今度こそ怖れ慄《おのの》いた。

橋は向こう側から半分が欠如していたのだ。

降りしきる雨が視界に悪戯を仕掛けているのではなかった。何度見ても、橋は途中から崩落し、向こう岸は無残な断面を覗かせている。

更に進むと、惨状は更に明らかになる。岬が予測していた通り、向こう岸は橋げたごと流され岩肌を露出させていた。橋が半分がた崩落したのは、橋げたを失い自重で崩れ落ちたものと思われた。

あまりに現実味のない光景だったが、川岸を叩く濁流が辛《かろ》うじてその信憑《しんぴょう》性を裏付けている。

川を覗き込んで、僕は自分の目を疑った。そこに竜が実在していたからだ。焦げ茶色の竜がうねり、のたうち、川岸を削りながら川を下っていく。草木を薙ぎ倒し、巨岩を呑《の》み込み、全てを破壊しながら下流に向かう――その姿は自然現象と言うよりも一匹の怪物に近かった。いつもは覗き込まない限り見えなかった川面が、今は道路まで一メートル足らずの位置まで迫っている。

快感にも似た戦慄《せんりつ》が走る。人はあまりにも日常から逸脱《いつだつ》したものを目にすると、こうなってしまうのかも知れない。

そして向こう岸はアスファルトの一部が崩れ、そこに立っていただろう電柱が横倒しになって、こちら側に接地している。一見すると、応急処置で渡された丸太橋のようにも見えなくもない。橋の長さと電柱の全長がほぼ同じ長さだったのが幸いしたらしい。

停電の原因がそれだった。倒れた電柱の端からは電話線や送電線が伸びているが、その先端を辿《たど》っていくと途中でぶち切れている。

これで文字通り、校舎は陸の孤島と化したのだ。

僕の中の好奇心は完全に吹っ飛んだ。

恐怖心が背筋を貫き、僕は身も世もなくありったけの声で天に叫ぶ。

ああ、とかわあ、とかそんな叫びだったと思う。だが、その絶叫さえも、豪雨と濁流に掻き消されてしまった。

「落ち着け」

耳元で岬の声がした。

「ここで君にパニックを起こされたら困る」

この豪雨の中でも、耳元で声を張り上げれば充分聞き取れる。僕は彼に倣《なら》うことにした。

「もう一度、確認する。ここから下に連絡する方法は電話しかなかったんだね？」

「そうだ。ケータイは敷地内のどこから掛けても圏外になる」

「ケータイ以外で、外部と連絡を取る方法は他にないんだね」

「……ない」

「分かった」

そして岬はとんでもないことを口にした。

「僕が助けを呼んでくる」

「どうやって？　橋はもう落ちてるんだぞ。僕たちはここに取り残されて、逃げ道なんて一つもないんだぞ」

「あそこにあるじゃないか」

岬の指差す先を見て、僕は彼の頭を疑いたくなった。

彼が指していたのは横倒しになった電柱だった。

「橋は渡れなくなったけど、代わりにあの電柱を伝っていけば向こう側に辿り着ける。そこから麓へ下りていけばいい」

「正気か」

僕は思わず彼の両肩を摑んだ。彼にしてはタチの悪い冗談にしか聞こえなかった。

「さっき、もっと大きな土砂崩れが起きると予言したヤツはいったいどこのどいつなんだよ。あの電柱の根元を見てみろ。いつ崩れてもおかしくないんだぞ。崩れたら電柱ごと川に真っ逆さまだ。あんな急流に流されたら、まず助からない」

「でも、まだ崩れていない」

岬の目は微塵《みじん》も揺るがない。

「今ならまだ渡ることができる。後になればなるほど危険性も増す」

「冷静な君らしくもない！」

「じゃあ、他にどんな方法がある？　あるんだったら教えて欲しい。実効性があるのなら僕は黙って従う」

詰め寄られて、僕は返事に窮《きゅう》する。

本当は分かっている。

無茶な話だが、今は岬の提案したのが唯一の脱出方法なのだ。ただ僕はそれを認めたくなくて、必死に他の解答を探そうとしているだけだった。

「他の方法は……考えつかない」

「じゃあ決まりだ」

「待てよ。僕と君がそんな冒険をしなきゃならない理由もない」

「あるよ」

「どうして！」

「一、崖崩れの実態と危険性に気づいているのは僕たちだけだ。二、今から横屋先生やクラスのみんなと協議しても他のアイデアが出るとは思えない。三、そして時間が徹底的にない。他にも挙げることができるけれど、聞きたいかい」

「いや……もういい。でも、僕は」

「とにかく一刻の猶予《ゆうよ》もない」

それだけ言って、岬は倒れた電柱に向かう。

「待てよ、待てったら！」

僕ごときが制止しても彼が足を止めるとは思えない。

それでも止まって欲しかった。

胸に刺さる痛みもそのままに、僕は仕方なく彼の後を追う。そして心の裡で何度も自分を罵倒《ばとう》する。

小心者め。

利己主義者め。

普段は保護者面をしていながら、瀬戸際になると彼の後ろに隠れようとしている。彼の行為が極めて危険であるのを知りながら、その正当性をただ甘受している。

何とも見下げ果てた卑怯者じゃないか。

岬、僕と代われ。

僕が先に行く――。

台詞《せりふ》は何度も喉から出かかった。

でも言葉にはならなかった。

何度も手を伸ばしかけた。

でも彼の腕を摑むことはなかった。

岬は電柱に辿り着くと、まず接地している地面を軽く踏んだ。校舎の敷地も法面《のりめん》はブロックで護岸されている。裏山と同じ土壌だが、今のところ崖崩れの兆候は見えていない。

「少なくとも、こっちはまだ大丈夫そうだ」

岬は電柱に跨る寸前、一瞬だけこちらを振り返った。

「せめて命綱があれば、もう少し勇気が出るのだけれどね」

「探してくる！」

「無駄だよ。使えそうな綱は体育館倉庫の中で鍵が掛かっている。今から取りに行ったら、それこそ時間のロスだ」

そしてとうとう電柱に抱きついた。

岬は視線を真っ直ぐにして、電柱を這い進む。ゴム底のスニーカーはこういう時に便利だった。問題は電柱の直径だった。岬が精一杯腕を回しても、まだ届かない。反対側で手を組めない以上、手と足で電柱を挟むしかない。

距離は十六メートル。普段であれば何ということもない距離だが、這い進むとなれば話は別だ。しかも真下は濁流渦巻く川だ。これで平常心を保っていられる人間は、きっと心臓が鉄でできているに違いない。

岬は慎重で、しかし大胆だった。

腕を長く伸ばし、上半身を固定したと思うとすぐに電柱を蹴って前へ進む。傍《はた》から見れば綱渡りをしているのも同然なのに、まるで臆した素振りを見せない。

舞台度胸、と岬は言ったが、僕は別の見方をしていた。

これは彼の演奏スタイルそのものだ。細心にして大胆。ミスタッチ一つ見せずに、アクロバティックなポジション移動を涼しい顔でやってのける。

何故そんな奏法が可能かと言えば、自分の体力と技術に全幅の信頼を置いているからだ。並外れた練習量だからミスをするとは考えていない。長時間の演奏に慣れているから体力の限界を正確に把握している。

この決死行も同じだ。危険度を見極め、自分の体力を秤《はかり》にかけて決断した。そしていったん決断した限りは、躊躇いが命取りになることを知っている。

それも自分が助かりたいからではない。自分の身を案じるなら、校舎に戻ってきっと誰か保護者が気づくだろうと一緒に助けを待っていればいい。

だけど岬は決してそうしなかった。

最初に知った者に責任があるからと、誰にも下駄を預けず、ましてや逃げもしなかった。逃げる言い訳など百通りも思いついただろうに、僕の先へ先へと歩いた。

電柱を這い進む姿は、真後ろから見ると充分格好悪いはずだった。

でも、僕の目にはとびきり勇猛果敢に映った。

見ていると自然に呼吸が浅くなる。両手を握り締めている。

降りしきる雨も、ずぶ濡れの下着も気にならなくなった。雨音と濁流の音で遮断されているはずなのに、ここまで岬の息遣いが聞こえてきそうだった。

岬はすでに三分の一の地点まで進んでいた。

こちらから顔は見えないが、それでも相当な体力と精神力を酷使しているのは分かる。僕だったら多分一メートルも保たないだろう。

頑張れ——そう念じた時、岬の伸ばした指が電柱の表面を滑った。

ぐらり、と岬の身体が回転する。

「あっ」

一瞬、心臓が止まるかと思った。僕は胸に手を当てて深く息をする。

一回転しそうだったが、岬は両手両足を踏ん張って何とか持ち堪《こた》える。

声を出したのは僕だった。

心配させやがって。

こんなことなら、やっぱり先に行くんだった。

一秒が十秒にも、十秒が一分にも感じられる。

早く、早く渡り切ってくれ。

岬の身体は中間地点を越えた。もう後戻りすることもできない。

すると、ここにきてまた雨足が一段と強くなった。槍のような勢いを甦らせた雨が容赦なく岬に襲い掛かる。

後生だからやめてくれと祈った。せめて今だけは勘弁して欲しいと願った。

その時だった。

足元に不穏な動きがあった。

まるで地中から悪鬼が這い出てくるような気配——。

僕は咄嗟にその場を飛び退いた。きっと動物的な直感が働いたのだと思う。

僕の立っていた場所、敷地の先端がいきなり形を変えたのだ。

まずブロックが数基、剝がれ落ちる。

続いて敷地の先端が、怪物に食われたようにごっそりと消えてなくなる。

砂でできた城だ、と思った。

浸食してくる濁流に耐えかねて、端から順番にこそげ落ちていく。

そして自重によって、こちら側に接地していた電柱がずるりと下がる。

「あああっ」

今度も叫んだのは僕の方だった。電柱はこちら側に少し傾き、岬は上へよじ登っていく格好になる。当然、今までとは別に自分の体重を持ち上げる力も必要になってくる。

口から心臓が溢れ出そうだった。

電柱の全長は両岸の距離とほぼ同じだ。つまりあと少しだけ、どちらかの岸が崩れたら電柱は平衡を保てなくなり、岬は真っ逆さまに墜落してしまうだろう。

「諦めるなあっ」

僕は岬に向けて声を限りに叫ぶ。

だが相変わらずの轟音で、それが彼の耳に届いたかどうかは定かでない。

これ以上、滑るな。持ち堪えてくれ。

岬は更によじ登る。今ならまだ傾斜は緩やかだ。手足がしっかり電柱を捕らえてさえいれば、ずり落ちる角度でもない。

だが自然は非情だった。

ずっ、という音とともに、また電柱が傾《かし》いだ。

「ひいっ」

電柱の傾斜角度がますます大きくなる。

急いでくれ——僕の声がやっと届いたのか、矢庭に岬の動きが早くなる。

急げ。でも絶対に焦るな。

僕はいつしか両手を祈るように重ねていた。

あと二メートル。

あと一メートル。

そして岬の伸ばした手が向こう岸を摑んだ瞬間だった。

ずずっという不気味な音とともに、電柱の頭が眼下にずり落ちていった。

その反動であちら側が一気に跳ね上がる。

「危ないっ」

だが、岬の方が一瞬早かった。

彼は傾き続ける電柱を蹴って宙に舞う。

着地したのは、電柱の根元が完全に露出した真横だった。

一方の支えを失くした電柱は水没し、みるみるうちに激流に押し流されていく。コンクリートの塊だから相応の重量があるはずなのに、まるで木切れのようだった。

確実になったのは、僕が岬の後を追えなくなったこと。そして、僕たちの退路が完全に断たれたことだった。

依然として降りしきる雨の中で、岬の姿が煙って見える。

彼は大きく校舎の方を指差した。僕に戻れと言っているのだ。

即席の橋が流されたことに、僕は半分絶望し、半分安堵していた。

所詮、僕はこういう人間だ。どんなに勇ましいふりをしても、結局は彼を見送ることしかできない。また、見送ることしかしようとしない。

押し潰されそうな気持ちを知ってか知らずか、岬は僕に向かって大きく頷いて見せると、道路を駆け下りていく。彼の足なら最寄りの民家まで三十分足らずといったところか。それまでの間に僕がすべきは、まず横屋先生への報告、そして校舎に残っているクラスメートたちを鎮めることだ。

僕は重くなった身体を引き摺って元来た道を引き返した。

4

しばらくして音楽室へ戻ると雰囲気が一変していた。さっきまでのお祭り騒ぎがまるで嘘のように、皆が黙り込んでいる。教壇には横屋先生もいるが、やはり口を噤《つぐ》んでいる。

不思議だったのは、上から下まで濡れネズミのようになった僕を見ても誰も反応しなかったことだ。誰か早く突っ込めよ、と思っていると予想外の声が飛んできた。

「あんたは怪我、なかったの？」

遠巻きに話し掛けてきたのはクラリネット担当の掛井美加《かけいみか》だった。こちらを気遣う言葉ながら妙に尖っている。よく見ると何人かは窓際に立って外を眺めていた。

「えっと、怪我って何のことだよ」

「とぼけんな。ここから見えてたんだよ」

返してきたのは窓際に立っていた一人、葛野祥平《くずのしょうへい》だった。これといって秀でたところはないのだけれど、頼まれると嫌とは言えない性格が災いして学級委員をやらされている。その祥平が、美加と同様に苛立っていた。

「さっき一瞬降り方が弱くなった時、見えたんだよ。お前と岬が向こう側の道路へ脱出しようとしているところ」

　喋りながら祥平は僕に近づいてくる。

「話せよ。何で学校からフケようとしていた」

「智生だってフケたじゃないか」

「智生やお前はともかく、岬はそういうヤツじゃないだろう」

　変な風に信用されてるんだな、と苛ついたが今はそれどころじゃない。

「フケたんじゃない。岬は助けを呼びに行ったんだ」

「助け？　何だよ、それ」

　説明しようとしたちょうどその時、ジャージ姿の春菜が音楽室に入ってきた。

「あれっ亮くん、どうしたのよ、その格好」

　これでメンバーは揃った。僕は全員を前に、岬と目撃したことを説明した。

　とにかく僕の見たものはスリリングで、突拍子もなくて、そして非日常的だった。だから一度説明したくらいでは到底受け入れてもらえないだろうと覚悟していたのだ。

　だが聞き終えた皆の反応は、拍子抜けするほどだった。

「本当に、もう逃げ道はないのかよ」

　祥平は殺気立って、僕の胸倉に摑みかからんばかりだった。いつも淡々と他人の話を聞いている人間とは思えない。

「僕の見た限りでは、もうない。祥平も岬くんがどんなヤツか分かってるなら、あいつがわざわざ危険な橋……まあ、本当に危険な橋だったんだけど、そんな選択するはずないだろ。他に安全な方法があるんなら、絶対そっちを選んでる」

「じゃあ、その最後の橋が落ちて、残されたあたしたちはどうすればいいのよ！」

いきなり美加が叫び出した。その顔は今にも泣き出しそうになっている。

美加を見て僕はおおよその事情を察した。僕と岬が抜けていた間、彼らも窓からの景色や絶え間ない豪雨、それに停電という状況の中で危険を察知していたのだろう。だから僕の目撃情報は、言わば答え合わせのようなものだったのだ。

「それについては岬くんから伝言がある。みんな、今すぐ体育館に移動してくれ」

体育館は堅牢な構造になっていることが多いんだよ、と岬は言っていた。考えてみれば確かにその通りで、全校生徒を収容してもびくともしない床とか厚い壁は外部からの衝撃に強そうだ。それに地震とか豪雨とかの災害が起きた時は、大抵学校の体育館が避難所になるではないか。

「万一背面の山が崩落しても、体育館なら結構持ち堪えられるんじゃないかって」

「その万一が起きたらどうすんのよ」

美加は尚も突っ掛かってくる。

「だからそうなる前にって岬くんが助けを呼びに……」

「どうして無条件で岬くんを信じるのよ！　通報なんか後回しにして、一人で安全な場所に避難してるかも知れないじゃない」

美加の言葉にも驚いたが、それ以上に意外だったのは皆の反応だった。誰も美加を諫《いさ》めようとしない。いや、それどころか彼女の暴言に同意しているような顔まである。

他人事ながら腹が立った。太宰治《だざいおさむ》の〈走れメロス〉ではないが、ここは岬の使命感を信じて抗弁するべきだろう。

「あのさ、美加。自分一人で逃げようとするヤツが公衆電話の状態確かめたり、裏山の崩落具合調べたり、切れた電柱見回ったりするか？　体育館に避難しておけなんて伝言残しておくと思うか？」

僕が畳み掛けると、今度は美加をはじめとした他の生徒全員がたじろいだようだった。口に出してから思い出した。そもそも僕という人間は、他人の意見にいちいち反論しない男だったのだ。だから皆、唖然としている。

どうしてこんなに躍起になるのか自分でも分からなかったが、言葉は尚も止まらない。

「第一この中で、崖崩れの危険性に気づいていち早く行動したヤツ、他にいるのかよ。ただ騒ぐか不安がるかのどっちかだったじゃないか。指を咥《くわ》えてただけなのに、最初に行動したヤツが信じられないとか、いったいどんだけ上から目線なんだよ」

「う、上から目線って」

「安全な場所だって？　さっき岬くんが電柱を渡ったところを、安全な場所で見ていたのはいったいどこのどいつだよ。危険に晒されて、それでも死力を尽くした人間のことを、顔一つ濡らしていないヤツが偉そうなこと言うなよ」

僕はその場の全員に毒を吐いたことになる。

美加は完全に沈黙した。

祥平は気まずそうに下を向いた。

沈黙を破ったのは、それまでやり取りを見守っていた横屋先生だった。

「体育館に移動するというのは適切な判断だと思う」

横屋先生は日直なので体育館の鍵《かぎ》を持っている。事情を説明する手間が省けたというものだ。

「全員、今から体育館に移動する。みんな慌てずに、列になって。ただし迅速《じんそく》に」

人数が限られているせいもあってか、この期に及んでパニックに陥るような生徒はいなかった。

僕たちは出席番号順に並んで音楽室を出る。横屋先生は最後列に向かうが、擦れ違いざま僕にこう耳打ちした。

「よくやった、鷹村くん。あれでみんなが落ち着いた」

落ち着いたのではなく、落ち込んだの間違いじゃないのか。

移動の最中、美加が春菜に咬《か》みついていた。

「どーしてあんたはジャージなのよ」

「きっと移動するんじゃないかと思って。渡り廊下を渡る時、どうせずぶ濡れになるだろうし」

春菜の言う通りだった。僕は着替えのジャージをスポーツバッグに詰め込んだまま皆と行動をともにする。どうせもう一度ずぶ濡れになるのなら、体育館に辿り着いてから着替えた方がいい。

一列になって歩いていると、皆の緊張と不安が嫌でも伝わってくる。唯一の退路である橋が落ちたことで、非日常を愉しんだりふざけたりする余裕もなくなったのだろう。早足で移動していても重苦しい空気が肩の辺りに落ちてくる。

やがて一階の渡り廊下に近づくと、また音の洪水が迫ってきた。先頭はその音を浴びただけで足を止めてしまったらしい。

「何だよ、これ！」

裏玄関はガラス戸なので外の様子が丸見えになる。先頭から聞こえた声はその光景に尻込みをしたようだった。

ここで止まったら意味がない。僕は列を離れて最後尾に走る。

「横屋先生、体育館の鍵貸してください」

「お、おう」

躊躇いがちの横屋先生から半ば奪うように鍵を受け取り、今度は先頭に走る。

そこにいたのは祥平だった。

「亮」

「先頭が止まるなよ」

「だって外が……」

「濡れたって死にはしないだろ。僕が先に行くから、後からついて来いよ」

「亮？」

祥平は訝《いぶか》しげに僕を見る。

「お前、さっきからキャラ変わってないか」

そりゃあ変わるだろうさ。

何せ目の前で、あんな英雄的な姿を見せつけられたんだ。男の子としては変わらざるを得ないじゃないか。

「ドアを開ける時には二人がかりな。下手すると開けた瞬間に吹き飛ばされそうになるから」

先輩風を吹かしたように聞こえたかも知れないが、祥平は素直に頷いてみせた。

「じゃあ行くぞ。いっせーっのっ」

二人でドアを開けると、早速暴風雨が襲い掛かってきた。僕は風に飛ばされないように、身体を低くして廊下を渡る。風雨に晒されるのにはすっかり慣れてしまったので、苦もなく体育館の扉に辿り着くことができた。

それでも鍵を開けて中に飛び込むと、安堵感が押し寄せてきた。明かりもなく薄暗いが、教室とは比較にならないほどの広さが嬉しい。

僕に続いて祥平も飛び込んで来た。

「ひいい、何だよ、これ。シャワーどころの話じゃないぞ」

「だから着替えが必要なんだよ」

到着したクラスメートを奥へ奥へと誘導する。廊下を渡るのを躊躇する女子もいたが、何とか最後の一人まで確認する。

「とにかくここで救援を待とう。下手に動く方が危険だ」

横屋先生に指摘されるまでもない。着替えを持参した者は体育館隅の更衣室に直行し、着替えのない女子はタオルを借りてシャツの上にそそくさと羽織った。実際廊下を渡り切った時点で女子の場合は下着まで透けていたので、男子どもは目のやり場に困っていたのだ。

少し人心地がつくと、誰が言い出した訳でもないのに全員が中央に集まり出した。

円陣を組んで体育座りをするのは、ジャージに着替えた条件反射かも知れない。

不安は依然としてそこにある。しかし、こうやって集まると不思議と騒ぎ出す者もいなかった。


いくら手持ち無沙汰でも、まさかバレーやバスケットをする気にもなれず、僕たちは黙りこくったままお互いの顔を見回す。

体育館の屋根からは、相変わらず豪雨の音が落ちてくる。天井が高いので安心していられるが、雨を受ける面積も大きいので音が倍加している感じだ。

まるで世界中で僕たちだけが孤立してしまったような気分だった。不謹慎かも知れないが、僕はこういうのも嫌いではない。

ふと見ると、僕の座る三つ隣に春菜がいた。彼女は俯《うつむ》いたまま、微《かす》かに肩を震わせている。どうやら僕ほどには落ち着いていられないらしい。まあ、それも当然か。

「亮くん」

美加が斜《なな》め向かいから声を掛けてきた。

「何だよ」

「さっきのこと……」

「あっ、ごめんごめん」

僕は言うが早いか手を合わせた。

さっきのやり取りを猛スピードで逆再生する。岬への誹謗《ひぼう》を封じるためとはいえ、こちらも感情的になったところもある。まして相手は女の子なので謝るなら早い方がいいと思ったのだ。

「何、謝ってんのよ」

「えっ。いや、さっきは言い過ぎたと思ってさ」

「確かにちょっとキツかったけどさ。あたしの方もひどい言い方した。ごめんね」

「えーっと。じゃあ両成敗ということで」

「実は嫉妬も入ってたりするのよね」

「へ。嫉妬？」

「よくそれだけ岬くんのことが信用できるなあって。さっき責められた時なんか、自分がスゴい悪者になったような気がしたもの」

「いや、だからそれは謝るって」

「この際だし本人がここにいないから訊くんだけどさ。いつの間に仲良くなっちゃった訳？」

「いつの間にって、そりゃあ席が隣同士だったら話す機会だって増えるだろうさ。当たり前じゃん」

「岬くんは、そういう当たり前が通用しないのよ」

美加の言葉に何人かの女子が同意の印《しるし》に頷く。

「多分あたしの隣に岬くんが座ったとしても、亮くんほど親密にはなれないよ。だって壁があるもの」

「壁って何だよ」

「見えない壁。だけど途轍もなく厚くて頑丈なの」

「意味が分からん」

「本当は分かってるんでしょ?」

女子たちの目が一斉にこちらを向いた。

「上手く言えないんだけどさ、岬くんてあたしたちと同じ十七歳にはとても思えないんだよね」

美加の舌は次第に滑《なめ》らかになっていく。正直、彼女の話を聞くのは鬱陶しかったが、それでこの場の緊張や不安が紛れるのならやむを得ない。ちらりと見れば、横屋先生が間を持たせてくれと目で合図をしている。

「それって、つまり老成してるってこと?」

「じゃなくって。何ていうか外国人っていうか……もっともあたし外国人と話したことないんだけど、それに近いかな。同じ言葉を話してても、意思の疎通が完全じゃないっていうか……」

「あー、何となく分かるわ、それ。要はさ、同じ言葉を使っていても認識している範囲が違うんだよ」

「どういう意味」

「いい意味でも悪い意味でも僕らとは異質なんだよ。一番分かり易いのは例のピアノだ。同じピアノ、同じ八十八鍵を叩いているのに、出てくる音がラジカセとCDくらい違うだろ。同じ曲を弾いているのに、あいつのピアノときたらまるで別物だ。前後に演奏するのが恥ずかしくなってくる」

喋っている最中、奇妙な思いに囚われる。岬の演奏技術を称えていると、どういう訳か優越感と劣等感が同時に押し寄せるのだ。友達自慢をしながら、一方で自分との格差を認めるようで、自分が分裂しそうな錯覚に陥る。こういう時には称えるだけではなく、少しは貶《おとし》めないと釣り合いが取れない。

「悪い意味で異質なのは、音楽以外の感受性が小学生並みだってことだ。僕たちがあの演奏を聴いてどう感じているかなんて、全然理解していない。自分が特別だとか思ってないんだよ。勉強も音楽も能力の差を個性の違いとしか捉えていないフシがある」

「個性の違い？」

「みんな、練習すれば自分と同じくらいに弾けると思っている。それができないのは練習の差だけだと思っている」

「冗談だろ」

祥平が憤然と割り込んできた。

「あんなピアノ、練習どうこうで弾けるもんか」

「それが自分で分からないから小学生だって言ってるんだよ。ついでに言うとあの齢で色気なんてこれっぽっちもない。ここにいる女子の透けシャツ見ても、きっと寒そうだなくらいにしか思わない。観察していて気がついたけど、あいつは女子を見る時、指先しか見ていない。つまり演奏者として相応《ふさわ》しい指なのかどうかにしか興味がない」

その場にいた女子全員が己《おのれ》の手をまじまじと見つめ出したので、僕は思わず苦笑しそうになる。

「だからあいつは眺めている分にはいいけど、付き合い出したら色々としんどい思いをするはずだよ。特に女子はね」

言い切った時、爽快感があった。

そしてすぐに自己嫌悪が襲ってきた。

「これは僕の偏見かも知れないんだけどさ、あいつは突出した演奏技術と引き換えに、他の感性や常識をどこかに置き忘れてきたような気がするんだよ。だからさっきも、倒れた電柱を平気で渡ろうとした。いったん戻って先生やみんなに危機を伝えるより、向こう側へ渡るのを優先した。怖いとかみんなの反応を考える前に、救援を呼ぶのが先決だと判断したからだ」

「それはちょっと買い被り過ぎじゃねーの？」

男子の一人がまぜっ返す。

「じゃあ、橋が半分がた落ちた崖《がけ》から真下見下ろしてみる？　みんななら見当つくと思うけど濁流、半端ないぞ。自分一人助かるためでも、今にも流されそうな電柱渡るような真似《まね》、僕にはとてもできない」

「それだけ彼の生存本能が強かっただけじゃねーの？」

「さっきも言ったけど、そういうヤツは後の人間に伝言なんか残していかない」

すると今度は祥平が声を上げた。

「だったら、どうして彼が救援を呼びに行ったんだよ。誰に命令された訳でもないんだろ」

「分からないのか。ここにいるみんなを助けようとしたんだよ」

しん、と沈黙が下りた。

屋根を叩く雨音だけが響き渡る。

遠慮がちに、また祥平が口を開く。

「……だから何で？」

「言ったじゃないか。音楽に関すること以外、あいつは小学生並みなんだ。十七歳だったらとっくに捨てるか忘れるかしているガキの正義感を未だに抱えている」

「へえ、カッコイイんだ」

誰かがそう囃《はや》した時、僕は思わず言い返した。

「ああ、カッコイイさ。少なくとも、そんな風に自分と同じレベルに引き摺り下ろすことしかできないヤツよりはずっとカッコイイ」

また気まずい沈黙が下りた。

畜生《ちくしょう》。どうして彼のことになると、こうもムキになるのだろう。擁護すればするほど劣等感に苛《さいな》まれるというのに。

「だから僕は信じる」

誰に言うともなく呟いた。そうでもしなければ引っ込みがつかなかったからだ。

「ガキが自分の正義感に則って行動したんだ。そんなの、信じるより他ないじゃないか」

「ガキ、なあ」

祥平が同意するように洩らす。

「そう説明されると納得できる気もするよな、あの異質さは」

「何よ、学級委員。あんたまで分析始めた訳？」

美加は相変わらず食ってかかる。見ていると分かるが、そうすることで不安を紛らわせているのだろう。

「だってよ、子供って周りに気兼ねしないじゃん？　自分の才能を他人と比べたりしないし、他人がそれで凹んでも我関せずだろ？　それってまんま岬くんじゃないか」

なるほどと僕は首肯する。

子供の純粋さは時として残酷だ。冷徹で、直截《ちょくさい》で、容赦ない。岬の立ち居振る舞いにもそれと一脈通じるものがある。

「じゃあ、結局偏ってるってことだよね」

途端に空気が剣呑になった。よせばいいのに美加は僕という地雷を踏んだ。

「偏ってると言えばその通りなんだけどさ。それなら全てにおいて調和の取れてる人間てどういう人間だよ。何をするにも十人並み、当たり障りのないことしか言えず、誉められもしなきゃ苦にもされず、少しでも自分と毛色の違うヤツを爪弾きにするような人間がそうなのかよ」

きっと僕はひどく荒んだ顔をしていたのだろう。美加は短く叫んで表情を強張らせた。

その時だった。

突然、体育館が轟音とともに揺れた。

続いて土砂がばらばらと落ちる音。

巨人が体育館を力任せに突き押したような衝撃に、女子たちが悲鳴を上げる。円陣はあっという間に崩れ、乱れる。

こういう時の指示はさすがに横屋先生だった。

「みんな落ち着け！　その場から離れるな」

衝撃は持続しなかったので、いったん崩れた輪もすぐ元に戻った。

音と衝撃は裏山側で起きた。外へ出て確かめたいとは思わないが、おそらく小規模の崖崩れが起きたに違いなかった。

やがて土砂の落ちる音が間歇《かんけつ》になり、そして止んだ。

収まった――と思った瞬間、今度は女子数人が抱き合って震え始めた。

「……怖い」

「助けて、助けて」

「お母さん……」

泣き言は口にしないまでも、男子の反応も似たようなものだった。忙《せわ》しなく周囲の様子を窺う者、歯をかたかた鳴らす者、中には顔色を青くした者までいる。

正直を言えば、僕も膝を小刻みに震わせていた。強固な造りの体育館は頼もしかったが、それでも自然の脅威の前では風に揺れる蠟燭《ろうそく》の火のようなものだ。第一、僕は濁流で橋げたが流された現場を目撃している。

衝撃は止んだが雨音は尚も続いている。

いや——違う。

雨音に紛れて、別の音が聞こえる。

ぎしっ。

まるで校舎全体を締めつけるような軋《きし》み音だった。

「大丈夫だあっ」

横屋先生は殊更《ことさら》に大きな声を上げるが、これは逆効果だった。本当に大丈夫だと信じているのなら、わざわざそんなことを口にはしない。

誰からともなく裏山側から距離を取り始め、円陣も律儀に体育館の出入口に移動していく。

不気味な軋み音はまだ続いている。

心臓がせり上がり、口から溢れ出そうになる。

まだか、岬——。

僕は心中で名前を呼ぶ。

彼と別れてから、もう一時間以上が経過しようとしている。岬が最寄《もよ》りの民家に飛び込み、校舎の危機を伝えたのなら、もうとっくに救援が来ていい頃だった。

道路が冠水して特殊車両が通行できないのか。

それとも麓はここよりも豪雨被害が甚大《じんだい》なのか。

いや、そもそも岬は救難を伝えることができたのか。

情けない話だ。つい今しがた岬を信じると断言までした僕が、既に疑心暗鬼に陥り始めている。でも僕は所詮、弱くて狡《ずる》くて、嘘吐きだ。彼ほど立派で純粋にはなれない。

いよいよとなったら、僕たちは体育館から逃げ出さなければならない。しかしその後は？　丸裸に近い状態で崩落迫る崖下に取り残されることになる。どちらにしても絶体絶命の状況に変わりはない。

ぎしっ。

軋みは更に大きくなる。

全員の顔に恐慌が走る。横屋先生も、もう不安を隠そうとしなかった。

恐怖で胸が押し潰《つぶ》される。

「もう少し、こっちへ」

横屋先生は円陣を更に出入口に誘導する。

だが近づき過ぎるのも危険だった。建物が倒壊する時、開口部から崩れるのは自明の理だからだ。そして出入口に近づけば近づくほど、暴風雨の唸り声が迫ってくる。

もう駄目だ——そう思った時だった。

いきなり体育館の扉が開いた。

「皆さん、無事ですかっ」

オレンジ色の制服とヘルメットを纏った男たち。

レスキュー隊だ。

岬はちゃんと間に合ってくれたのだ。

責任者の方は、という問いに横屋先生が進み出た。

「向こう側の道路から梯子《はしご》を掛けています。我々が補助しますから、一人ずつ渡ってください」

レスキュー隊員の言葉で一斉に歓声が上がった。女子たちは抱き合って喜び、男子たちは各々ガッツポーズを取る。かく言う僕も安堵のあまり、へなへなと腰を落とした。

だが本当の恐怖はそこからだった。

外に出てみると、向こう側には二台の梯子車が待機しており、こちらへ長い梯子を掛けていた。一台で一人ずつ、つまり二人を隊員が補助しながら運ぶという訳だ。

力のない女子から順番に渡っていく。実は自分の番が回ってくるまでが一番怖かった。待っている間に裏山が崩れてくるのではないか。それを想像するだけで膝が笑った。

それでも生徒全員が救い出され、最後に横屋先生が渡り切ると、皆は手を叩いてもう一度歓声を上げた。

だが、最後の驚愕がその後に控えていた。

横屋先生が隊員にこう尋ねた時だった。

「岬という生徒が通報したんですよね」

「ええ。付近の民家に飛び込んで、そこから消防署と警察に第一報を入れたようです」

「岬は今、どこにいるんですか」

「……最寄りの警察署です。事情聴取を受けていると聞きました」

「ああ、崖崩れを発見して脱出するまでの経緯を説明しているんですね」

「いえ、殺人事件の参考人としてです」

僕は息をするのも忘れた。

「先ほど、この付近で岩倉智生という少年の他殺死体が発見されたんですよ」

III

Angoscia slargando

アンゴシア ズラルガンド

〜不安が徐々に広がる〜

1

救出された僕たちは四人ひと組になって、待機していた救急車で病院に搬送された。もっとも誰一人掠《かす》り傷も負わず、不安と緊張で体調を崩した女子が二名いただけだったので、すぐに解放された。

麓に下ろされた直後から携帯電話も通じるようになったので、僕は早速オフクロと連絡を取った。

電話に出たオフクロはひどく驚いた風だった。

『りょ、亮？　どうしたのよ、あんた。今さっき広報で音楽科の生徒が校舎に取り残されたって』

広報というのは町役場が流している広報無線のことだが、どうやらいつものようにタイムラグが生じているらしい。

「今、全員レスキュー隊に救助されたんだよ。だから、もう心配しなくていいから」

『心配しなくていいって……どこか怪我してない？　指は十本とも大丈夫なんでしょうね？』

身体のどの部分よりも、まず先に十指の心配をするのがオフクロらしかった。

「掠り傷一つないよ、何か事情聴取みたいなのがあるからちょっと遅れると思う。じゃあ」

そう結んで電話を切った。

事情聴取なんて大嘘だった。いや、事情聴取で遅くなるというのは本当だったが、僕が聴取を受ける訳ではない。

病院の待合室で待ち構えていると、果たして棚橋先生が姿を現した。体調不良ということだったが、見た目は普段と変わりなかった。音楽科生徒救出の知らせを受け、慌てて病院に駆けつけたといった様子だ。

「鷹村！　大丈夫だったか」

「ええ。みんなも無事です。怪我一つ負ってません」

「そうか、よかった」

棚橋先生は大きく息を吐くと、膝に手を乗せて肩を上下させる。

「ショックで体調を崩した女子が二名。美加と塔子《とうこ》ですけど、明日には退院できるそうで、さっきご両親が到着しました。あっ、それから横屋先生は二人のご両親に事情説明している最中です」

「……お前、えらく要領いいな」

「要領よくしないと連れていってくれないと思って」

「何の話だ」

「お見舞いが済んだら警察行くんでしょ？」

「ついて来る気か」

「先生だって、岬くんが岩倉を殺したなんて思ってないんでしょ」

「もちろんだ。警察に行くのは事情聴取もあるが、それを主張するためだ」

「だったら僕を連れていってください。最後まで岬くんと行動をともにしたのは僕なんですから。きっと証言が役に立つはずです」

棚橋先生はしばらく僕の目を見ていたが、やがて仕方ないという風に溜息を吐いた。

「どのみち、鷹村も証言求められるだろうから、時間の問題か」

「二人で岬の潔白を訴えましょう」

「意外だな。お前はもっと慎重というか、なかなか前には出てこないタイプだと思っていたんだが」

「こんな時に引っ込んでいられません」

「確かにその通りだ」

棚橋先生は横屋先生に申し送りをしてから待合室に戻ってきた。

「お母さんにはもう無事を伝えたんだな」

「ええ、事情聴取で遅くなるからと言いました」

どこまでも手回しのいいヤツだ、と呟きながら棚橋先生は僕をクルマの助手席に乗せた。

「岬くんのこと、先生にはどんな風に連絡がいってるんですか」

「詳しくは聞いてない。ただ通学路近くで岩倉の死体が発見され、同時刻にその付近にいたのは岬だったらしい」

「え」

僕は一瞬、自分の耳を疑った。

「死体の発見された近くにいたって……たったそれだけで犯人扱いされてるんですか」

「だから！　俺も詳しい話は聞いとらんと言ったろう。ああ、全く」

棚橋先生は愚痴りながらクルマを出した。

「たまに私用で休んだと思ったら一生に一度あるかないかのことが三つも重なった」

先生は口にしなかったが、その三つは僕にでも分かる。

音楽科生徒の遭難、生徒の死、そして生徒の逮捕。確かに普通の高校教師でこんな災難が重なることは、そうそうないだろう。

僕たちを乗せたクルマは一路、岬の身柄を保護する加茂署《かもしょ》に向かった。

実は僕が加茂署を訪れたのはそれが初めてではなかった。小学校の社会見学でクラスの皆と一緒に署内を案内されたことがあるのだ。その時の印象は、何と言うか〈普通のお役所〉という感じで、もちろん署員は全員制服姿で厳《いか》めしいのだけれど、平和で静かな雰囲気だった。

今にして考えればそれも当然だった。美濃加茂市と七町村を管轄する地方警察。お巡りさんの手を煩《わずら》わせるような事件と言えば窃盗か交通事故くらいで、傷害、ましてや殺人など数年に一度しか発生しないような田舎の警察なのだ。平和で静かな雰囲気は、そのまま管轄内の町の雰囲気でもあったのだろう。

ところがその田舎の警察署に、豪雨被害と殺人事件が降臨した。しかも事件の被害者と容疑者はともに高校生だ。

ほぼ十年ぶりに再訪する加茂署はひどく騒然としていた。殺気立っていると言ってもいい。署員は誰も彼も血相を変えて走り回り、さして広くないフロアには怒号と命令と報告の声が飛び交っている。

そんな経験もない癖に、僕はまるで野戦病院みたいだと思った。

加茂北高校が土砂崩れに襲われたら、その余波が麓にも及ぶ。大量の土砂が濁流に運ばれて町に大災害をもたらす。川沿いの住民への避難誘導、消防署との連携、そしてひょっとしたら自衛隊への救援要請も視野に入れなければならない。これだけでも田舎の警察には充分手に余る。その上、高校生の殺人事件だ。慣れない事件と人手不足で現場が殺気立つのも当然だった。

受付で棚橋先生が来意を告げると、強行犯係という部署に案内された。岬はそこに身柄を確保されているという。

強行犯係に岬が確保されている？

それを聞いて、僕は何てちぐはぐなのだろうと思った。あの、争いごとが苦手で、誉められることが苦手で、他人を嫉妬も憎悪もせず、音楽以外には何の興味もない岬が強行犯だって？　そんな馬鹿な話があって堪るものか。彼ほど犯罪から遠い人間はいないというのに。

棚橋先生も同じことを思ったのだろうか。誰に言うともなしに、「馬鹿な」と二回繰り返した。

強行犯係は二階フロアにあった。担当は白石《しらいし》という刑事で、顔立ちは三十代なのに生え際がえらく後退した男だった。

「ああ、彼の担任の先生ですか。これはこれはまた大変な時に」

学校側が大変なのか、それとも警察が大変なのかは言おうとしないが、どことなく嫌味な物言いが鼻につく。

「で、そちらの学生さんは？」

「岬くんが学校を脱出する際、一緒にいた者です。鷹村亮って言います」

先生から紹介される前にそう名乗った。

白石刑事は椅子に座ったまま、僕を睨め回すように見た。この視線は訳知り顔の大人と話した時によく味わうものだ。そして決まって大抵の訳知り顔の大人は、結局のところ何も知らない。ただ知ったふりをしているだけだ。

「わたしの生徒が逮捕されたと聞きました。それもクラスメートの岩倉くんを殺害した容疑で。事情が知りたくて参りました」

「それはわざわざどうも。まあ、わたしらも周辺の情報を集めている最中でしたから、渡りに舟ですな。しかし……」

白石刑事は言いながら僕の方に視線を投げる。子供に話すつもりはないといった態度だった。

「何も捜査の機密に関わるようなことまで知りたい訳じゃないんです。ただ、学校側もわたしも何も説明を受けていなくて……この鷹村にしても同様です。本来なら、我が身の危険も顧みずクラス全員の危機を知らせた人間として彼は称賛されるべきでした。それがどうして殺人事件の容疑者にされなきゃいけないんですか。新聞発表になる程度で構わないので、事件の経緯を教えていただきたい」

横で見ていて辛くなるほど棚橋先生は懸命だった。熱は高いところから低いところに流れる。面と向かっていた白石刑事は、その熱気に当てられたように渋々話し始めた。

「まずねえ、先生。今度のことは時間や場所が色々と前後している。一つは岬洋介さんの駆け込んだ民家と岩倉智生さんの死体発見現場。そしてもう一つはその時間帯」

白石は手元にあった紙片に高校の周辺地図を描く。

「岬洋介さんが民家に駆け込み、消防と警察に救難の連絡が入ったのが午前十時三十分。連絡を受けたレスキュー隊はその二十分後、つまり十時五十分には現場に到着しましたが、その途中で道路上に横たわる岩倉智生さんの死体を発見していました。後頭部の左側を鈍器のような物で割られ、即死状態でした。生徒さんたちの救出活動は、その死体発見の直後に行われたんですよ」

白石刑事の指が簡略地図の上をなぞる。

「死体発見現場がここ。岬洋介さんの駆け込んだ民家の五十メートルほど上方になる。言い換えれば、校舎から脱出した岬さんが民家に辿り着くには、当然岩倉さんと鉢合《はち》わせしているはずだ。つまり彼が岩倉さんを殺害した後で、民家に飛び込んだという解釈が成り立つ」

「岩倉はどの時点で死亡したんですか。それによって状況はずいぶん変わるはずです」

「検視官の見立てでは死亡推定時間は午前十時から発見された同五十分までの間。時間的に一致しています」

「偶然の一致ではないでしょうか。確かにあの通学路は一本道ですが、だからといっ

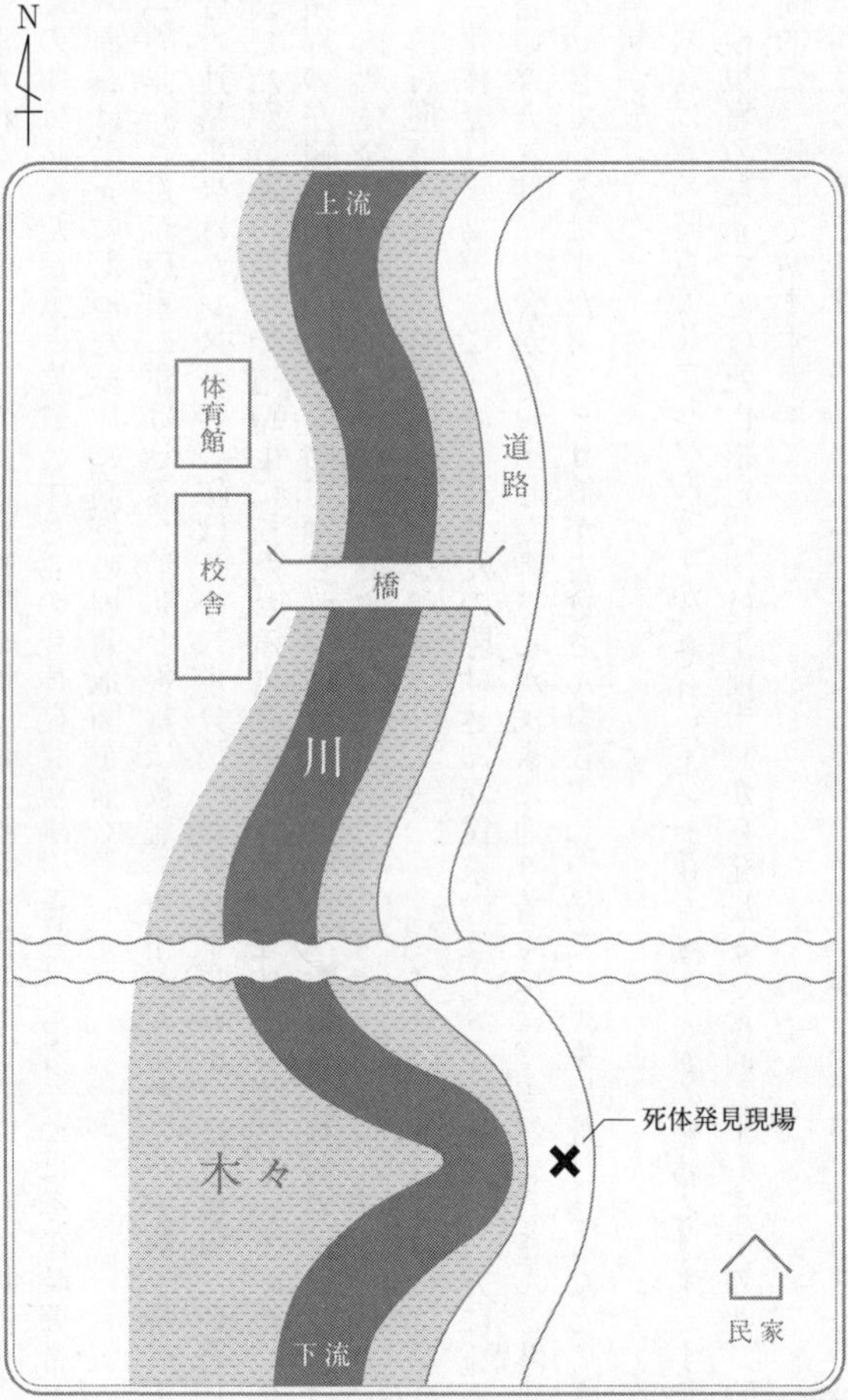
N
上流
体育館
校舎
道路
橋
川
木々
死体発見現場
民家
下流

て岬が即、容疑者にされるというのは……」

「先生が仰《おつしや》ることも分かりますがね。ご承知の通り、加茂北高校の周辺は民家が極端に少なくて、岬の駆け込んだ家の隣なんて一キロ以上山上にある。はっきり言うと、あの辺で姿を見掛けるとしたら生徒かサルくらいのもんです。しかも事件当時、外はバケツを引っ繰り返したような雨が降っている。そんな時に外へ出るような物好きはいない」

「だから岬が容疑者だと？」

「彼には動機もあった。先刻音楽科の生徒さんたちを救助した直後、何人かに彼と岩倉さんの間に確執があったとの証言を得ました。彼、日頃から岩倉さんに暴力を受けていたそうじゃないですか」

畜生、と僕は内心で毒づく。誰がそんな要らぬ証言をしたんだ。

「岩倉智生さんは朝のうちこそ登校していたが、雨足が強くなる前にフケたらしい。これも証言にありました。校舎を出て道草でもしている間に降りが激しくなったので、現場付近で雨宿りしていたところ、道路を下りてくる岬さんとかち合い、口論になって殺害される。岬さんはその後、民家に駆け込み、救助を求めた」

「それは警察の想像に過ぎないですよね？　当の岬は何と言ってるんですか」

「校舎を脱出して民家に駆け込むまで、誰にも会わなかった。もちろん途中で岩倉さんの死体と遭遇したこともない。まあ、本人はそう言っておりますがね」

岬の証言など露《つゆ》ほども信じていないという口ぶりだった。

「警察は物的な証拠もないのにウチの生徒を逮捕したんですか」

「逮捕？　それは情報が間違って伝わっていますな。我々がしているのはあくまで事情聴取です。別に彼を署内に留置している訳ではありませんよ」

白石刑事はこうも付け加えた。

「本人も疲労していたようなので、休憩を挿《はさ》みつつやっておったら、存外時間が掛かっているというのが本当のところですな」

ふざけるな、と思った。

校舎からの脱出行で僕は大した役割を果たしていないけれど、それでも精神的に疲れていた。電柱を渡り、民家に助けを求めた岬はそれ以上に肉体も疲弊しているはずだ。それなのに、まるで犯人と決めつけるような尋問を続けているというのか。

「岬くんは人を殺すような人間じゃありません」

僕は思わず口走っていた。あんまり白石刑事の物言いが理不尽だったからだ。

「あいつと少しでも話したんなら分かるでしょう？　あいつは音楽の才能が人より抜きん出ている代わりに、精神年齢は小学生並みです。人を憎むとか嫉《そね》むとか、そういう感情とは一番縁遠い人間です。そんなヤツが人殺しなんかするもんですか」

「音楽の才能は知らんが、まあ確かに浮世離れしているのはその通りだなあ。質問していても妙に答えがずれている」

「でしょう？」

「しかし、だからといって人を殺さないという保証はどこにもない。精神的に未成熟な者が他人を傷つけるのは、よくある話だ」

「自分では殺してないって言ってるんですよね」

「どんな容疑者も、最初はそう言う」

「あいつに限ってそれはないです。本当に殺したのなら、殺したって即答しますよ」

確証がある訳ではなかった。

でも、きっと岬ならそうするだろうという変な思い込みが僕にそう言わせた。

白石刑事ばかりか棚橋先生までが、呆気《あっけ》に取られたように僕を見た。

「……とにかくですな、今お話しした通り、岬さんには事情聴取をしている最中です。まだ帰ってもらう訳にはいきませんな。それより折角、足を運んでいただいたんだ。今度はこちらの質問に答えてくださいませんか」

何でしょう、と棚橋先生はわずかに身構えたようだった。

「他でもない、殺害された岩倉智生さんのことです。彼はいったいどういう生徒だったんですか？　岬さんとはどういうきっかけで確執が生まれたんですか？」

僕が喋り出そうとするのを棚橋先生が手で制する。興奮気味の生徒よりは担任の言葉の方が信憑性があると思ったのか、白石刑事にも異論はなさそうだった。

「当然、岩倉のご両親に連絡はされているんですよね」

「ええ、彼の遺体は署の霊安室に運び込まれましたが、そこで対面されました。ご両親も他の担当から事情聴取されている最中のはずですよ」

「彼の家は地元でも有名な建築業者です」

「それも聞いております。イワクラ建築と言えば中濃地区でも大手の業者でしょう。何でもご長男だったとか」

「経済的には申し分のない家庭に育ったようでした」

「含みのある言い方ですな。つまり経済的なこと以外では問題があったと?」

「進路の問題で親と対立していました。本人は、将来音楽で身を立てたいと思っていたのですが、両親の方は家業を継いで欲しいと願っていました。だから三者懇談の時はかなり紛糾しましたね」

「日頃の素行はどうでしたか。学外のよくない仲間とつるんでいるようなことはありませんでしたか」

「真面目に授業を受けるようなタイプではありませんが、不良行為で問題を起こしたことはありませんね」

実のところ、棚橋先生の証言は体裁を取り繕っている部分が皆無ではない。岩倉が校内で喫煙していたのは周知の事実だし、無断欠席が多くて出席日数がぎりぎりなのもクラス全員が知っている。でも、それは学校としては許容範囲であり、改めて警察に報告するまでもないという判断なのだろう。

「被害者が日頃から岬さんに暴力を振るっていたというのは、一種のイジメということだったんですか」

これは僕が答えるべき質問だろう。

「単純に嫉妬していたんですよ」

「嫉妬、ですか」

「音楽全般、特にピアノの演奏では勝負にもなりません。音楽科だから、そういうことが人気に結びつきます。おカネや努力でどうこうできることじゃないから、やっぱり妬みのタネにはなります」

この時、岩倉が春菜に一方的な思いを抱いていたことを僕は言わなかった。

あくまでも自分の主観に過ぎない、というのはただの言い訳だった。警察の捜査線上に春菜の名前が浮かぶのが嫌だったのだ。

だが、この証言は藪蛇《やぶへび》だった。

「つまり岩倉さんに動機を抱いているのは、岬さん以外に見当たらない、ということですな」

しまった。

瞬間、焦りに焦ったが、すぐに棚橋先生のフォローが入った。

「それも状況証拠みたいなものでしょう。岬が犯人である根拠にはならない。それとも、死体発見現場で岬の指紋がついた凶器でも見つかったんですか」

「それはまだですが……」

白石刑事は痛いところを突かれたようだった。

「鈍器といってもですね、検視官の見立てではどうやらそこらに落ちてるような石ころみたいらしい。そんなものが凶器に使われても川に捨てられたら終《しま》いですよ」

「じゃあ岬の服に岩倉の血液が付着していたとでも言うんですか」

「まあ、それは現在鑑識に急がせ……おっとっと。これは捜査情報でした。危ない危ない」

「もう岬のお父さんには連絡したのですか」

「それがね、先生。妙なことに岬さん本人がそれを拒否してましてて」

「えっ」

「警察の厄介になったのを知られたくないのか、父親の連絡先どころか名前も言おうとせんのですよ。ありゃあ、よっぽど父親が厳格なんでしょうな。ちょうどよかった。

先生だったら親御さんの連絡先をご存じでしょう」

「いや、わたしも彼の父親が公務員ということしか知らされていません。連絡先も自宅の電話番号しか登録していなかったはずです」

これは僕も思い当たることだった。昔はどうだったか知らないけれど、今は個人情報保護とかの名目で自宅や親の職業などの情報は最低限しか学校側に教えていないのだ。

「それは困りましたなあ。事情聴取を続けるにしても中断するにしても、保護者に連絡せんといかんのですが」

「本人に今すぐ会わせてください」

棚橋先生は勢い込んで言った。

「父親の勤務先、わたしになら教えてくれるかも知れませんよ」

もちろんこれは方便に決まっている。棚橋先生は自分の持てる手練手管の全てを駆使してでも、岬と会おうとしているのだ。

ううん、と白石刑事は呻いてから頭を掻く。

「これは釈迦《しゃか》に説法ですが」と、棚橋先生は追撃の手を緩めなかった。

「岬は未成年です。あなた方に彼を容疑者とする確たる証拠がない以上、担任であるわたしとの面会を拒否する理由はないように思うのですが」

思わず心の中でガッツポーズを取った。

やるじゃない、先生。

案の定、白石刑事は唇を曲げると卓上の電話に手を伸ばした。

「少々お待ちください。上に確認を取ってみますんで」

こうして僕たちは署内の取調室なる場所に案内された。無論、白石刑事の監視つきだ。それにしても尋問ではなくただの事情聴取なのに、取調室を使用する姿勢がまず不信感を呼ぶ。

取調室に続く廊下はとても殺風景だった。壁の色が寒々しいのも理由の一つだが、ここで岬と白石刑事の攻防が繰り広げられているのを想像すると、到底愉快な気分にはなれない。

取調室のドアを開けると、そこに岬の顔があった。窓もなく、光の乏《とぼ》しい部屋で、彼は弱々しく笑いかけた。

「やあ、鷹村くん。それに先生」

脱出行で別れてからまだ半日ほどしか経っていないはずなのに、彼はずいぶん懐かしそうだった。

「みんな無事に救出されたんだってね。よかった」

よかったって――いや、だから今はそんなことを言っている場合じゃないだろう。

僕は彼の頭から爪先まで観察した。手錠や腰縄こそないものの、明らかに疲労の色が浮かんでいる。

大丈夫か、と僕が声を掛ける前にまた岬が口を開く。

「岩倉くんが殺されたらしい。驚いた。ひどいよ。本当にひどい話だと思う」

「ひどいのは君の扱いじゃないか！」

僕は堪らず叫んだ。

「音楽科の連中が無事に助け出されたのも、君が身体を張って知らせに行ったからじゃないか。それなのに、こんな濡れ衣を着せられて」

後ろに白石刑事が睨んでいるのを承知で僕は言葉を続ける。遠慮する気など毛頭なかった。

「クラス全員とその親、学校関係者、警察、消防署、全部が君に感謝しても足りないくらいだ。それなのに、こんな薄暗い部屋に閉じ込められて尋問を受けているなんて……こんな話ってあるかよ」

僕は岬に駆け寄り、その肩に手を掛けた。思いきり身体を揺さぶって、彼から怒りを引き出そうとした。

だけど彼から出た言葉は予期せぬものだった。

「僕なんかより岩倉くんのことだよ。彼が僕の通り過ぎた後で殺されたのを聞いた……石のような物で殴られたんだってね」

その目を見て僕は口を噤んだ。

初めて見る目だった。

困惑と哀しみが同居し、どうしていいのか分からないという子供のような目。まさか岬がそんな目をするなんて想像もしていなかった。

「彼がどんな事情で殺されたのかは分からない。どんな状況で殺されたのかも分からない。でも、朝に顔を合わせた人間が、今は冷たい死体になって、ここの目と鼻の先に横たわっているんだよ。もう話もしなければギターを弾くこともない。そっちの方が数倍残酷で不条理だ」

ここに担任や警察関係者がいるから綺麗ごとを言っている訳ではない。普段の彼を知っている僕にはそれがよく分かった。だから、いきなり横っ面を叩かれたような気分だった。

どうしてこの男は濡れ衣を着せられた怒りよりも他人を、それも散々自分に暴力を振るった人間を哀しむことができるのだろう。

僕は彼の精神年齢は小学生並みだと言った。それが間違いだとは思わない。だが、それで岬の人間性を揶揄《やゆ》することはできないのではないか。相手がどんな人間であれ、その死を哀しみ、その最期を不条理だと捉える感受性はむしろ当たり前なのではないか。身近な人間が死んだというのに、哀悼《あいとう》を捧げるより前に犯人捜しで騒いでいる人間の方が歪んでいるのではないか。

だが僕の思いをよそに、棚橋先生が進み出る。

「岬。まだこのことを君のご父兄に伝えていない。すぐ迎えに来てもらおう。確たる証拠がないなら、警察もこれ以上拘束できないはずだ」

白石刑事はさも迷惑そうに僕たちを睨んでいる。いい気味だ。

「お父さんの連絡先を教えてくれ。先生から上手く事情を説明する」

「それは……遠慮します」

「何だって。そりゃあ、こんなことはお父さんにとって恥かも知れないが」

「父親がどう思おうが、それはどうでもいいんです。ただ、ここを出るのに父親の力を借りるのが嫌なんです」

「そんなことを言ってる場合じゃないだろ！」

棚橋先生は声を荒らげた。

「君と父親の仲があまり円満でないのは以前から聞いて知っている。君たちの年頃が父親に反抗したい気分も分かる。でも状況を考えろ。強情を張っても得にならないことくらい、君の頭なら理解できるだろう」

するとその時、棚橋先生の誠意を嘲笑うように、どこからか着信音が鳴り響いた。

白石刑事の携帯電話だった。

「はい、白石……はい、まだ取調室に。えっ……そんな、まさか？」

白石刑事はひどく驚いた様子だった。僕たちは何が起こったのかと、彼に注目する。

「いや、もちろんそういうことなら……了解しました。ええ、今すぐに」

通話を終えるなり、彼は岬に駆け寄った。

「あー、岬さん。捜査に協力いただき、まことにご苦労様でした。もうお引き取りくださって結構ですよ」

今までとは打って変わって謙《へりくだ》った物言いだった。その豹変《ひょうへん》ぶりに僕と棚橋先生は顔を見合わせる。

「しかし君も人が悪いですね。お父上の名前さえ出してくれたら、こんなに長引くことはなかったのに」

いささか卑屈ささえ感じられる対応は、次の台詞で合点がいった。

「まさか君が検事さんのご子息とはねえ」

僕たちが呆気に取られていると、岬は恥ずかしそうに俯いた。

2

二日間降り続いた雨も、その日の夕方にはようやく止んでいた。

「確かに検察官も公務員のうちなんだけどさ」

加茂署から岬の自宅へ帰る道中、僕は半ば抗議するように呟く。

「それでも特殊な仕事なんだから、身近な人間には言っておいた方がよくね？」

「気を悪くしたのなら謝るよ」

岬は相変わらずこちらの売り言葉を買おうともしない。それで、つい意地の悪い言い方になった。

「それはあれかい。エリート意識の裏返しってヤツかな」

口に出してしまってから後悔したが、岬は決して怒るようなことはしなかった。

「ごめん。また気に障ったのなら謝るけど、父親がどんな仕事をしていようと、僕には何の関係もないと思っている。警察で父親の職業を言わなかったのは、担当の刑事さんに身内意識で接してもらいたくなかったからだよ。ああ、でもそれが裏返しということなのかな」

身内意識という言葉で白石刑事の手の平を返したような対応を思い出す。実際、岬の身分が明らかになった途端、刑事は馴れ馴れしさを隠そうともしなかったのだ。

「自宅の電話は父親の名義だからね。それさえ調べたら名前はすぐに判明するはずだから、僕がわざわざ告げることでもないしね」

「だけどあの反応を見る限り、君のお父さんは身内でも割と有名人みたいだったな。いや、これは嫌味でも何でもないけれど」

「あまり聞かないけど、それほど無能じゃないらしい」

ぎょっとした。

彼が自分以外の人間を辛辣《しんらつ》に評するのは初めてだった。

「それにしても岩倉に会わなくてよかったのかな。霊安室って加茂署の端にあったらしいから、帰りがけにでも顔を出せたはずだけど」

「あれは担任の棚橋先生だけでよかったと思う。容疑者とされている僕なんかが顔を出したら、ご両親が取り乱さないとも限らないし」

別にそんな必要はないのだけれど、岬は申し訳なさそうに言った。異存はない。どのみち岩倉の告別式が二日後に行われ、僕たちも参列する予定なのだ。

「……腑に落ちない」

「えっ」

「どうして岩倉くんは、あんな土砂降りの中にいたんだろう」

岬は独り言のように呟く。

「刑事さんの話では、自主早退した後、道草を食っているうちに豪雨になったので雨宿りしたという話だけれど、それがどうにも腑に落ちない」

「どうしてだい」

「朝のうちに早退していたとしても小降りながら雨は降り続いていた。そんな状況で、どうして雨宿りする必要があったんだろう」

「そりゃあ、傘を持ってなかったからだよ」

「登校した時にも小雨が降っていたから、彼も傘を用意してきたはずだ。早退する際に持ってなかったというのは理屈に合わない。すると、もう一つ腑に落ちない点が出てくる」

「何だよ」

「刑事さんの説明を聞く限り、死体の発見された場所に傘らしき物は発見されなかった」

「あの暴風雨だぜ。手放したら、どこまでも吹き飛ばされる。襲われた時に差していても、殺された後で傘だけがどこかへ飛ばされたと考える方が自然だろ。第一、あんな土砂降りだったら傘なんて差したってあまり意味がない。僕なら畳んで持ち帰る」

「それなら、尚更現場に落ちていないのが理屈に合わない」

「……ひょっとして君は取り調べを受けている最中、ずっとそんなことを考えていたのか？」

「うん。少なくとも僕が彼を殺していないことは確実だったからね」

呆れて岬の顔を窺い見た。たかが高校生が冤罪《えんざい》を被せられようという時に、そんなことを冷静に考えられるものなのだろうか。

「ねえ、鷹村くん。知らなければ別にいいのだけれど、どうして棚橋先生は今日学校を休んだのだろう」

それは僕も気になったので、先生本人から聞いていた。

「朝起きたら体調が悪かったそうだ。だから学年主任の横屋先生に連絡したんだって」

「体調が悪かった……加茂署に来てくれた時には、そんな様子に見えなかったけど」

「言われてみればその通りだけど、君は棚橋先生を疑っているのか」

「時間の推移を追っていくとこうなる。十時を過ぎた頃から雨がひどくなったが、岩倉くんはそれ以前に校舎を出ていた。それから鷹村くんも見ていたように校舎と外部を結ぶ唯一の橋が崩落する。この時点で校舎に残っていた音楽科の生徒は脱出不可能になる。つまりアリバイ成立だ。言い換えれば、この時岩倉くんを殺害できるのは学校にいなかった人物ということになる。棚橋先生だって例外じゃないんだよ」

しばらく歩いていると、岬の家に到着した。この辺りには珍しいマンションの一室だった。

「ここまでありがとう。本当なら家の中に上がってもらいたいところなのだけれど、君の気分が悪くなるだろうからここで帰った方がいい」

ごめん、と謝りながら岬はドアの向こう側に消えていった。

その直後、父子《おやこ》の会話が外に洩れてきた。

「ただいま」

「こっちに来て座れ」

「何ですか」

「殺人事件の容疑者にされたというのは本当か」

「ただの事情聴取ですよ」

「ただの事情聴取で、こんな時間まで拘束されるのか」

「別にお父さんに迷惑はかけていない。夕食はいつも僕がこしらえている」

「そんな話をしているんじゃない。自覚が足りないと言ってるんだ」

「自覚？」

「お前の親は検察官だ。その子供なら、おめおめと犯罪に巻き込まれるような隙《すき》は見せるな」

「僕が疑われたのは不可抗力だった。僕は校舎の裏山が崩落しかけていたから」

「それで偶然、死体の発見された地点を通りかかった。その話は加茂署の担当者から聞いた。わたしが隙だと言っているのは、以前からその殺された生徒と確執があったそうじゃないか。そういう人間関係を形成すること自体が油断なんだ」

「あれは僕のせいじゃない」

「いいや。喧嘩両成敗という言葉通り、一切合財が相手のせいというのは有り得ない。同じ音楽科なのだろう。どうせお前が得意げに演奏を披露し、それでひと悶着《もんちゃく》起こしたんじゃないのか」

「音楽科の生徒が演奏して何が悪いんだ」

「それだ。その自意識のなさがお前の高慢さの根源になっている。高慢は必ず周囲の反発を生む」

「高慢になったつもりなんてない」

「自意識がないから気づかんだけだ。自覚のない才能ほど、傍で見ていて不愉快なものはない。だから知らぬ間に敵を作るような羽目に陥る。トラブルに巻き込まれるのも、悪事を疑われるのも全て身から出た錆《さび》だ。それもこれも原因はピアノだ。他人より多少上手く弾けるから増長し、傲慢になる。傲慢なる特技など人間形成の上では邪魔でしかない。そんな音楽など金輪際やめてしまえ」

そこで耐えきれなくなり、僕はドアから離れた。岬の言った通り、僕の気分を徹底的に悪くさせる会話だった。

家庭の数ほど不幸が存在する。だけど岬のように天賦《てんぷ》の才能に恵まれた人間に、こんな不幸があるとは思ってもみなかった。会話を聞いただけである程度の見当はつく。岬の父親がどんなに偉いかは知らないけれど、あの煌《きら》めく才能をただの高慢と切り捨てるのはいくら何でも横暴だと思った。いったい、あの父親は音楽を聴いたことはないのだろうか。六法全書を読む傍ら、歌謡曲の一曲でも口ずさむことはなかったのだろうか。

音楽ほど将来性の見えないものはない。才能と努力と成果が期待通りには結びつかない。当たりよりははずれが多く、運とコネが大きくモノを言う。また運とコネがあっても成功するとは限らない。水物で、摩訶《まか》不思議で、何か魔物のような意思が働いているとしか思えない瞬間がある。

だからこそ続けていくには周囲の理解と協力が絶対不可欠になる。そして岬ほどの才能の持主なら、周囲のサポート体制は万全なのだろうと勝手に思い込んでいた。

とんでもない間違いだった。

僕は途轍もなく浅はかだったのだ。

まだ湿り気の残る風を受けながら、ふと思う。

音楽の道を渇望しながら、家族からは拒否される者。才能の差はあるが、その点で岬と岩倉は似た者同士だったのだ。そして似た者同士だったからこそ、岩倉は岬に牙《きば》を剝《む》いたのかも知れない。

今になって岬の父親の言葉が甦る。自覚のない才能は他人を不愉快にさせるという件《くだり》だ。岬にしてみれば理不尽極まりない理屈だろうが、凡庸な僕には頷けないこともない。

才能があっても辛い。なければもっと辛い。才能が神様から与えられたものだとしたら、神様というのは相当に罪作りな存在ではないのか。

僕は音楽の神様とやらをねちねち恨みながら帰途に就いた。

七月三十日、岩倉智生の葬儀が仏式により自宅で行われた。

最近は参列者の数や駐車場のスペースを考慮して葬祭センターを使うことが多くなったらしいが、地元に冠たる〈イワクラ建築〉の社長宅は二百人を収容できる大広間と、普通乗用車五十台分のスペースを誇る庭を擁していた。

岩倉に対する個人的な思いは別にして、田舎の冠婚葬祭が祭りの一種だというのをこういう時に実感する。流れる読経、行き交う参列者、差し出される香典、飾られる花は全て祭事の共通項だ。

岬に対する風当たりが心配だったので、本人が遠慮がちであったにも拘わらず僕が同行した。夏休み期間中であることも手伝い、音楽科以外の生徒もちらほらと姿を見せている。

会場には独特の空気が流れている。湿って重い。きっと若くして死んだ者の葬儀は余計にそうなのだろう。遺族の無念さ遣る瀬なさが実体となって空気の中に混じっているような気がする。

「音楽でも流せばいいのに」と、岬は呟いた。

「結婚式じゃないんだぜ」

「故人の好きだったロックのナンバーをかけるくらいはいいと思う。ここに岩倉くん本人がいたら、絶対にお坊さんを押し退けて十六ビートで歌い出すだろうね。あんなスローテンポな曲は、彼の好きな音楽じゃない」

岬らしい物言いだと思った。

「死んだら人の魂はどうなるのか、考えたことがあるかい」

ないはずがない。だけど僕は敢えて首を横に振った。

「心臓と脳の停止によって肉体は滅びる。その瞬間、魂は消滅するのか、それとも肉体を離れて天上に召されるのか。いくつもの宗教がいくつもの解答を用意している。でもどの宗教にも共通しているのは、死者の魂を鎮めるための音楽が用意されていることだ」

それは音楽史で教えられた内容そのものだった。元より西洋音楽の多くは、キリスト教の祭事用音楽に端を発している。

「ここにピアノがあればなあ」、と岬は口惜しそうにまた呟く。

「あやふやな言葉なんかじゃなく、僕の思っていること、彼への鎮魂をピアノでなら表現できるのに」

「おい、あいつはずっと君に難癖をつけたり暴力を振るってきたんだぞ。忘れたのかよ」

「そんなことは関係ないんだよ」

岬は頭を垂れたまま、そう言った。

「音楽はそのためにもあるんだ」

父親の顔の広さか、参列者の半分以上は僕の知らない顔だった。供花に挿してあるプレートには地元議員たちの名前が並んでいる。

ひどく居心地の悪さを感じる。岩倉の交友関係を全て知っている訳ではないけれど、同じ十七歳なら僕のそれと大きく違わないはずだ。それなのに参列者の多くは、多分生前の岩倉と碌に話したこともない。

参列者の多くが岩倉の好きだった音楽を知らない。

参列者のほとんどが岩倉の奏でるギターを聴いたことがない。

それを思うと、胸が虚ろになった。

僕と岬は受付に並んだ。前後をそれぞれ会社関係者らしき年配の男たちに挿まれている。

　そして岬が自分の名前を記帳した時だった。

「岬、洋介さん？」

　受付の女性が記帳の名前と岬の顔を代わる代わる見比べる。

「少々お待ちください」

　少々待っていると、やがて喪服姿のおばさんが引き攣《つ》った顔をして現れた。目の辺りに岩倉の面影があるので、一瞬で母親だと知れた。

「帰ってちょうだい」

　母親は岬を見るなりそう言った。

「警察から話は聞いています。あなたが息子を殺した犯人なんでしょ」

「いいえ」

　岬は怯んだ様子を見せたが、それでも言葉を濁すことはなかった。

「僕は犯人じゃありません」

「嘘仰いっ。犯人でないのなら、どうして警察が長時間取り調べなんかするんですか」

　散々泣いたのだろう。目蓋は腫れ、メイクも剝げかけ、髪はすっかり解《ほつ》れている。

　そんな状態で食ってかかるものだから、母親は般若《はんにゃ》のような形相になっている。

「あ、あの子がいったい何をしたって言うのよ。そりゃあ少しはやんちゃだったし、あたしたち親の言いつけも守らなかった。他人様にちょっかいをかけたこともあった。で、でも殺されるほど憎まれるような子じゃなかった。表現の仕方が下手だけど、他人のことを思いやる善い子だった。それを、それを、それを……」

母親の勢いに押されたのか、岬は顔色を失って口を噤む。

その目に怯《おび》えが走っているのを認めて、僕は立ち尽くす。

岬はまるで獰猛な犬を前にした子供同然だった。剝き出しの悪意に晒され、おどおどと逃げ場所を探す脆弱な存在だった。あの絶対的なピアノを奏でる才能の持主が、五歳児の顔で竦《すく》んでいる。

「あんたなんかが弔問に来たら、智生が成仏できない。さっさと帰って。さあ、帰りなさいったら！」

それ以上、見ていられなかった。

僕は岬の腕を摑み、強引に列から遠ざけた。

「二度と来るなあっ」

母親の絶叫を背中に浴びながら、僕たちは出口に急ぐ。居並ぶ参列者は何事が起きたのかと好奇の視線を投げる。岬は歩調を合わそうとしないので、ひたすら重荷だった。

斎場の外に出て、ようやく僕は足を止めた。

肩で息をする。立ち止まった途端、額から滝のように汗が流れ出た。

ごめん、と消え入りそうな声がした。振り向けば、岬が真っ青な顔をしている。

生まれてこの方、寵愛されるしか知らなかった人間が、他人の憎悪や怨嗟《えんさ》をまともに食らったらきっとこういう顔になるのだろう。

「この間から君は謝ってばかりだな」

僕は冗談めかして言った。そうでもしなければ間が保たなかったからだ。

いきなり岬は両手で自分の顔を覆った。

まさか泣き出すんじゃないか――そう心配したが、どうやら蒼《あお》ざめた顔を見られたくなかっただけらしい。両手を下ろした彼は、もう怯えてなどいなかった。

「……鷹村くん」

「うん？」

「君に手伝って欲しいことがある」

「何だよ」

「僕は自分にかけられた疑いを晴らしたい。そうしないと、岩倉くんを弔《とむら》ってやることもできない」

3

「疑いを晴らすって、探偵でもするつもりなのか」

あんまりいきなりだったので、僕は思わず訊き返した。もちろん岬という男が頭脳明晰だというのは認めるけれど、それでも一介の高校生であることに変わりはない。その一介の高校生が素人探偵の真似事をするなんて、マンガもいいところだ。

「高校生が素人探偵の真似事をするなんてマンガもいいところだ……そんな風に思ったんじゃないのかい」

「わあっ」

「何だ、図星だったのか。確かに一介の高校生が手持ちの材料だけで警察を出し抜くなんて、ただの絵空事だろうね。でも、今度の事件は僕たちにアドバンテージがある」

「アドバンテージ？」

「殺されたのは僕たちのクラスメートだし、事件は学校が中心になっている。関係者も学校の中にいる。そして彼らのことは警察よりも僕たちの方が知っている。警察は犯罪捜査のプロだけど、その点で僕らの方が有利だ」

「警察に任せておくっていう選択肢もあるんだぜ」

「最初に疑われた立場としては彼らをあまり信用できない。僕の素性を知るなり、態度を軟化させたことで尚更信用できない」

「君の親父さんの肩書きを知れば、ああなるだろ」

「相手の肩書き一つで態度を一変させるような人間に、碌なのはいないよ」

いつになく辛辣な物言いだったが、これはきっと父親が検察官であることと無関係ではないだろう。

「それでも警察には指紋やら足跡やらで犯人を確定させる技術がある」

「科学捜査が役に立つのは、現場に遺留品が残存している場合だ。だけど岩倉くんの場合は凶器が石のような物としか推測できず、現場は豪雨の後ですっかり洗い流されている。いくら技術があっても意味がない」

「どうしてもやる気かい」

顔色を窺ったが、岬は全く躊躇している様子がなかった。

考えてみれば、彼が何かに迷う姿など見たことがない。言動にしても演奏にしても、一度こうと決めたら停《と》まりも変更もしやしない。見掛けは温和そうだが、実際は相当に頑固で融通が利かないのだ。

「僕に手伝って欲しいことがあるって言ったな。ワトソン役でもやらせようっていうのか」

「まさか。情報提供して欲しいんだよ」

「何の情報さ」

「僕は四月に転校してきたばかりだけど、鷹村くんは入学当初から音楽科の生徒を知っている。この町に関してはずっとだ。僕の知らない情報を大量に蓄積している。そいつを折に触れて提供してくれ。今の僕にはそれが最大の武器であり希望なんだ」

岬の言わんとすることはぼんやりと理解できた。町の概要など町史でも眺めればすぐに分かることだが、おそらく彼が知りたいのはそんな些末《さまつ》な知識ではない。

この町が孕んでいる排他性や閉鎖性が知りたいのだ。

たかだか人口一万二千人の田舎町だから、他所《よそ》から来た者には見えない壁を拵《こしら》える。四月に引っ越してきたばかりの岬は町にとっての異分子だ。異分子はとかく目立ち、そして疎まれる。僕などはそれを知っているので、岬が真っ先に疑われたのもその排他性が大きく作用したのではないかと勘繰っている。

「分かったよ。どこまで役に立てるかは分からないけど、僕でよかったらできるだけ協力しよう」

どうもありがとう、と言って岬は両手で僕の手を握る。

ノンケの僕でも少し変な気持ちになったが、当の岬は涼しい顔で話を続ける。

「まずは棚橋先生に会ってみようと思うんだ」

「今日、学校は休みだぜ」

「だから、いい。校舎の中で、つまり校長を含め他の先生や生徒がいる中で百パーセントの本音を言ってくれるとは限らない」

「じゃあ、教員住宅に押し掛けようっていうのかい」

「取調室や教室では話せないことも、自分の部屋では話しやすくなるような気がしないか。それに人間というのは、目下の人間に対しては舌が滑らかになるものだしね。堅い職業に就いている者なら尚更だ」

「……そういう知恵を、いったいどこでつけてくるんだ」

「親がそういう職業だったら、嫌でも身につく」

加茂北高校の教員住宅は学校へ続く坂の真下にある。学校の敷地を造成した際、教職員の便宜を図って新築した集合住宅なので、当然のことながらまだ真新しい。オートロックではないので、部外者でも各々の部屋へ行ける。一階の集合ポストで確認すると、棚橋先生の部屋は二階の二号室だった。

「鷹村くんもここに来るのは初めてなのか」

「学校の外でも先生たちに会いたいなんて、普通思わないぞ」

「それは勿体《もったい》ないな」

岬は軽快に階段を駆け上がっていく。本当に逡巡《しゅんじゅん》とか躊躇とは無縁の男らしい。

インターホンで呼ぶと、棚橋はすぐに姿を現した。

「どうしたんだ、二人とも。休日じゃないか」

僕は咄嗟に何も言えなかったが、岬は平然と言い放った。

「今度の事件で容疑者にされて悩んでいるんです。職業柄、父親にも話せません。相談に乗ってくれませんか」

よくもいけしゃあしゃあと言えたものだ。だが他の用事にかこつけるよりも、単刀直入に訴えた方が破綻は少ない。僕は半ば感心し半ば呆れて岬の顔を見る。

片や棚橋先生はと見ると、深刻そうに頷いている。

「だよなあ。親が検察官ともなれば身内には余計厳格になるだろうからな。まあ、入れ」

教師の個人宅にお邪魔するのは初めてだったので、少なからず緊張する。

玄関が埃《ほこり》っぽく、さぞかし部屋も散らかっていると想像していたのだが、中は意外なほど片づいていた。書籍の類《たぐい》はちゃんと本棚に収まり、床にはゴミ一つ落ちていない。仄《ほの》かに香るのは消臭剤の匂いだろう。

「それでどうした。まさか親父さんからも犯人扱いされてるんじゃないだろうな」

「身の潔白が証明されて解放された訳じゃありませんから。家でも斎場でも未だに容疑者扱いですよ」

「まあ、確かに未成年を一晩中拘束しておく訳にもいかないからな」

「僕が橋を渡り切った時点で、学校が陸の孤島になったのは大勢の証言で明らかになっています。あの豪雨で外に出ていたのは僕と岩倉くんだけ。しかも僕には、以前から岩倉くんの暴力を受けていたという事実があります。動機あり、アリバイなしじゃあ疑われても当然です」

「災難としか言いようがないな。学校に残った人間を助けるために、命を張ったっていうのに。その場にいなかったことが悔やまれるよ」

「もう、本当にいいんですか」

「うん？　何がだ」

「体調ですよ。棚橋先生が体調不良で休むなんて今までになかったことですから。僕ら心配していたんですよ」

岬は棚橋先生を直視して言う。

案外ひどい男だと思った。苦難に立たされた生徒からこんな視線を浴びたら、大抵の教師は神妙にならざるを得ない。狙ってやっているのなら他人の心を操縦する策士だし、無自覚にやっているのならそれはそれでタチが悪い。

「いや、あのな……」

棚橋先生は言い難《にく》そうに頭を掻く。

「折角、心配してくれたのにこんなことを言うのも気が引けるが、実は体調不良は嘘だ。すまん」

意外な答えに驚いたが、岬は一向に動じた風もない。変な突っ込みをして話の腰を折るのも嫌なので、僕はしばらく傍観していようと決めた。

「へえ。でも、何があったんですか。まさか長雨続きで学校に行くのが嫌になったとか」

「違う、違う。実は前の夜、久しぶりに大学時代の悪友と呑んでな。へべれけになりながら何とか部屋までは辿り着いたが、翌朝は寝坊の上に二日酔いだった。遅れて顔を出すのも、酒臭い息で教室に行くのも躊躇われたんでな。それで横屋先生に断りの電話を入れたんだ」

棚橋先生はぺこりと頭を下げた。

「二人に言っておくが、決してこんな不良中年にはなるなよ」

「それじゃあ仕方なかったですね。ずっと部屋で潰れていたんですか」

「ああ。一日中、布団に包《くる》まっていた。横屋先生から君が逮捕されたという一報を受けるまでな」

「こういうのを不幸中の幸いと言うんですかね」

「どうして」

「岩倉くんが殺された日、彼と確執のあった人間で校外にいた者は、容疑者候補にされます」

岬は顔色一つ変えず、静かに爆弾を投下する。棚橋先生は一瞬凍りついたようになった。

「何を言い出すんだ」

「岩倉くんと棚橋先生がいがみ合っていたのは、みんな知っています。今更、秘密にするような話じゃないでしょう。もっともいがみ合っていただけで容疑者にされたら、堪ったものじゃありませんけど。その伝《でん》でいけば僕が一番被害を受けています」

「それはまあ、そうだな」

「僕の場合は一方的に暴力を振るわれていたから余計にそうです。それにしても、どうして先生は彼と反目するようになったんですか」

「確たる原因なんてないさ。授業嫌い学校嫌いの生徒が担任を疎んじるのはよくある話だ。こちらにしても、レールから外れているヤツを無理に戻そうとするものだから当然軋轢《あつれき》が生まれる」

岬は納得したように頷き、どうしたら皆の誤解を解くことができるのかと、殊勝に訊《たず》ねる。棚橋先生は警察の捜査が進めば疑惑は自然消滅すると、慰めにもならないことを説く。

けれども横でずっと二人の会話を聞いていた僕は、岬が何らかの感触を得たのを知った。それが何に由来するものかは理解できなかったが、そうでなければ彼が通り一遍の会話に終始するはずがないと思ったのだ。

「先生に話したら、ずいぶん胸の痞《つか》えが下りたような気がします」

岬は最後にそう告げて会話を畳んだ。

「そいつは何よりだったな。あんまり気に病むな。いつまでも引き摺るとピアノに影響するぞ」

棚橋先生もまた、担任らしい言葉で締めた。横で聞いていると、まるで台本を読んでいるようだった。

部屋を出ると、岬は僕にそっと耳打ちした。

「あの人はやっぱり善人だよ。容疑者かどうかは別として」

「根拠は？」

「嘘が下手だ」

「さっきの話のどこが嘘なんだよ」

「事件当日、二日酔いでずっと寝込んでいたという部分。棚橋先生はどこかの時間帯で町役場に出掛けていたはずだからね」

「何故、そんなことが言える」

「ビニール傘だよ。玄関先に〈役場備品〉と書かれた傘が立て掛けてあった。埃も被ってなかったから最近使ったものだ」

いつの間にそんなところを観察していたのかと驚いた。

「憶《おぼ》えているかい、僕たちが登校する頃までは一時雨が止んでいただろう」

「ああ。練習開始を待っている間にまた降り始めた」

「そして事件が起きてからは降っていない。どうして役場備品の傘があったかと言えば、行きは傘を持たずに出掛け、帰ってくる時には本降りになっていたからだ。そういう場合、公共の施設でなくても来客に傘を貸すだろう？　だから先生は事件当日に役場を訪れていた可能性が極めて高い」

「あの日以前に借りたかも知れないじゃないか」

「だったら傘にはいくらかなりとも埃が被っているはずだよ。部屋は綺麗だったけど玄関の掃除は疎《おろそ》かになっていただろ」

「以前に借りたものを忘れて、ここしばらくは自宅で使っていたのかも知れない」

「〈役場備品〉なんて大書されたビニール傘をいつまでも使い続けるかい？　玄関先には先生の持ち物らしきお洒落なジャンプ傘もあったんだよ」

「じゃあ、どうして先生は役場に行ったことを隠すんだよ」

「少なくとも僕たちを納得させるだけの理由を咄嗟に思いつかなかったからじゃない

かな。ともかく、これで次の訪問先が決まったね」

岬はそう宣言すると、町役場のある方へ向かって歩き出した。

町役場は教員住宅から五百メートル先、町を縦断するメインストリートの中心にある。築年数が相当経っており、外観からは昭和の匂いがぷんぷんする。中に入ると、玄関ロビー脇のビニール傘の挿さった傘立てが目に留まった。

〈ご利用の後は速やかに返却してください〉

岬は注意書きを一瞥《いちべつ》しただけで通り過ぎる。誇らしげに振る舞わないのが、少し気障に映った。

「思った通りだ」

「何がさ」

「職員さんの数がいやに少ないとは思わないか」

言われてみれば、机の数に対して職員は半分ほどしか見当たらない。

「きっと夏季休暇で休んでいる人がいるんだろうね。全員が一斉に休む訳にはいかないからシフトを組んでいるんだよ」

「それと、棚橋先生が訪れたことが何か関係あるのか」

「おおっぴらに言えない理由で来るのなら、人が少ない時を選ぶのが普通だと思わないかい」

岬は最初からそうと決めていたのか、受付へと真っ直ぐ進んでいく。

「すみません。僕、加茂北高校の生徒なんですけれど」

書類に目を通していた受付の女性職員は面倒臭そうに顔を上げたが、岬を見るなり表情を一変させた。

だから女ってヤツは。

「夏休みの自由課題で議会政治について調べているんです。議事録を閲覧させてください」

「議事録を？　どうぞどうぞ。それにしても加茂北の高校生ってレベル高いわね。高校生であんなものに興味を持つなんて」

女性職員は満面に笑みを浮かべながら、カウンターの下からバインダーを取り出した。バインダーには〈資料閲覧申請書〉と表題の打たれたA4サイズの用紙が挟んである。

「それに今日の日付と名前と、閲覧を希望する資料名を書いてちょうだいね」

バインダーを手に取った岬が僕の脇腹を突く。

何だ、と思っていると岬の指が申請書の一番下の欄を指す。そこには直近の閲覧者の名前が記されていた。

〈七月二十八日　棚橋譲留《ゆずる》　平成八年度予算委員会議事録〉

棚橋先生の名前だった。

驚く僕をよそに、岬はその下に必要事項を書き加える。岬が閲覧希望としたのも平成八年度の予算委員会議事録だった。

女性職員が奥の書架から分厚いファイルを持ってくる。

「コピーが要るなら、申請書に必要枚数を記入してね。コピーは一枚十円」

語尾にハートマークがつくような口調でそう言うと、女性事務員はフロアの隅にある閲覧室を指差した。閲覧室といっても、机一脚分のスペースをパーテーションで区切っているだけの簡素な造りだ。岬はファイルを小脇に抱えて、いそいそと閲覧室へ向かう。僕は彼の後をついていくしかない。

岬は席につくなり、ファイルを繰《く》り始める。予算計上科目の一覧と各議員の答弁記録を除けば、頭の痛くなるような数字の羅列だ。色気のない議事録に僕はすぐ興味を失ったが、岬は熱心に文字を追っている。

「熱心に議事録を読んでいるところを悪いけど質問、いいかな」

「いいよ」

「棚橋先生がその議事録目当てで学校休んでいたのを、どうやって知ったんだ」

「ああ、これは偶然だよ。先生がこんなものを閲覧していたなんて想像もしていなかったよ」

「でも、えらく熱心に見ているじゃないか」

「平成八年度の予算だからね。興味は湧くよ」

「平成八年がどうして興味湧くのさ」

「知らなかったのかい？　平成七年は加茂北高校の建設工事が始まる前年じゃないか。ほら、ここにも〈加茂北高校建設に関わる地層調査費用〉という科目が計上されているだろ」

岬の口調はどこか楽しげだった。

「ほら、見てごらんよ。この地層調査を請け負った業者の名前」

〈イワクラ建築〉——。

「別におかしくないんじゃないの。この町で一番大きな建築業者といえば岩倉の家なんだし」

「おかしいのはそこじゃないんだよ」

「何がだよ」

「まともな地層調査をしていたらさ、あんな場所に学校を建てるのかって話」

「えっ」

「調べたんだけどね、校舎と体育館の建っている敷地って表土の下が粘土質の土壌なんだよ。平野部ならともかく、山林を切り拓いて造成するには、およそ相応しくない場所だ」

　市街地に学校が建てられず、仕方なく山林を切り拓いて無理やり平地を造ってしまった経緯は僕も承知している。

「僕がもし建設を請け負った業者の立場だったら、絶対こんな場所に建物なんて造らないね」

「どうして」

「学校の建っている丘はね、沖積層《ちゅうせきそう》といって一万年くらい前の比較的新しい地層なんだよ。薄い砂利層と密ではない粘土層で構成されていて、雨水が滲み込みやすい。水を沢山吸い込めば、当然土壌自体が脆《もろ》くなる」

「……そういうことをいったいどこで調べた」

「地質のことなら郷土史に載っているし、郷土史なら学校の図書館にだって置いてあるじゃないか」

　ますます彼の頭の中が分からなくなった。

「郷土史って、そんなもの、いつの間に読んだんだよ」

「自分の住んでいる土地のことだからね。ピアノほどじゃないけれど、そりゃあ人並みに関心はあるよ」

　人並みに、だって。

それならこの町に生まれ育って十七年間、郷土史なんて背表紙しか見ていなかった僕はいったい何なんだ。

「それで、イワクラ建築の地層調査が、棚橋先生とどんな関係があるっていうんだよ」

「それは後で訊こうと思っている」

「誰に」

「君にだよ」

岬はそのひと言を最後に、議事録の読み込みに集中し始めた。

集中の仕方にも個性があるのだろう。岬が議事録の読み込みに集中している様は、ピアノを弾いている時と同じだった。まるで身体中からとんでもない熱気が発散されているようで迂闊《うかつ》に近づけない。

僕は彼の前で、ただ所在無く座っていることしかできなかった。

町役場で用を済ませると、岬はクラスで一番岩倉を知っているのは誰かと訊ねてきた。

「だったら学級委員の祥平じゃないのかな。確か幼稚園の頃から高校までずっと同じクラスで、腐れ縁だって愚痴こぼしていたからな」

「葛野くんの家はどこだい」

自転車なら十五分もかからないと答えると、岬は今すぐ会いたいと言う。夏休みだし、今日は音楽科の登校日でもないので、おそらく家にいる確率が高い。敢えて自宅へ押し掛けようとするのは、棚橋先生の時と同じ理屈なのだろう。

「待ってろよ。今、ケータイで都合を聞いてみるから」

「それはいいよ」

岬は、ポケットに半分突っ込んだ僕の手を制した。

「何だ、アポなしかい」

「いきなり行って、いきなり訊いた方がいいと思うんだよ」

祥平の家は商店街の外れにある電器屋だった。店主が家電を販売する一方で出張修理も行うという、昔ながらのスタイルを今も続けていた。

来店すると、自動的に奥のチャイムが鳴る仕掛けだった。きっと店番を任されていたのだろう、奥から顔を覗かせたのは祥平本人だった。

「およ。何だよ、お前らいきなり」

「突然で悪いね、葛野くん」

明らかに祥平は岬の出現に戸惑っている様子だった。

「実は岩倉くんのことで訊きたいことがあって来た。今、いいかな」

「いいけど……岬は警察からマークされてるんじゃないのかよ」

「そういう疑いを晴らしたくてね」

今更ながらアポなし直撃の理由が分かった。頼まれたら嫌とは言えない性格の祥平だ。家にまで来られて直訴されれば、無下に断ることができない。

「……まあ上がれよ。母ちゃんいないからお茶とか出ねえけど」

岬と僕は祥平の後について彼の部屋に入った。音楽科の生徒らしく部屋には電子ピアノが鎮座し、ベッド脇の棚にはクラシックのCDが並んでいる。僕の部屋も似たようなものなので、不思議に居心地がいい。

「質問される前に訊いておくけどさ」

車座になってから、祥平が口火を切った。

「岬が岩倉を殺したんじゃないよな？」

「僕は殺していないよ」

「……神に誓ってか」

「生憎と無宗教だけど、音楽の神様になら誓える」

祥平の態度があんまりだったので、僕はつい口を挟みたくなった。

「おい、いい加減にしろよ。疑う前に感謝の一つくらいしたらどうだ。岬くんは俺たちのために身体を張って救援を呼びに行ったんだぞ。忘れたのかよ」

「忘れちゃいない。だから複雑なんだよ。岬をヒーローとして扱えばいいのか、その……容疑者として扱えばいいのか」

「どちらでも構わないよ」

岬が至って涼しい顔をしているので、僕は立場がなくなる。

「ヒーローでもヒールでもどちらでもいい。それによって葛野くんの答え方が変わらないのならね」

「岩倉の何が訊きたいって。俺だって最近はあまり話してなかったんだぞ」

「でも一番付き合いが長かったんだろう？　だったら君の答えが一番説得力あると思う。岩倉くんを敵視していた人間、あるいは岩倉くんが敵視していたのは誰だったんだい」

「敵視ねえ」

祥平は少し考え込む。

「元々、唯我独尊というか、特別なオンリーワンみたいなヤツだったから、いつでも誰かしらとバトってたな。大抵はクラスメートか先生が相手で、殴った殴られたなんてのは珍しくも何ともなかった。加茂北高に入る前の最大の敵は親だった。ほら、あいつン家《ち》建設業で、しかも長男だろ。その長男がヒップ・ホップで有名になりたい、アーティストとしての第一歩で音楽科に入学したいなんて言うもんだから、えらく揉めてさ」

　岬の表情に微かな変化が起きたのを、僕は見逃さなかった。音楽科に籍を置く生徒のほとんどは親も音楽に理解のある家庭だったから、岩倉と岬は数少ない例外と言えた。言い換えれば、それが岩倉と岬の共通点だった。

「で、入学したらしたで、今度は棚橋先生と犬猿の仲になるしな。まあ、あれは生徒と教師の間柄じゃしょうがなかったんだけれど」

「何がよくなかったのかな」

「それは岬だって見当つくっしょ？　何事も俺様で自由にやりたい岩倉と、まず基礎からしっかりさせようとする棚橋先生じゃ、そりゃ合わないわ。それでも岩倉にナンバーワンと言えるような才能でもあれば別だけど、先生を黙らせるほどじゃなかった。いいところ、文化祭で喝采を浴びる程度じゃない？　最近、岬を目の敵にし出したのもそれが原因っしょ？　男の嫉妬っていうか何ていうか」

　以前、岬が僕に投げかけてきた質問と同じだ。あの時、岬は理解不能という顔をしたが、さすがに学習効果があったのか、今は神妙な面持ちで祥平の声に耳を傾けている。

「たださあ、三歳頃からずっとあいつを見てるけど、岩倉ってそれなりに強面《こわもて》もするし、乱暴だったりするけど、決して無軌道って訳じゃないんだな。メンチ切るとか授業フケるとかしていても、所詮はそこ止まりで警察の世話になるような真似はしなかった。家族と折り合いはよくなかったけど、それでも家出はしたことがない。自分で知ってたんだよ。こんな田舎町じゃあ、反抗するにも限界があるって。だから、これは質問の答えになるけど、岩倉が憎んでいたヤツはいたし、逆に憎まれていたヤツもいた。でも、少なくともそれで自分が殺されるような関係にはならなかったはずなんだ」

4

祥平の家を出てから、岬は僕に話し掛けてきた。

「さあ、今度は君から訊く番だね」

「さっきの、イワクラ建築と棚橋先生の関係か。言っておくけど、そんなもの知らないぞ」

「言い換える。イワクラ建築と加茂北高校の関係だ」

「それも知らないって」

「記録に残ることなら、さっきみたいに議事録や資料を当たればいい。でも記憶に残っていることは違う。口コミ・噂・評判・デマ。そういうのは当時そこにいた人間しか共有できない。具体的に言えば加茂北高校の建設が今まさに始まろうとする平成七年、つまりまだ僕がここにいない時代の記憶は君に訊ねるしかない」

「イワクラ建築と学校に纏《まつ》わる噂があったのかどうか、か」

「うん」

改めて記憶をまさぐるまでもなかった。ウチをはじめ子供を持つ家庭はもちろん、町民なら誰しも一度は耳にした噂だった。

「あの学校がちょっと変わった条件で建設されたのは、前に話したよね」

「うん。市街地に建設用地が確保できなかったから、山を造成した」

「山林だったから、そこに学校を建てるには町長の許可が必要なんだって言われてた」

「ああ、知っている。普通、農地や山林を別の地目《ちもく》に変更するには各都道府県知事の許可が必要だけれど、学校や病院なんかに転用する場合は許可不要になる。ただし実際問題として、その場合でも許可権者との協議が必要で、実際には転用許可に関わる事務は市町村に委譲している。農地法の第四条と第五条だ」

「……だから、そんな知識をどこで覚えるんだよ」

「家では、半ば強制的に司法試験の勉強をさせられているからね」

「いくら田舎でも校舎と体育館、それに運動場を造るとなれば、莫大《ばくだい》な予算がかかるし利益も大きくなるだろ。地元のイワクラ建築だけじゃなく、それこそ県外から大手の建築業者……えっとゼネコンだっけ、そういうのが競争入札とか何とかに参加したんだけど、結局請負が決まったのは地元のイワクラ建築だったから、絶対裏でカネが動いたんだって、それが噂の内容だった」

「イワクラ建築と町長との間に贈収賄らしきものがあった、ということだね」

岬の足は今来た道を引き返している。しかし、どこに向かっているかは口にしない。

「そうなるとイワクラ建築の御曹司である岩倉くんと町長の娘である春菜さんの間にも、何かしら確執めいたものがあったのかな」

「それはないんじゃないか」

僕は言下に否定した。

「岩倉は岩倉で家の商売の都合なんて考えるヤツじゃないし、春菜だって町長の娘と言われるのをえらく嫌っている。とにかく二人とも親の話題は避けているから、そういう確執も起きないと思うぞ」

一度ならずその話題で春菜を怒らせてしまったので、僕にはいい教訓になっていた。

岬も、これには納得したようだった。

「そうだね。親の商売なんて子供には煙たいだけだものね」

岬は少し寂しそうに笑う。

「世間的には誇れる職業かも知れないけど、だからといって子供が同じように誇っているとは限らない。いったい、いつになったら僕たちは親の呪縛から自由になれるんだろう……ああ、ごめん。こんな話は辛気臭かったかな」

「そんなことはないけど……卑下し過ぎじゃないのか。検察官なんて超エリートじゃん。法律の番人て感じで、言ってみたら正義の味方だろう。誇れない要素なんて何一つない」

「検察官だって裁判官だって、突き詰めればただの公務員だよ。職業に貴賤《きせん》はないよ。人間には貴賤があるんだろうけどね」

「人間の貴賤？」

「職業とは関わりなく尊敬できる人間もいれば、その逆だってある」

不意に黙り込んだ岬を見て、僕も言葉を失う。先日、洩れ聞こえた父子の会話。子供の才能を傲慢と切り捨てる父親のことを言っているのは、鈍い僕にでも分かった。

胸がちくりと痛んだ。

自分の母親の顔を思い浮かべた時、彼に吐いた嘘を思い出したからだ。

オヤジが家にいないのは単身赴任だからではなかった。

オフクロとはとっくの昔に離婚して、家を出ていったのだ。

夫婦のことだから理由は色々あったのだろうけど、僕にも分かるような原因は一つだけ。オフクロはピアノに賭ける想いが強過ぎて家庭を顧みなくなってしまった。ピアノ教師の収入なんて、田舎では雀《すずめ》の涙だ。それなのにピアノを子供に教えることがこの上なく崇高で誇り高い職業だと信じたオフクロは、ただ会社から給料をもらって営業に駆け回るオヤジの仕事とオヤジ本人を軽蔑していた。

ある日、些細なことをきっかけに口論が始まり、激昂《げきこう》したオフクロのひと言がオヤジのプライドをずたずたにした。

あんたの商売なんてモノを売るだけで、何も生産してないじゃないの。価値のない仕事しかできないロクデナシが偉そうに――。

以前から不穏を孕んでいた夫婦仲はそれで破綻した。オヤジは家を出て、僕はオフクロとともに残された。言ってみればオフクロのピアノ愛が家庭を崩壊させた訳で、そんなオフクロから音楽の道へ進めと呪文のように繰り返される毎日は苦痛以外の何物でもない。子供の頃に好きだったはずのピアノにも、いつの間にか熱意が失《う》せてしまった。

何も生産しない仕事というのは価値がないのだろうか。

音楽を含め、芸術というのはそんなにも崇高な仕事なのだろうか。

そんなはずがないことくらいは僕にだって分かる。全てはオフクロの傲慢さが生んだ妄想に過ぎない。孤独だから、自分の努力が形やカネで称賛されないから縋《すが》りついた偏見に過ぎない。第一、その価値のない仕事の給料で生活しているのはオフクロも一緒だったではないか。

皮肉なものだと思った。僕のピアノへの情熱を破壊したのはオフクロだというのに、そのオフクロはそんなことに気づきもせず相変わらず僕に期待している。

岬の何気ないひと言が、じわじわと身体の芯を侵食する。肺腑《はいふ》を抉《えぐ》るというのは、こういうことかと思う。

僕は慌てて話を逸らすことにした。

「なあ、さっきの役場の閲覧のことなんだけどさ。いったい棚橋先生はイワクラ建築の何を調べようとしていたのかな」

「地層調査に計上された費用は三百五十万円あまりだった。地層調査にはボーリングや貫入試験があってそれなりに高額だけれど、もし真っ当な地層調査をしていたら、今回校舎があんな風になることはなかった。ここから浮かび上がる疑問は、施工主のイワクラ建築が行った調査は適正なものだったのか、ひょっとしたらずいぶんと手抜きの調査じゃなかったのか。もしそうだと仮定すると、三百五十万円の調査費用はひどい水増しだったことになる。じゃあ実際に掛かった金額はどれくらいで、差額はどこに消えたかという新しい疑問を生む」

「それが裏ガネに使われたって推理か」

「僕たちでさえそれくらいは勘繰る。棚橋先生なら確実にそう考えるだろうね。で、棚橋先生というのは、そういう不正を嗅ぎつけたらどんな行動に出ると思う？」

僕は少し考え込む。棚橋先生という人は理性のある人だが、一方で熱血漢なところもある。

「曲がったことは嫌いな人だから、抗議活動だとか、さもなきゃ内部告発だとかしそうだ」

「うん、僕もそれに近いことをするんじゃないかと想像する。すると、岩倉くんとの新しい確執が見えてくる」

「どうしてだよ。さっきも言った通り、岩倉は親の仕事のことなんて歯牙《しが》にもかけてないぞ」

「しかしその告発がもとでイワクラ建築が苦境に立たされれば、当然自分の進路にも影響が出てくる。しかも歓迎できない方向にね」

「確かにそういうのも考えられるけど、殺されたのは岩倉の方じゃないか」

「恐喝する人間が逆襲されるのは、別に珍しいことじゃないよ」

岬はさらりと言いながら歩き続ける。

「今度はどこへ行くつもりだ」

「学校だよ」

「今更、何しに。だってまだ補修工事が始まったばかりだし、先生も生徒も誰も来てないぞ」

「だから、都合がいい」

僕は岬に引き摺られるように、高校への坂道を登り始める。

登り始めてから少し後悔した。空は晴れ上がっていたが、坂道とその両側には凄絶な光景が拡がっている。見慣れた風景がまるで別の世界のように映る。

まずアスファルトは地肌が見えなかった。赤茶けた土が全面を覆い、その上に大型車の轍《わだち》だけが刻まれている。雨に押し流されたのか、それとも重機か何かで撤去されたのか、流木や岩が路肩に集められている。

道端に聳えていた枝の何本かが途中で撓《しな》ったり折れたりしていた。全てあの豪雨のもたらしたものだ。ふと左手の方に視線を移すと、鉄砲水の通過した跡が歴然と残っている。崖の断面が削られたように地肌を晒し、氾濫時の水位がある場所では道路を超えていたことを物語っている。それが今では平時の水位に戻っているので、まるで悪夢の爪痕を見せられている気分だった。

臭いもひどかった。あれだけの鉄砲水なら大抵のものは下流に押し流してしまうのだが、ところどころに残された木《き》切《ぎ》れや土砂が夏の陽射《ひざ》しに照らされて異様な臭気を発しているからだ。川藻の腐った臭いというか、植物の腐敗臭で呼吸をするのも躊躇われる。

「さっきした質問に答えてくれ。どうして今更、学校に行く必要があるんだよ」

「条件を確定しておきたい」

「条件？」

「岩倉くんが殺害された時点で、僕以外の生徒は全員校舎に取り残されて外には出られなかったという前提条件が、本当に正しかったのかどうか。その前提条件が崩れたら、容疑者の数も変わってくる」

「あの時、たった一つの退路だった橋が崩落したのは、君が身をもって知ったことじゃないか」

「それでも、いったん冷めた目で確認しておかないとね。冷静だったと思っても、突発的な場面に放り込まれたら、普段の理性とか判断力なんて吹っ飛ぶことが多い」

君に限ってそれはないと言おうとしたが、どうせ謙遜されるのが予想できたので黙っていた。

しばらく歩いていると、やがて大きなカーブに差し掛かる。岩倉の死体が発見された場所だ。誰が供えたのか、道路上に花束とペットボトルのお茶が置いてある。ここもひどい有様で、乾ききった泥がアスファルトの上を覆っている。発見当時は発見当時で、辺り一帯は水溜《みずたま》りのような状態だったというから、残留物や遺留品の類は採取しようがなかっただろう。

岬はいったん立ち止まると、花束のある場所に向かって頭を垂れた。僕も彼に倣う。

「ひどい話だ」

「えっ」

「僕らと同じ、まだ十七歳だったんだよ。それが、誰かの手で無理やり生涯を終わらされたんだ。こんな理不尽なことは他にない」

「君ってヤツはとことん優しいんだな」

「違うよ、僕は全然優しくない。怒っているだけだ」

彼の拳は軽く握られている。

「どうして世の中には、こんな理不尽なことが起きるんだろう。どうして罪もない人間が非業の死を遂げなければいけないんだろう……いつもそう思う。僕がベートーヴェンを弾いている時も、どこかで誰かが泣いている。僕がモーツァルトの旋律に心を奪われている時も、誰かが断末魔の悲鳴を上げている。それを思う度に居たたまれなくなる」

僕は意外な感に打たれていた。

おそらく岬洋介は音楽の神様から祝福された人間だ。音楽家を志す者なら誰もが渇望する才能を与えられて、この世に出た。そして努力する才能まで獲得した。後は外部の雑音など気にせず、黙々とピアノを弾いていれば勝手に未来が拓けていくに違いない。

だが岬は雑音を気にする。不条理に怒り、クラスメートの不運に足を止める。

僕の彼に対する評価が揺らぎつつあった。突出した演奏技術と引き換えに、他の感性や常識をどこかに置き忘れた男。音楽に関すること以外は小学生並みでしかないと思っていたが、それはとんでもない勘違いだったのかも知れない。

子供のように幼稚なのではない。

子供のように純粋なだけなのだ。

「君の親父さんは、君を将来検事にしたいのかな」

「そうだと思う」

「少なくとも全くの見当外れじゃないのかもな。君はそっち方面にも向いている気がする」

「やめてくれよ」

岬はやんわりと抗議した。

「そんなのは誉め言葉でも何でもない。僕にとっては呪文みたいなものだから、二度と口にしないで欲しい」

「ちょっと大袈裟《おおげさ》じゃないか」

「大袈裟なものか。言霊《ことだま》といって言葉には力がある」

「まさか。オカルトじゃあるまいし」

「本当にそう思うかい。たとえ自分でこうだと決めていても、毎日毎日周囲から違うことを言われ続けたら心が揺れる。言葉の力を馬鹿にしちゃいけない」

「そんなものかね」

「そんなものだよ」

僕たちは再び坂を登り始めた。校舎へ近づくごとに重機の音が少しずつ大きくなっていく。

間もなく目の前に現れた光景に、僕は唖然とした。

校舎と体育館はまだ辛うじて原形を留めていたが、それを支える土壌は見るも無惨な姿になっている。濁流に削られた崖はそのままで、山肌にパイプを杭《くい》で打ち込まれている。建物後方の崖も同様で、こちらはずるりと剝けた山肌にネットが張り巡らされ、それ以上の崩落を防止している。

校舎と体育館に被っていた土砂もあらかた撤去されているが、一部破損しているらしい校舎には足場が組まれ、補修工事が始まっている。

肝心要の橋はまだ仮設の鉄板が向こう側に通されているだけで、気軽に行き来できるような代物には見えない。

そして現場を縦横無尽に動き回る大小の重機たち。その凶暴な機動音で森の音は完全に圧殺されていた。

「こら。駄目だぞ、それ以上現場に入ったら」

いきなりの警告に振り向くと、ヘルメットを被った作業員の一人が僕たちに駆け寄ってくるところだった。

「関係者以外立ち入り禁止の札が見えないのか」

横柄な物言いに、僕はかちんときた。

「ここの生徒なら、充分関係者だと思うけど」

「関係者というのは、工事関係者のことだ」

「学校に用事があるんだけど」

「まだまだ危険な場所なんだ。見て分からないのか。素人に通れるような橋じゃないんだ」

もっと危険な状態でこの間を渡り切った男がここにいるんだけど——そう言おうとしたら、当の本人が前に進み出た。

「まだ、復旧にはずいぶんかかるんですか」

「うん？　まあひと月はかかるかな。何せほれ、見ての通り川べりにしか足場がないし、重機を下ろすにもいちいちクレーンを使わにゃならん。今日は水が引いているが、いったん雨が降って増水したら、機材は全部引き上げなきゃならんからな。とにかく手間のかかる現場さ」

作業員は額の汗をタオルで拭いながら喋る。作業が困難な場所というのは分かる。それに加えて真夏のじりじりとした暑さが肌を灼《や》く。確かに手間もかかれば、危険も大きい。

「特にな、この谷は急勾配だからゲリラ豪雨でもくると、あっと言う間に鉄砲水が押し寄せる。空の機嫌を窺いながらの作業になるから、どうしても集中しづらい」

話し好きらしく、作業員は岬を相手に訊かれないことまで喋ってくれる。いや、これは岬が僕よりも聞き上手なせいなのかも知れない。

「工事の始まる前、向こう側に渡れるルートはなかったんですか」

「ないな。背後は崩落しかけの崖、三方が川で囲まれていてルートといえば橋だけだったんだ。今日みたいな日には川を渡る手もあるが、だからといって、あの崖を登れるのはサルくらいのもんだ。人間には絶対に無理だね」

「そうでしょうね。あの、少し離れた場所で見ていても構いませんか」

「おお。くれぐれもここから先に行かんでくれよ」

それだけ言うと、また作業員は持ち場へ戻っていく。僕と岬はその場から少し遠ざかり、木陰に入って現場を眺める。

「やっぱ、校舎の中に入るのは無理っぽいな」

「それはいいよ。今の話で橋が唯一の退路であるのが確認できただけで収穫だよ。もう一つ、僕が校外へ出てからのことも詳細を教えてくれないか」

岬の脱出を見届け、教室へ戻って体育館に避難するまでの一部始終を説明する。

「念のために訊くけど、豪雨が襲ってきた時、教室には全員揃っていたんだよね」

「ああ、事前にフケた岩倉を除いては」

「君が戻った時もかい」

「全員残っていた」

「僕一人だけが校外へ出たことに間違いないね」

「間違いない……おい、少しくどかないか」

「ごめん。ここが重要なポイントだから」

僕は記憶を巡らせて当時の状況を思い浮かべる。岬に告げたことに洩れはないはずだった。

「でも岩倉以外に校外にいたのは君一人じゃない。場所は離れるけど、この辺りにも住人がいるだろう」

「これは取り調べられている時に白石さんから教えられたんだけれど、ここらは民家もまばらだし、あんな豪雨の中、好き好んで外に出る人はいない。実際、警察もその住人たちにアリバイを確認したそうだけど、全員が家の中に籠もっていたと証言したそうだ。地元に住んでいるから尚更なんだろうけど、雨足が強くなったら家に入る。

間違っても水位を見るために川へ近づくような真似はしないと決めているらしい」

頷ける話だった。ここは川を中心に拓けた町なので、豪雨の際には平野部でも河川が氾濫する。川沿いに自分の田畑を持つ老人が様子を見に出掛けて、そのまま川に攫《さら》われるという事故が毎年のように起きている。だからそんな日は家から出ないようにと、警察や消防の指導が徹底されているのだ。

「何だか調べれば調べるほど、嫌な方向に転がっていくな」

「そうでもないさ」

岬の言葉に、僕は過敏に反応する。

「そうでもないって……何か分かったっていうのかよ」

「分かったことなんて一つもないよ。ただ、いくつか可能性は見えてきたと思う」

「どんな可能性だ」

すると岬は、その問いには答えずくるりと背を向けた。

「もう戻ろうか。ここにいると耳が疲れてくる」

「おいったら」

慌てて後を追う。

「なあ、教えろよ。いったい誰が犯人だと思う」

「僕の想像を言ってみても始まらない」

「どうしてだよ」

「証拠がない。指紋とか血痕とか、足跡とかの物的証拠は既に雨に流された後だ。物的証拠がない以上、何を言っても机上の空論に過ぎない。無駄だよ」

「自分にかけられた疑いを晴らすんじゃなかったのか」

「嫌疑は晴らしたいけれど、空論を吹聴《ふいちょう》するのは迷惑行為以外の何物でもない」

「でも、さっき棚橋先生の部屋でも大した推理を披露してくれたじゃないか」

「あれは傘という物的証拠があったからだよ。だけどここに物的証拠はない。いくら推理したところで精々状況証拠を積み重ねるだけだ。僕の嫌疑を晴らすには、物的証拠ともう一つ……」

不意に岬の言葉が途切れた。

「どうした。物的証拠の他に何が要るっていうんだよ」

背中に向かって繰り返し訊いてみても、なかなか岬は答えようとしない。

「言ってみろよ。俺が何とかできるものなら何とかしてやる」

すると、やっと彼は肩越しに振り返った。

「鷹村くんでも難しいと思う」

「何故だよ」

「要るのは犯人の自白だからね」

Ⅳ・Molto amarevole

モルト アマレーヴォレ

〜きわめて苦しげに〜

1

二学期が始まり、校舎の補修工事はまだ完了していなかったが、教室自体は使用可能となったので、僕たちは普段通りに登校した。

始業式はいつにもまして長い校長の挨拶で幕を開け、突如襲い掛かった天災への驚きと、不安に怯えていた音楽科生徒への気遣いと、そして岩倉への追悼と続いた。その間、何と四十五分。横に並んだ先生たちもさすがに疲れを見せていたが、一方的に聞かされている僕たちも堪ったものじゃない。その証拠に一人が貧血で保健室へ直行した。

でも、そんなのは些末事だ。

岬が意味深な言葉を吐いてからというもの、僕はずっとその意味を測りかねていた。要るのは犯人の自白だからね——言い方を換えれば、自白以外のことはもう必要ないというようにも受け取れる。まさか犯人を知っているのかと尋ねてみたけれど、何故か岬ははっきり答えようとしなかった。

もっとも、その頃には岬もあまり焦る必要がなくなっていて、それが理由の一つだったのかも知れない。岬の父親が検事であるのが判明してからというもの、警察の追及はぴたりと止んでいたからだ。

僕は去年の暮れに見聞きしたニュースを思い出して、複雑な気分に襲われた。栃木の不良グループが友人を日常的にいたぶり苛めていたのだが、主犯格の少年の父親が県警の警部補だったためか所轄の石橋《いしばし》警察署がまるで本腰を上げようとしない。そして警察がのらりくらりとしているうちに、とうとう被害者少年が嬲《なぶ》り殺されてしまった事件だ。

あまりに凶悪で凄惨な事件にも拘わらず身内意識から杜撰《ずさん》な対応をしたのかと世間から叩かれ、警察の信用は地に堕《お》ちた。僕自身も警察というのはとんでもなく馴れ合いで、薄汚くて、情けない組織という印象が強かった。

そこに今度の事件だ。しかも岬が警察から擁護されているＶＩＰときた。本来なら彼と態度を豹変させた警察を罵るところなのだろうが、実際の僕は安堵さえしている。

複雑な気分というのはそういう意味だ。

僕たちは汚いことが嫌いで、筋の通らないことに不平不満を洩らす。正義が大好きで、腐敗を嘲笑う。それなのに自分とその身内が特別扱いされることには何ら痛痒も恥ずかしさも感じない。

人間というのはとことん都合よくできている――いや、都合よくできているのは僕だけなのか。

ただしこれは僕だけの気持ちであって、音楽科の皆は岬に対して別の感情を抱いていた。

彼らの目を見れば一目瞭然だった。

いったいどこから話が洩れたのか、岬の父親が検事だという事実はあっという間に広まっていた。クラスから疎《うと》んじられていたとはいえ岩倉を殺し、親の威光で警察の尋問を逃れた男は間違いなく嫌悪と侮蔑の対象だった。

特に露骨な態度を示したのが女子の連中だった。以前は岬に熱っぽい視線を浴びせていた彼女たちは一転、冷淡な態度に豹変した。近寄らないのは前と同じでも理由が真逆だった。本人の背中を指差して、聞くに堪えない悪口を垂れ流した。聴覚の鋭敏な岬に聞こえないはずはないのに、本人たちは「どうせ聞こえない」ことを隠れ蓑《みの》に好き勝手なことを囁き合っていた。

「よく、おめおめと学校に来れたものよね」

「引くわー、あの度胸。よっぽど冷酷じゃなきゃ無理だわ」

「父親が検察官？　だっけ。権力をかさに着るってああいうことでしょ。恥ずかしいとか思わないのかな」

「そんな殊勝な心掛けだったら、そもそも人殺しなんてしないって」

前々からクラスの女子に、僕はうっすらと得体の知れなさを感じていた。何というか同じ十七歳であっても、全く別の生き物のように思っていたのだ。それがこの手の平を返したような態度で、いよいよはっきりした。

彼女たちのモノの見方は浅薄に過ぎる。見栄えがいいとか、礼儀正しいとか、言葉遣いが綺麗だとか、表に見えるもの聞こえるものでしか評価しない。だから憧れの対象が泥に塗《まみ》れたり、別の一面を顕したりするとすぐに拒絶反応を示すようになる。

彼女たちに岬の何が分かるというのだろう。子供のように混じりけのない感情と、羨望を通り越して賛美したくなるような才能。それを眩《まぶ》しいとは思わないのだろうか。

ひと言くらいは返してやらないと気が済まない——自分のことではないのに、僕はひどく憤慨して彼女たちに近づこうとした。

「やめとこうよ」

背後から声を掛けられて立ち止まった。振り返ると、春菜がそこにいた。

「あんな連中に、何を言っても空《むな》しくなるだけよ」

「宥《たしな》めるつもりなんてない。ただ思いっきり馬鹿にしてやりたいだけだ」

「言ってしゅんとなるくらいだったら、馬鹿じゃない。きっと亮くんの言うことの半分も理解できないと思うよ」

「……ひょっとして、俺よりキツくないか」

「同性には、どうしたって厳しくなるのよ」

「男子には甘いのか」

「岬くんは別」

「ひでえ」

「亮くんもそうでしょ」

春菜は皮肉っぽく笑ってみせた。

「変な意味じゃなくて、岬くんはただの友だちじゃないでしょ？」

春菜に見透かされるのは嫌だったけど図星だった。

危なっかしくて見ていられないのもそうだし、やたらに母性本能（僕は男だ）を刺激するのもそうだし、そして何よりあの指先が奏でる音楽がどこまで上り詰めていくのかを見届けたいと思う。その感情は、おそらく友情という名前ではないだろう。

そんな僕の気持ちをよそに、当の岬は窓の外を眺めながら、机の上を鍵盤に見立てて指を踊らせていた。

午前中の授業は四コマとも普通教科だったが、クラスの中で集中できた人間はきっと少なかったと思う。時折先生が声を大きくして注意を促しても、皆の関心はすぐに逸れてしまう。

誰が用意したのか、岩倉の机の上に一輪挿しが置かれていた。挿してあるのは何の変哲もない菊の花だが、誰もいない机にぽつねんとあると異様でしかない。机の中に仕舞ってあった携帯オーディオ他の私物は、一つ残らず遺族に引き取られた後だった。生徒の多くはどうしても無視できない様子で、ちらちらと菊の花を盗み見ていた。

元々、普通教科に岩倉が顔を出すことは少なかったのだけれど、その菊の花が却って存在を主張しているようで居たたまれない。だからといって片づける訳にもいかず、僕たちは終始居心地の悪さに悩まされた。

岩倉は死んでから、尚更存在感を増したのだ。

そして菊の花を一瞥した者は、ほぼ例外なく岬の顔も盗み見た。そわそわと落ち着かない仕草なのは、まちがいなく岬に対する恐怖からだった。確かに級友殺しの犯人が同じ教室にいると考えれば、動揺するのも当然だろう。

それでも、容疑者と一緒にいるのは嫌だと授業をボイコットするまでの勇気は誰も持ち合わせていない。そういう中途半端さがこのクラスらしいところだった。

多分、菊の花を目にして一番神妙そうにしていたのは岬だった。自分が容疑者として疑われているのに、彼は時々泣きそうな顔になった。

二学期初日はこんな風にもやもやした感じで終わるかと思っていたが、僕の観測は甘かった。五時間目の音楽演習で更に不穏の種が蒔《ま》かれたからだ。

「そろそろ文化祭に向けて総練習しなきゃならない時期に突入した」

棚橋先生の言葉で、僕たちはいきなり尻を突《つつ》かれるような切迫感に襲われる。

「本当だったら夏休み期間中にもっと先に進めたかったんだが、知っての通り土砂崩れが祟《たた》って後半部分は教室で練習することも叶わなかった。実質丸々一カ月を棒に振ったようなものだ。正直言って、当初予定していた演目では危なくなってきた」

音楽科が演目として予定していたのは合奏だった。曲はホルストの組曲〈惑星〉の中から第一曲〈火星〉と第四曲〈木星〉。合わせて二十分ほどの合奏になるが使用する楽器の種類も多く、高校生にはかなり厳しいレベルを要求される。

「割とポピュラーな楽曲だから、練習不足が素人の耳にも分かってしまう。どうだ、みんな。あと二週間足らずで仕上げる自信があるか」

クラス全員が沈黙する。

演奏慣れしていることと演奏技術が優れているのは別の問題だ。音楽科の生徒としては恥ずかしい限りだが、あと二週間で自分のパートを満足に演奏できるのはクラスの半分もいないだろう。

ある程度予想していたのか、僕たちの顔色を確認した棚橋先生は困ったように頭を掻き始めた。

「練習不足だからといって予定をキャンセルする訳にもいかん。音楽科としては数少ない発表の機会だ。たかが二十分程度の持ち時間だが、一年間の成果を見せるという意義がある。教室が使用できなかったと言い訳をするのは容易《たやす》いが、文化祭不参加で失う信用と評価の低下は結構大きい」

棚橋先生はそれ以上語ろうとしないが、言わんとすることは全員が知っている。音楽科クラスは学校の中でも微妙な位置にある。人数は少ないのに楽器や設備で多くの予算を食い、それでいながら県のコンクールに出場するとかの華々しい成果は未だ挙げていない。そんなクラスが文化祭にすら参加できないのでは、音楽科自体の存亡も危うくなってくる。

音楽科が消滅すれば、当然僕たちは普通科に編入され、ただでさえ狭い肩身が一層狭くなる。何といっても音楽科クラスの偏差値は悲惨な状況だから、このまま編入させられたら底辺の扱いをされかねない。

板台は忙しなく右足を揺すり、学級委員の祥平はしきりに頭を振り、春菜は忙しなく左指でシャープペンシルをくるくる回している。

「ただ、形だけの参加では逆に失点になる可能性がある。一年も練習していてその程度かと思われたら、余計に不利だ。だから短期間の練習でより完成度の期待できる合唱に切り替えようと思う」

提案は至極妥当なものだった。合奏では各パートの習熟度合いが丸分かりになってしまうが、合唱であれば個別の不首尾は周囲の声にマスキングされる。致命的な音痴でもいれば話は別だが、さすがに音痴で音楽科に入ろうなんて物好きはいない。

「去年の合唱は好評だったし、それに応えてのプログラムならギャラリーたちも納得する」

クラスの連中はめいめいが仕方ないというように頷く。練習時間が限られているとなれば、それが一番無難な選択であるのは、他ならぬ僕たちが承知している。

しかし、棚橋先生が次に放った言葉がクラスに冷や水をぶっかけた。

「ただし合唱だけで二十分保たせたら、まるで去年と同じ構成になってしまう。それじゃあ、あまりに新鮮味がない。それでピアノソロとの二部構成にしようと思う。おい、岬」

その名前が出た途端、教室の空気が目に見えて緊張した。

「何でしょうか」

「十分程度で何か弾ける曲があるか」

岬は少し間を置いてから答えた。

「〈悲愴〉だったらどの楽章でもいけます」

「よし。三楽章のうち、どれでも本番で弾けるようにしておいてくれ」

すると、すぐに美加が手を挙げた。

「わたし、嫌です」

　立ち上がって棚橋先生を睨みつける。

「どうしてそこで岬くんが出てくるんですか。他にもピアノ演奏する生徒はいるじゃないですか。あんまり一方的です。こんなの民主主義じゃありません」

「ああ、ピアノを習っている者はいるな。しかしあとたった二週間でソロ一曲を弾き熟《こな》せる者が岬の他に、誰がいる？」

「それは、今から猛練習すれば春菜とか祥平くんとか」

「言っておくが何とか弾き熟すとか、指を転ばさずにとか、そういうレベルを求めているんじゃない。たったの十分間でも聴く者の耳と心を奪い、音楽科ここにありと存在を示す演奏を聴かせたい。岬のピアノは全員が一度ならず聴いているだろう。あのピアノでは不満なのか」

　美加は悔しそうに押し黙る。ピアノ演奏に関してなら、岬と比べられる方が可哀想《かわいそう》だ。現に、対抗馬に挙げられた春菜と祥平は要らないことを言うなとばかりに、美加に無言の抗議をしている。

「でも、嫌です」

　負け惜しみのように美加は言い募る。

「どんなに素晴らしいピアノでも、演奏する人間の品性が無視されていいとは思いません。音楽科の代表として発表するんなら、もっと相応しい人がいいと思います」

「聞き捨てならないことを言うな」

物静かだが、相手を威圧する口調だった。

「まず岬の品性を云々という話だが、お前は岬の何をもって品性と言っている？」

まさか殺人事件の容疑者だからとは言えず、美加は悔しそうに唇を噛《か》んでいる。

「噂や伝聞で人間性を判断する方が、よっぽど品性が下劣だとは思わないか。疑惑だけで人間に色をつける方が、人として情けないとは思わないか」

形勢逆転。今度は美加が糾弾される立場になってしまった。

ここに至って、僕は岬を発表会のソロに選んだ棚橋先生の意図に薄々気づき始めていた。もしかしたら岬を堂々とステージに上げることで、彼に纏わる疑惑を力ずくで払拭しようとしているのではないか。

「もしもお前が音楽科の代表として相応しい人間を選びたいというのなら、自薦でも他薦でも構わないから推薦すればいい。ただし、ギャラリーはその人間の人となりや品性を観に来ているんじゃない。普通科の生徒ではとても太刀打ちできないような、見事な演奏を聴いてやろうと身構えて来ているんだ。従って岬以上の演奏をする者でなければ選ばれる資格はない」

美加は唇を固く締めたまま着席する。そこまで言われたら、誰も返す言葉がない。するとおそるおそるといった具合に今度は板台が手を挙げた。

「何だ、板台」

「あの、質問いいですか」

「答えられることなら答える」

「たかが文化祭、という気持ちではダメなんでしょうか」

クラスの大半が、はっとして顔を上げた。

「俺ら一応音楽科の生徒だけど、みんながみんな演奏上手じゃありません。音楽が好きだっていうのは本当だけど誰も彼も岬みたいな才能を持っている訳じゃありません。いや、きっと岬みたいな才能って本当に選ばれたヤツにしか与えられないと思うんです。だったら普通に音楽が好きで、普通に演奏を楽しむだけじゃ音楽科の生徒として不適切なんでしょうか」

僕は思わず息を詰めて板台の声に耳を傾ける。期せずして、板台は僕たち全員が疑問に、そして不安に思っているであろうことを代弁していた。

「音楽って音を楽しむって書くじゃないですか。それなら下手は下手で構わないじゃないですか。一年頑張ったけど、ここまでしか上達できなかったって発表しても。だって、ここにいる全員がプロの演奏家を目指している訳じゃないんです。中には普通科に入れなかったから、仕方なく在籍してるヤツだっています。そういうヤツらに演奏技術をどうのこうの注文するのは酷です」

板台がそう言い切った瞬間、何人かが同意の拍手をした。

正直、僕も手を叩きかけた。普段は心に留めていて口にできないことを、板台が勇気を振り絞って言葉にしてくれたと思ったからだ。

「音を楽しむから音楽か。なるほど、一つの言い分ではあるし、音楽の存在意義でもある。だが、それを口にしていい人間は限られている。自分でも楽しみながら客を呼べる演奏者と、自分のカネで趣味として演奏を楽しんでいる者だ。少なくともお前たちじゃない。親のカネで授業料を納め、せめてその金額と看板くらいには成果を期待されているお前たちが言うことじゃない。まさか教室でだらだら遊ぶために、少なくないカネを親に出させたのか」

物静かな口調なので、尚更こたえた。

「中学まで、お前たちがどんな教育を受けてきたのか、大体のところは把握している。そんなに頑張らなくてもいいとか、目に見える成績だけで人の価値は決まらないとか、どんな人間にも無限の可能性があるとか教えられたんだろうな。この際、はっきりと言ってやる。そういう理屈が通用する世界が皆無とは言わんが、努力を放棄するヤツや根拠のない自信を後生大事に抱えているヤツに神様は絶対微笑まない。神様という言い方が怪しいのならチャンスと言い換えてもいい。努力も悪足掻きもしないヤツが成功できるほど世の中は甘くない。神童とか天才が掃いて捨てるほどいる音楽の世界はもっとだ。努力が常に実を結ぶとは限らないが、成功する人間は例外なく努力している。努力していると自覚しないほどにな。脚光を浴びている人間は颯爽《さっそう》として見えるだろうが、スポットライトを浴びていない時の彼らは大抵汗まみれだ。まだ十代だから楽しんでいればそれでいい。今は練習をサボりがちだけれど、そのうち本気を出せばいい。そんなに目の色を変えなくても、人並みの待遇が与えられるならそれで満足しよう。ひょっとしてそんな風に考えているのなら、たった今全否定してやる。どんなに頑張っても報われない者がいる。おそらくそれが大部分だろう。そうやって頑張っても報われなかった人間が普通の生活をしているんだ。その努力さえしなかったヤツが普通の生活なんか送れるものか。どこに行っても、どんな会社に勤めていても評価からは逃げられない。自己評価も流した汗の量も何の意味もない。他人の見る目、数字で弾《はじ》き出された結果、それが全てだ。さっき品性の話が出たが、品性が評価されるのは、その前に実績なり能力が認められた上でのことだ。見た目や立ち居振る舞いだけで選ばれるのは、レベルの低い美人コンテストくらいのもんだろう。改めて訊く。岬のピアノに圧倒された者はこの中にも多くいるだろう。しかし岬に追いつき追い越そうと、ピアノ線が切れるまで練習した者が何人いる。唇が割れるまで管楽器を吹いた者が何人いる。岬が選ばれることに失望を抱いていいのはそういうヤツだけなんだぞ」

教室の中が、一気に重い空気に押し潰される。それでも棚橋先生は容赦しない。

「そしてこれも耳の痛い話だろうが、音楽科の生徒である限り才能を無視することはできまい。才能なんて理不尽なものだ。先生でもそう思う」

不意に口調が変わった。

「先生は音大を卒業したが、入学当初から高校の音楽教師を目指していた訳じゃない。入った頃はプロの演奏家になろう、どこかのオーケストラに入団して、演奏で身を立てようと思っていた。倍率の高い音大だったから、それなりの才能があると自負もしていたからな。だけどなあ、音大ってのは本当に神童や天才が掃いて捨てるほどいるんだ。しかも並みの天才じゃなくて、先生ごときがどんなに頑張っても尻尾すら摑めないようなバケモノたちだ。結局そういう天才たちが院に上がるなり留学するなりして、プロの道を進む。天才じゃなかった先生は、今こうしてお前たちの前に立っているという次第だ。だから余計に思う。才能はとても残酷だ。凡人の気持ちを踏みつけにしながら厳然とそこに存在する。しかし、そういう世界に希望して入ってきたからには、言ってはならない泣き言だ。たかが発表会じゃないかという声がさっきあったが、そのたかが発表会にすら自分のベストを提示できない人間が最初から権利を主張するのはただの甘えか現実逃避に過ぎない」

美加も板台も俯いて机の上を見ていた。

少し言い過ぎだと思った。何もこんな局面でみんなの自尊心やモラトリアム気分を破壊しなくてもいいだろうに――。

でも一方で僕は自分の落ち込み具合にも気づいていた。

棚橋先生の言葉はどれも僕の胸を抉るものだった。さすがに岬のような才能と張り合うような能天気さはないものの、僕みたいな人間が努力を放棄して得られるものが何もないことくらい知っている。でも、それを改めて他人から指摘されれば絶望するに決まっている。

「お前たちの考えている民主主義だとか平等とかがどんなものかは先生も知らない。だが先生が自信を持って言えるのは、こと芸術の領域では民主主義も平等もクソの蓋にもならんということだ。才能も実力も実績も不問。自分に優しい世界が欲しいだけなら、今すぐ音楽科クラスから出ていってくれ」

説諭は効果覿面《てきめん》だった。これで岬が発表会でピアノソロを披露することに反対する者は、誰もいないだろう。だけれど、棚橋先生は見逃していた。

逆効果だったのだ。

自分の腑甲斐《ふがい》なさを指摘されたら、よほど人間ができていない限り逆恨みしやすい。

クラスの連中は指摘した棚橋先生よりも岬に憎悪の目を向け始めたのだ。気持ちは痛いほど分かる。あのピアノの才能に心酔していなければ、僕だって心の中で藁《わら》人形に五寸釘を打っていたところだ。

そして思わず仰《の》け反《ぞ》りそうになった。

クラスほぼ全員の射るような視線を浴びているというのに、当の岬ときたらどこ吹く風といった様子で左耳を押さえて瞑想《めいそう》に耽《ふけ》っていたのだ。

「じゃあ、全員納得したということでいいな。文化祭の演《だ》しものは音楽科全員の合唱と、岬のピアノソロの二本立てでいく。今日からレッスンの時間は集中してその練習に充てる」

音楽演習の授業が終わるなり、僕は急いで岬の許《もと》に駆け寄った。岬はやっと気がついたような顔で僕を見上げた。

「ああ、どうしたんだい。そんなに慌てて」

「教室に戻る間、君から離れない」

「どうしてだい」

「護衛が必要だからだ」

「その理由も分からない」

ふざけているのかと思ったが、顔を見たら本気で分からないらしい。

説明するのも馬鹿らしくなった。

「さっきの棚橋先生の有難い有難い訓話を聞いていなかったのか」

「まさか、ちゃんと聞いていたよ」

「何か思うところはないか」

「人それぞれに大変だと思うだけだよ。それは才能があるとかないとか関係ない。ついでに言うと努力の多寡《たか》もあまり関係ないと僕は思っている」

「努力は必要だろう。さっきの先生の話でも、そこんところは認めることができる」

「話の中であっただろ。努力したって報われないことの方が多いって。その通りだよ。努力なんて平気で人を裏切る」

「……自分が異分子だって自覚はあるのか」

「人間は誰もが異分子だよ」

「それでも才能のある人間とない人間には、埋めようのない差があるぞ。君は才能ある人間だから、そんなことが平気で言えるんだ」

「そんなことはないよ」

　岬は珍しく苛ついた口調で返してきた。

「才能があろうがなかろうが、それで自分の生き方が左右されるなんて馬鹿げていると思わないか？　そんなもの、あってもなくても生きていく妨げにはならないはずだ」

　僕は言葉を失った。

　決して岬の言葉に感銘を受けたからではない。

その、他人への同情なんてこれっぽっちもない真っ直ぐさが怖くなったのだ。

2

次の土曜日、岬から電話が掛かってきた。

『ピアノの練習をしたいんだけど、どこかにいい場所を知らないかな。知っていたら教えて欲しい。文化祭まで、もうあまり日にちがない』

「君の家にピアノがあるだろ」

『休日には父親がいる。一日中弾いていると、嫌味がピアノの音よりも大きくなる』

これは岬の家庭ならではの事情だろう。

「確か、町の公民館にはオルガンが置いてあって、申し込めば使わせてくれるって聞いた」

『できればベヒシュタインが望ましい』

無理なことを言うなよ、と思ったが、きっと本人は無理と思っていない。

「じゃあ無理言って学校の音楽室を使わせてもらうしかないな。文化祭の練習だと言えば無下に断らないと思う」

『誰に頼めばいいかな。実は学校に電話したけど誰も出ないんだよ』

「当たり前じゃないか！　用務員さんだって休校日は不在だ」

『困ったな』

どうしてこういう世知には頭が回らないのか不思議でしょうがない。

「そんなもの棚橋先生に頼めば……ああっもう！　僕が一緒についていってやるから」

岬との距離が少し遠くなった気もしたけど、それでも彼を見放すつもりなどなかった。守護者なんて偉そうなものじゃない。岬本人は怒るかも知れないが、せいぜい保護者といったところだろう。

途中で合流して教員住宅へ向かった。だがインターホンをどれだけ鳴らしても返事はなかった。

「やっぱり外出しているみたいだね」

「やっぱりって、どうして分かる」

「さっき、通りから住宅の裏が見えたけど、この部屋の室外機が回ってなかった。この暑さでエアコンをつけていないのは、不在の証拠だ」

だから、どうしてそういうことには頭が回るんだよ。

「じゃあ諦めるか。それともこのクソ暑い中、ドアの前で待っているか」

「行き先に心当たりがある。多分あそこじゃないかな」

今度は岬が先導する形で、僕たちはメインストリートを進む。ここまで来ると僕にも凡《およ》その見当はつく。岬は町役場を目指しているのだ。

ところが目的地に到着する前に、僕たちは棚橋先生を発見した。

何と棚橋先生は数人の教師と一緒に役場の前で抗議活動をしていた。見れば先生たちはめいめいにプラカードや横断幕を手にしている。

〈町長と建築業者の癒着を許すな！〉

〈加茂北高校の災害は人災だ〉

〈町議会はカネの流れを明らかにせよ！〉

そこに書かれている文字はひどく野卑で攻撃的だった。

『ご通行中の皆さん、お騒がせして申し訳ありません。我々は加茂北高校教職員有志の者です。今回、加茂北高校は豪雨災害により、多大な被害に遭いました。夏休み期間中だったとはいえ、多くの生徒を巻き込む大事故となりました。しかし、あれは本当に天災だったのでしょうか。建設前、もっと綿密な地層調査が行われていれば、あんな惨事は避けられていたのではないでしょうか。今回、我々は町の予算から歳出されている地層調査費用が、不当に流用されている疑惑を抱きました。本当に調査費用は正当な使われ方をしたのか。我々は別業者の協力の下、残存していた地層調査の書類を精査した結果、調査費用の一部が町長もしくはイワクラ建築に流れたとの結論に至りました』

僕は驚いて岬を見たが、本人は白けた顔で先生たちの姿を目で追っている。

『元より、敷地の乏しかった街に高校の新設が決定した経緯も不明確。工事費用の明細も、今は町民に公開されていません。町議会は疑惑を晴らすべく、直ちに請負契約時の資料を吟味するべきです。そうでなければ、また第二第三の人災が起こるのは必至なのであります』

ハンドマイクとプラカード。ニュースでよく見かける市民運動も、こんな田舎町では滅多にないイベントに変わる。その証拠に先生たちを取り巻くようにして近所の連中がざわざわと集まっている。叫んでいるのが高校の教師という点も物珍しいのだろう。

『既にイワクラ建築には工事費用を含めた明細書を提出するように申し入れましたが、未だに実行されていません。この上は住民の要望として、イワクラ建築に圧力をかけようではありませんか！』

ハンドマイクで絶叫しているのは三年担任の増渕《ますぶち》先生だ。僕自身はあまり口を利いたことはないが、熱心な授業をする先生だと聞いている。

どうやら棚橋先生は僕たちには気づいておらず、集まった人たちにせっせとビラを配っている。普段とは違い、低姿勢で人に訴えかける姿は新鮮というより違和感があった。

正直言って、見たくなかった。

『もしも調査費用が不当な形で使われたのであれば、校舎の地盤崩落の原因はそこにあったと言っても過言ではありません。もしもこの要求が通らない場合、我々は町民の会を結成し、町役場とイワクラ建築に対し資料公開の訴えを……』

その途中で邪魔が入った。役場から出てきた数人の職員が先生たちを取り押さえにかかったのだ。

「やめてくださいよ、先生方」

「こんな、庁舎の玄関先で抗議なんて」

「道路の使用許可は取っている！」

「だからここ、道路じゃなくて役場の敷地内ですから」

「言論を封じるのか。権力の横暴だぞ！」

「人の軒先で喚き散らすのは横暴じゃないっていうんですか」

「あんたたちは役場と町長の不正について何も思わないのか。それとも見て見ぬふりをしているのかあっ」

「見るも見ないも、あんたたちの言ってるのは単なる言いがかりじゃないかあっ」

先生たちと職員連中が入り乱れて、ちょっとした騒ぎになっていた。それを集まった人たちは期待を込めた目で見ている。岬と同様に白けた気分になりかけた僕に浮かんだのは、両方とも公務員なんだなという意味のない感想だった。

このまま放っておけば暴力沙汰になる――そう危ぶんだ頃に、折よく警察官がやってきた。この中では最強の公務員だ。さすがにその制服を見た途端、先生たちの動きが停まった。

「ちょっと、先生方。困りますよ、こんなことされちゃ」

「我々はちゃんと事前に届け出をして……」

「届け出って、道路の使用許可であって、揉め事起こす許可じゃないですよ。庁舎の敷地内で騒ぐのを許可した覚えはありません」

「そうやって君たちは権力に阿《おもね》ようというのか」

「よかったら、続きは派出所で聞いてもいいですよ。その代わりここから撤去してください。既に、ご近所からはうるさくて迷惑しているとの苦情が寄せられています」

「しかし不正に対する抗議活動は民主主義に保障された権利であって」

「休日を平穏に過ごすというのも住民に保障された権利です。先生方は現時点で近隣住民の権利を脅かしているんですよ」

増渕先生はまだ何か言いたそうだったが、それを諫めるように棚橋先生がとりなすと渋々ハンドマイクを地面に下ろした。

それが抗議活動中止の合図となった。先生たちは気勢を殺《そ》がれた様子でプラカードや横断幕を片づけ始める。

すると何を思ったのか、岬が棚橋先生にずんずん近づいていく。僕は慌ててその後を追った。

「こんにちは、先生」

声を掛けられた棚橋先生は軽く驚いたようだった。

「岬……それに鷹村」

「すみません。ベヒシュタインで〈悲愴〉の練習をしたいんです。音楽室を使わせてもらえませんか」

こういうことには徹底的に鈍感なのか、岬は今の騒ぎなどなかったかのようにあっけらかんと言う。そのせいだろうか、今までわずかに殺気立っていた棚橋先生も毒気を抜かれたように表情を和らげた。

「音楽室を？　……ああ、いい。いいとも。当番の先生から鍵を借りてくる。今から教員住宅まで付き合うか」

「構いませんよ」

いや、同行する僕の方は気まずくてしょうがないのだけれど——しかし、声にならなかった。目的のぶれない岬はどうせ僕の気持ちなど関知しようとしないだろう。

棚橋先生は周りの先生に手早く挨拶を済ませると、そそくさとその場を去る。その姿がどことなく敗走兵のようで、僕は居たたまれなかった。

三人で歩いていると案の定、気まずい空気が降りてきた。いや、気まずいと思っているのは僕と棚橋先生の二人だけで、岬はのほほんとしているのかも知れない。

不意に棚橋先生が口を開いた。

「さっきのアレ、ずっと見ていたのか」

僕が返答にまごついていると、先生はそのまま言葉を続けた。

「さっき集まっていたのはな、加茂北高校職員の有志たちだよ。例の土砂崩れが起きる前から学校側とイワクラ建築の蜜月ぶりは露骨だった。ほら、校舎の部分補修や増改築の時はいつもイワクラ建築がやってきただろう。あれに教職員の一部がすごく違和感を持っていてな」

喋るほどに言い訳めいて聞こえるのは、僕の気のせいだろうか。ただ、事あるごとにイワクラ建築がしゃしゃり出てくることは本当だったので、先生の話はそれなりに興味深い。

「それで今度の土砂崩れだ。真っ当な予算で真っ当な地層調査をしていれば、地盤強化や杭打ちでもっともっと建設費用が嵩《かさ》んだ可能性は否めない。地層調査がいかに杜撰だったかを、図らずもあの土砂崩れが証明してくれた形だ。先生たちの一部は我慢ならなかった。もし業者と町長、もしくは学校側と業者の間で不正な取引があって、それが原因で生徒たちが危険に晒されたとしたらとんでもない話じゃないか」

ふと疑問が湧いた。あまりに素朴だったので、つい口から出た。

「先生たちの一部って言いましたよね。どうして全部じゃなくて一部なんですか。それをとんでもない話だと考えているのは、一部でしかないっていう意味なんですか」

どん、と脇腹に衝撃を受けた。驚いたことに、岬が無表情のまま小突いてきたのだ。

僕の質問に先生は困惑していたようだが、しばらくして訥々《とつとつ》と話し始めた。

「鷹村。先生たちの間にも組合という組織があるのは知っているか」

「まあ、何となく」

「教師も言ってみれば労働者だから、そういう組合に入って権利を主張したり、学校側の不明確な態度を糾弾したりする資格があるはずだ」

「でも学校側といったら校長先生や教頭先生のことなんでしょ。あの二人も教職員でしょう」

「校長も教頭も組合の人間じゃない。仮にイワクラ建築から何らかの見返りがあるとしたらあの二人が対象になるだろう。だから組合とは相対する立場になる」

日教組という組織が存在しているのは、僕みたいな物知らずでも知っていた。けれども、いつも教壇に立っている人が組合員だと実感したのはこれが初めてだった。

「ただ疑惑を疑惑のままにしてもどうしようもない。それで不正の証拠や痕跡がないか、校舎建設の予算が承認された年度にまで遡って調べる必要があった」

「そうか。それで平成七年の議事録を閲覧したんですね」

しまったと思った時には、また脇腹を小突かれていた。

棚橋先生は目を丸くして僕を見た。

「何でそれを知っている」

あの、その、と僕がしどろもどろになると、これ以上はないというタイミングで横から助け舟が入った。

「偶然、僕たちも閲覧しようとしたんです」

「岬たちがか」

「土砂崩れを最初に目撃した二人だったので、気になったんです。それで閲覧しようとしたら閲覧申請書に先生の名前があったものですから」

棚橋先生は岬の顔をまじまじと見てから、合点したように頷く。

「まあ、岬ならそこまで疑うかも知れんな。で、お前はどこまで調べたんだ」

「予算の一覧表までは見ましたけど、結局その数字が適正なものかどうかまでは分かりませんでした」

嘘吐けと思ったが、当の岬はポーカーフェイスを決め込んでいる。

「そうか。うん、それはそうだろうな。先生たちも首っ引きで予算配分を眺めてみたが、地層調査にかなりのカネを注ぎ込んだ事実しか読み取れなかった。しかしな、よく考えてみろ。それほど多くの予算を使いまともな地層調査をしたのなら、あんなに簡単に地盤が緩むはずがない。きっとどこかの段階で手抜きをしたに違いない」

それを岬は議事録を一読して推論を立てた、などと打ち明けたら棚橋先生はいったいどんな顔をするだろうか。

「ただ教職員の一部が関連文書を公開しろと叫んだって、役場やイワクラ建築がうんと言うはずがない。こういうことは地域住民や第三者を巻き込んで大きな問題にしないと効果も価値もない。さっきの抗議行動はその狼煙《のろし》みたいなものだった。少し派手めな行動だったが、見ていて引いたか」

これは本音を言ってもいいだろうと思った。もちろんそれは自分の役割だ。隣で黙りこくっている友人が、こういう問い掛けに素直に反応するとは思えない。

「ちょっとだけ引きました」

「何故だ」

「えーっと、いつも見ている先生たちとは少し違って見えました」

「だろうな。この間の授業で音楽科生徒としての資質を偉そうに連ねた高飛車な教師とは、えらく見た目が違うからな」

自覚して、あんなことを言っていたのか。

「でも、一番熱心に見えたのは増渕先生で、棚橋先生はそれほど……」

「熱心だろうが嫌々だろうが、参加する限りは共同体だ。そんなことに順位づけしてくれなくていい」

「やっぱり嫌々だったんですか？」

揚げ足を取るような言い方になってしまったけど、先生はそこに突っ込まなかった。

「何にでも得手不得手がある。組合員だからといって、教師全員が左がかった思想を持ってたりプロレタリア意識に目覚めてたりしてる訳じゃない。組合員だという理由だけで、仕方なく振り回されているヤツだって少なくないんだ」

きっと、それは自分のことを言っているんだなと思った。そのくらいビラ配りをしている棚橋先生は似合ってなかったのだ。

「音楽教師に幻滅したか」

ひどく優しい口調で尋ねられた。その優しさが、負けた者の醸し出す寂寥《せきりょう》に似ていることに何となく気がついていた。

ちらりと横を見るが、やっぱり岬は口を閉ざしたまま何も語ろうとしない。

「……よく、分かりません。俺、音楽の先生になろうとか考えたことなかったし」

「音楽の道を目指して、結局は報われなかった者の一人……そんな風に見ているのなら修正してくれないか。先生は確かにプロの演奏者にはなれなかったが、それで後悔したことはない。音楽教師になれてよかったと思っている。生徒たちに音楽を教えることは予想していた以上に有意義だった」

お前も絶望するな、別に演奏者でなくても音楽に携わる職業なら構わないじゃないか——そう言われているような気がした。

何が有意義なものか。

そんなものただの気休めじゃないか。僕たちみたいな半分落ちこぼれの生徒に無理やり音楽理論を詰め込むより、満員の聴衆を沸かせる演奏をした方が満足するだろうし、そっちの方が晴れ晴れしいに決まっている。

途端にむらむらと反感を覚えた。意地悪い質問を思いついたのもその時だった。

「もし先生がプロの演奏者になっていたら、さっきみたいなことをできますか」

「えっ」

「オーケストラに入って団員になっても、楽団の方針なり給料に不満があったりすることがあるじゃないですか。そんな時、やっぱりあんな風に抗議活動するんですか」

棚橋先生は前を向いて、僕たちから視線を逸らせた。

「仮定の質問には答えられないな」

その物言いで分かった。

この人はプロの演奏家になっていたら、あんな運動家じみた真似は決してしない。

きっと演奏家に相応しい抗議行動をするはずだ。

「僕も質問していいですか」

不意に岬が口を挟んできた。

「岬もか。いったい何だ」

「地層調査について疑わしい点があること、岩倉くんに伝えたんですか」

そこで棚橋先生の表情が固まった。

「事務所か自宅に関係書類が保管されているかを、尋ねはしませんでしたか」

「どうして、そんなことを訊く」

棚橋先生は威嚇《いかく》するように岬を睨みつける。

二人はしばらく無言のまま睨み合っていた。

沈黙を破ったのは僕だった。

「どうして岬の質問に答えてくれないんですか。答えられないっていうことはつまり……」

話の途中で服の裾《すそ》を引っ張られた。視線を移すと、岬がふるふると首を振っている。

これ以上は追及するなという仕草だ。

言い過ぎたのかも知れない。

それから僕たちは教員住宅までの道程を無言で歩き続けた。

先を歩く先生の背中がやけに小さく見えた。

教員住宅に戻り当番の先生から鍵を預かると、棚橋先生は僕たちに同行すると言い出した。

「いくら何でも生徒に鍵を預けたままでいられるか。先生も一緒に行く」

悪いですねと頭を下げた岬に、棚橋先生はこう付け加えた。

「悪いも何もない。土壇場になってプログラムの変更を提案したのは先生だからな。岬が練習すると言うのなら、サポートしてやるのが最低の義務だ。それに、岬には新しい頼みごとをしなきゃならなくなったから、恩を売っておく必要がある」

「ひょっとして、またプログラムの変更ですか」

「さすがにお前は察しがいいな。その通りだ。音楽科の演目のうち、合唱について色々と模索しているが、今のところ文化祭までに何とか形になりそうなのは〈聞こえる〉くらいしかないのが分かった」

合唱曲〈聞こえる〉は平成三年にＮＨＫ全国学校音楽コンクール高等学校の部課題曲として岩間《いわま》芳樹《よしき》が作詞、新実《にいみ》徳英《とくひで》が作曲した曲だ。混声四部版・女声三部版・男声四部版、中学生向けには更に混声三部版と様々なバージョンがあるため、全国の高校音楽部で重宝されている。僕たちも去年、歌わされた。

「ところが知っての通り、〈聞こえる〉は五分少々の曲だ。持ち時間から差し引くと十五分。ピアノ一楽章だけだと七分以上も余る。〈悲愴〉を二楽章分弾けるか？」

つまり持ち時間に足りない分を岬一人に被せるという意味だ。

とんでもなく無茶な申し入れに聞こえるが、音楽科の実情を鑑みれば至極妥当な判断でもある。文化祭当日まではあと二週間足らず。その限られた時間の中で、僕たちが合唱のレパートリーを一曲増やすより、岬の演奏時間を増やした方が安全に決まっている。元より岬は〈悲愴〉全楽章を暗譜しているのだ。そして二週間もあれば、あと一楽章くらい難なく完璧に仕上げてしまうだろう。僕たちも棚橋先生も、少なくとも岬のピアノに関しては共通の認識を持っていた。

「僕は構いません」

岬は予想通りの答えを口にした。

それがあんな結果を生む原因になろうとは、誰一人想像もしなかったに違いない。

3

九月八日、とうとう僕たちは文化祭当日を迎えた。

総練習を終えた直後の感想は、棚橋先生の判断はやはり正しかったということに尽きる。二週間ほどの時間を与えられて、曲がりなりにも他人様に聴かせられるレベルに到達したのは〈聞こえる〉一曲に留まったからだ。

ただし状況認識とそれに対する感情は別だ。

「俺たちができない分をカバーしてくれるんだったらよ。いっそのこと岬のリサイタルにしちまえばいいんだよ」

登場寸前になっても、板台はやけくそ気味に喚き散らしていた。さすがに岬の姿が見えないところでの暴言だったが、周囲の者はそれを諫めようともしなかったので、きっと皆も同じように思っていたのだろう。

「それ、いい考えよね」

春菜が同調したのには驚かされたが、次に続く台詞で納得した。

「体育館に集まった人たちもあたしたちの合唱より、岬くんのピアノソロ聴きたいって思うもの。才能のない素人がたったの二週間で嫌々練習させられた合唱より、才能のある人がまるで呼吸するくらい自然に練習したピアノの方が素晴らしいに決まっているもの」

「……何て言い方するんだよ。春菜は岬の味方かよ」

「岬くんも何も、ちゃんとした人の味方よ。じゃあ、あたしたちのうちで真剣に合唱に取り組んでいた人がこの中に何人いるのよ。文化祭で恥を掻きたくないって人はいても、観客を感動させてやるんだって気持ちで歌っている人が何人いるっていうのよ」

春菜が言い放つと、板台をはじめ岬のピアノソロを口々に論《あげつら》っていたヤツらが不意に黙り込んだ。皆、ぐうの音も出ないという様子だった。

ナイス、と僕は言葉を添えて連中からの顰蹙《ひんしゅく》を買ったが構うものか。春菜の言うことは間違いでも何でもなく、それが分かっているから板台たちも黙らざるを得ないのだ。

春菜の言葉ではないが、僕たちは音楽科の生徒でありながら演奏については素人に毛が生えた程度だ。とてもではないがコンクールに出場したり、ましてやお客からカネを取って演奏したりというレベルではない。そんな有象無象が先生の指導の下、本音では嫌々練習してどうにかこうにか形にした合唱と、計り知れない才能を持った人間がそれこそ寸暇《すんか》を惜しんで取り組んできたピアノとどっちが聴き応えあるのか比べるまでもない。

それでも板台は反論を忘れなかった。

「お前の言うのももっともだけどよ。クラスメートの一人が殺されたんだぞ。それなのに、まるでそれがなかったことみたいな顔して平然と練習していられるヤツの方が変だとは思わないのかよ」

そろそろ僕たちの出番が迫ってきたが、まだ岬は音楽室から戻っていない。最後の最後まで詰めたいというので、彼一人は未だに鍵盤を叩き続けているのだ。

「ウチのピアニストを呼んでくる」

僕は聞こえよがしに言い、背中に板台たちの視線を楽しみながら音楽室へ向かう。

音楽室のドアを開けるなり、肌と聴覚に突き刺さるような音に襲われた。

岬は演奏に夢中で、僕が入ってきたことにも気づかない。それでドアの内側を強くノックすると、ようやく僕の方を見て指を止めた。

「出番だ」

「うん」

それだけ答えて岬は立ち上がった。ひょろりとした体型にも拘わらず、その姿はこの上なく自信に満ち溢れていた。クラスメートの死も周囲の雑音も、彼の音楽を脅かすことはできない。それほどまでに岬のピアノは強靭《きょうじん》なのだと思った。

『それでは次のプログラムです。音楽科全員による合唱〈聞こえる〉。岬洋介くんのピアノソロ、ベートーヴェン〈悲愴〉』

するすると緞帳《どんちょう》が上がり、眼前に観客席が現れた。

小波《さざなみ》のような拍手。スポットライトは煌々《こうこう》としているのに、観客席は真っ暗で一人一人の顔など確かめようもない。

それでも僕は盛大な手汗を掻いていた。ちらちら横目で見れば他の連中も落ち着かなさそうだった。全校生徒を前にしてステージに立つのはこれで二度目だが、全然慣れていない。落ち着いているのは、ピアノ伴奏の春菜と指揮棒《タクト》を振る棚橋先生くらいだろう。

理由は聞かれるまでもない。僕たちの合唱はどうにかこうにか形になっているだけで、胸を張って披露するレベルにはなっていない。その自信のなさが緊張感を呼び起こしているのだ。

春菜の伴奏が始まる。岬のピアノソロをより効果的にするために、合唱の伴奏は敢えて他の生徒に演奏させるという棚橋先生の演出だった。下衆《げす》な言い方をすればまるで咬《か》ませ犬のような扱いでこれに憤慨した者もいたのだけれど、当の春菜が納得したので憤懣《ふんまん》は爆発することなく燻《くすぶ》っている。

そして棚橋先生のタクトが大きく頂に上がり、僕たちは口を開いた。

「鐘が鳴る　鳩《はと》が飛び立つ　広場を埋めた群衆の叫びが聞こえる　歌を　歌をください」

棚橋先生が採用したのは混声四部版だが、この第一節は全員でのユニゾンとなる。事実、意地悪な見方をすれば一人二人が不出来でも誤魔化しのできるパートでもある。

充分に声の出ない生徒は口パクでやり過ごしている。

タイトルになっている〈聞こえる〉とは世界中から聞こえる悲鳴や呻きや失望のこ

悲惨を前にして何ら為す術(なす)もない若者たちの気持ちを歌詞に託しているとだ。

最初にこの歌詞を読んだ時は、えらく鼻についたのを憶えている。まるで僕たちが世界のありとあらゆることに絶望しているみたいで、高校生の課題曲らしいというか大袈裟な印象が強かった。世の中なんてそんな深刻なことばかりじゃなく、嬉しいことや楽しいこと、それに馬鹿らしいことも沢山あるのに、どうしてそんなに深刻ぶらなきゃいけないんだと思ったのだ。

でも、今回この曲の歌詞を再読して胸が詰まった。

世界に対して無力な人間——それは僕たちのことに他ならないからだ。

何も戦争とか、独裁政治とか、災害とかのとんでもない災厄ではなく、もっと卑近なものに対しても僕たちは無力だ。大学進学にしても就職にしても、そして恋愛にしても僕たちは自分の思うように駒を進めることができない。

力不足だからだ。

知恵がないからだ。

才能がないからだ。

怠惰だからだ。

怠惰で知恵も才能もないくせに、自分が選ばれた人間でないことに憤っているからだ。

自分で自分の腑甲斐なさを知っていて、どうすることもできない――そんなじれったさ、歯痒《はがゆ》さが〈聞こえる〉を歌っていると身に沁みてくる。その意味で棚橋先生の選択は見事という他にない。ひょっとしたら僕たちへの当てつけではないかと思えるくらいだ。

それは間奏を弾いている春菜も同じだ。伴奏に破綻はないが、それでも岬のピアノに比較すれば迫力不足は否めない。いや比較するのも酷というものだろう。打鍵から技巧まで何から何までが段違いで、それこそが合唱曲の伴奏に甘んじた理由だったのだから。

僕は密かに目の前に立つ棚橋先生に恨みの視線を送った。でも、それは相手に通じなかったようだ。

「陽が落ちる　油泥の渚《なぎさ》」

第二節からは四部が主旋律と対旋律に分かれる。ユニゾンとの対比で表現力が問われる箇所なので、棚橋先生が特に注力して指導した部分だ。四部の声量を均等にせずメリハリをつける、輪唱が重なる構成だがワンテンポだけ遅らせる。これだけでも聴こえ方がずいぶんと違う。所詮は素人の耳を騙す小手先の技法だが、練習不足を露呈するよりはよっぽどいいと棚橋先生は言う。

小手先の技法を駆使しなければ素人の耳も誤魔化せない。その事実を思い知らされるようで、練習にもいまいち集中できなかった。でも、これもやっぱり言い訳に過ぎないし、それを自覚できる程度には自分たちの力不足が分かっている。

だから余計に嫌だったのだ。

「こだまして 木々が倒れる 追われて消えた野の人の 悲しい笛が聞こえる」

まるで丸々自分のことを歌っているんじゃないかという言葉が並ぶ。たかが歌詞だと分かっていても、自分の声で聴くと真《しん》に迫ってくる。

敗北の歌。

無力さを認める歌。

第四節で曲は転調する。テンポも一気に速くなり、まるで切羽詰まったように四部全体が走り出す。もちろん、これはフィナーレに向けての助走のようなものだけど、歌っている本人たちは追い詰められているような切迫感を覚える。

「なにもできないこの部屋で 膝を抱いて うずくまっているいらだち」

本当に、ここまで同調しなくてもいいだろうというくらい歌詞が胸に迫る。今の僕たちの気分にぴったりの曲を、不本意な調子で歌いきることしかできない。どこまでも皮肉に満ちた状況で、声の調子はともかく気分は最悪だ。

フィナーレに近づき、それぞれのパートに分かれていた四部は出だしと同様、また斉唱に移る。

「教えてください　何ができるか　光っている道を　心開いて　歩いていきたい」

畜生。

全く何だって、こんな歌詞がずらずら続いているんだよ。まるで狙い撃ちじゃないか。

クライマックスを過ぎると、棚橋先生のタクトが一転緩やかになる。ここからは四部ともハミングで進行する。複雑な技巧も要らず、声量を揃える必要もない。これで第一節からラストまで大したミスもなく歌いきることができる。

だけど僕は感じていた。いや、ステージに上がった生徒は全員が感じていたはずだ。観客に僕たちの声は届いていない。聞こえていても心に届いていない。歌い終わってからの拍手受ける時はステージの上に立っていても予感すらしない。不評な時には途中からでも察知できる。でやっと気づく程度だ。しかし受けない時、空気が白けていて、こちらが熱くなるほど周囲が冷めていくのだ。

今、僕たちを包む空気がちょうどそんな具合だった。

やがてハミングの声が絞られ、春菜のピアノが細く途切れていく。

タクトが静かに空を切り、二拍ほど遅れてから申し訳程度の拍手が起こった。

こんな拍手は屈辱以外の何物でもない。僕はすぐにでもステージの袖に引っ込みたかったが、全員が一礼するまでそれは許されない。

軽い拷問みたいだった。

胃の中にたっぷり砂を詰め込んだような気持ちで、僕は皆とともにステージ袖に引っ込む。できれば小走りで姿を消したかった。

入れ違うようにしてベヒシュタインが中央に運ばれてくる。客席から見れば前座の余興が終わり、いよいよ真打ち登場といったところだろうか。

ステージの袖で岬と擦れ違う。

板台をはじめ何人かが不穏な視線を送るが、岬はそよ風ほどにも感じていないのか無表情で通り過ぎる。取り澄ました顔が小憎らしく、それでいて頼もしい。僕は相反する二つの思いで少し混乱した。

しかし、それも岬がピアノの前に座るまでだった。

生まれながらにそういう力を持っているのか、それとも修練とともに備わったのか、ステージ中央に立った岬は普段よりもずっと巨《おお》きく見えたのだ。

みるみるうちに体育館の雰囲気が変化した。合唱の時には弛緩していた空気が、俄にぴんと張り詰める。

そして岬の指先が、強く重い一打を放った。

ベートーヴェンピアノソナタ第8番　作品13ハ短調〈悲愴〉。第一楽章グラーヴェアレグロ・ディモルト・エ・コン・ブリオ。

最初の重量級のフォルテで、僕たちは岬の術中に嵌《はま》る。たったの一打、たったの一音なのに聴覚の全てを占拠される。何て峻烈《しゅんれつ》で、物悲しい音なのだろう。

ベートーヴェンが自分の楽曲に標題をつけることは滅多になかった。だから〈悲愴〉はその数少ない例外の一つになるのだけれど、何故この曲に限って名付けたのかは諸説入り乱れている。だがこの曲が作られたとされる一七九七年から九八年頃といえば、ベートーヴェンに難聴の自覚症状が現れ始めた時期だ。それを考えると、悲愴の意味が作曲者自らの心情を伝えていると解釈しても、あながち的外れではないような気がする。

もちろんベートーヴェンは自らの不遇を託《かこ》ってそんな標題をつけたのではなく、普遍的な悲劇を表現したのだという説もある。これもなるほどと頷けるが、目の前で岬が弾く姿を見ているとやはり作曲者の怨念がこの曲を作らせたのではないかと思えてくる。そう思わせるほどに、岬の打鍵には鬼気迫るものがあった。

指示にあるGraveグラーヴェというのは重々しいという意味だが、岬は指示された以上に重い一音で聴衆の魂を摑んでしまった。

これは絶望の音だ。

序奏がグラーヴェで始まることは特徴的で、この楽章中の二つの動機が曲全体を支配することになる。従ってこの序奏の重々しさが全体の曲調の象徴ともなる。

和音と付点リズムによる動機のソプラノ・ライン。減七和音の多用でやりきれなさが重なる。深い哀しみと叫びが交錯する。まるで十字架を背負って歩いているような重圧感を覚える。

矢庭に旋律が走り出し、聴く者を前へ前へと急《せ》き立てる。自由な疾走ではなく、絶えず追い詰められているような緊張がある。

とにかく岬の弾き出す音は異質だ。僕や春菜が同じ鍵盤を同じ強さで叩いても、決してこんな音は出せない。音の一つ一つに芯があり、弱音であってもしっかりと耳に残る。

変イに到達してから音型は急速に下がる。

フェルマータを最後に旋律が突如として消え無音状態が続くが、弱音の欠片が棚引いたままなので緊張は持続する。残響音だけで演奏を繋ぐのはよほどの技術がなければ不可能なのだが、岬はいとも容易くやってのける。

やがて再び立ち上がったメロディが疾走し始める。これがアレグロ主部への突入だ。オクターヴのトレモロ・バスの上に和音の上向と下向が被さる。こうして至近距離から運指を眺めていると、岬のピアノが強靭かつ柔軟な指に支えられているのがよく分かる。左手のオクターヴのトレモロの上に右手が和音で第一主題を奏でているが、三小節目のシンコペーションが効果を上げている。これはほんの〇・五秒も遅れたらバランスが崩れてしまうのだ。

打鍵は再び強烈になる。

左手のトレモロが消え、またしばらくすると再開する。属和音の分散和音が落ち、第一主題が発展して変ホ短調の第二主題に移行する。

主題の反復によって描き出されるのは悲劇に対する怒りだ。自分一人では防ぎきれない災厄、苛酷な運命。それは難聴を患ったベートーヴェンの心情に重なる。まるで岬の身体を憑代《よりしろ》にして、作曲者が訴えているように思える。

ピアニストはただ楽譜通りに鍵盤を叩くのではない。時代背景を鑑みながら作曲家の心情を理解し、現代の楽器と技術で再現するのが役目だ。だから憑代となった岬には、充分その素質と資格がある。春菜や板台、そして僕たちが渇望して遂に手に入れられなかった資質だ。

憤怒が押し寄せ、席巻する提示部。僕はその激烈さに身じろぎもできないでいた。音の連なりだけで、これほどの感情が表現できるものなのか。これに比べたら僕たちの練習なんて子供騙しに過ぎない。楽譜を完璧に諳《そら》じ、指示通りに演奏してそれが何だというのだろう。音楽はここまで聴衆を巻き込んでこそ演奏する価値がある。その才能と技術を持った者だけが、音楽の神様に認められる。

不意に露わになった岬と僕たちを分かつ溝に慄然とする。どんなに汗を流そうと、どんなに歯嚙みしようと絶対に越えられない溝がそこに横たわっている。

そして気がついた。

悲愴は何も作曲者だけの主題ではない。こうして才能ある者との隔たりを見せつけられている僕たちの歌でもある。何ということだ。自分たちで〈聞こえる〉を自虐的に歌わされた直後に、今度は更に選ばれし者との差を思い知らされる羽目になるなんて。

岬の運指はいよいよ速くなり、僕にも彼の指先が捉えられなくなってくる。

再びフォルテの一打。いや、これはフォルテシモか。

いったん音が立ち止まるのも序奏の再現だ。

序奏のグラーヴェがト短調で回想され、ここから展開部が始まる。

第一主題がホ短調で現れ、続いてオクターヴ・トレモロの保続音が上声部に移行する。同じ第一主題でもホ短調に変化しているのがこの展開部の特徴だ。

岬は慟哭《どうこく》を放ち続ける。一打一打が聴く者を哀しみの淵《ふち》に沈ませる。

目を閉じれば、街灯もない暗い路地を一人で歩くような寂寞が胸を襲う。

いったいこの説得力はどこからくるのかと思う。おそらく音楽科クラスの中で岬に一番近しい者は僕のはずだ。普段接していて思うのは彼の幼児性だ。友だち付き合いにしても、一般的な感覚にしても、同世代とは思えない。僕たちの世代特有の歪み方もしていなければ、大人びている訳でもない。異性に対する感情は下手をすれば小学生並みかも知れない。

そんな彼がピアノの前に座った瞬間に変貌する。音大出身の棚橋先生すらが嫉妬するような天賦の才能と、それに加えて不断の練習。まるでピアノを弾くためだけに生まれてきたような男だ。

音楽の神様は、そういう人間にしか微笑まないのだろうか。僕たちのように凡庸で、十把ひとからげは何をしても無意味だというのだろうか。

僕の灼けつくような思いをよそに、岬の演奏は続く。

再現部に入ると、メロディは不穏な動きを見せる。第一主題はそのままの形で還ってくるものの、第二主題はハ短調で再現されるのだ。不穏さは、このやや変則的な再現の仕方で演出される。哀しみは疑心暗鬼を生み、絶望と猜疑《さいぎ》に心が塞ぐ。

今の岬は悪魔だ。

自らの才能を至極当然のものと受け止め、翻弄される者を歯牙にもかけない。その非情さと無神経さが周囲の者をどれだけ傷つけるかなど、おそらく想像すらしていない。

それなのに彼の奏でる音楽は、僕たちを絶望させながらも魅了させずにはおかない。

圧倒的な技量の差を見せつけながら、憧憬させずにはおかない。

ハ短調の陰鬱なメロディに追い詰められて、僕たちは存在しない出口を求めて彷徨《さまよ》い歩く。もう勘弁してくれ助けてくれと懇願しても、希望の光は一向に見えてこない。この絶望の深さと昏《くら》さは、以前に岬が披露した〈月光〉第三楽章の比ではない。まるで底なしの沼に引き摺り込まれるような恐怖がある。

旋律はただ音の連なりに過ぎない。それにも拘わらずこれほど胸に迫ってくるのは悪魔の術としか思えない。実際は岬の卓越した演奏技術と、曲の理解力、そして天性のセンスの賜物というのは分かっているのに、思考がメロディに占領される。身体がリズムに奪われる。

曲は二九五小節目で、いよいよコーダに突入する。序奏のグラーヴェが再び現れるが、和音が省略されて付点リズムのみになっている。

このコーダの演奏時間は比較的短い。岬はその短い時間にありったけの熱情を注ぎ込もうとしている。

千々に乱れる心を暴力的に摑まれ、引き摺られるようなメロディだ。

リズムは急峻な坂に向かい、どこまでもどこまでも駆け上がっていく。あのひょろりとした体力を消耗しているはずなのに、打鍵は更に強くなっていく。岬はかなりの体軀《たいく》の、どこにそんなエネルギーが蓄積されていたのだろう。僕は驚き呆れながらも、激烈なメロディの渦に巻き込まれ、呼吸さえ浅くなっていた。

そしてまた音が途切れる。

棚引く残響音、しかし果てしない暗闇を想起させる無音に、冷水を浴びたような気持ちになる。

助けてくれ、早く曲を終わらせてくれ。

いや、まだだ。まだこの苦痛に満ちた悦楽を続けさせてくれ。

途切れがちの弱々しく、しかし重量のある音が聴く者の魂を摑んで離さない。

岬は八十八鍵の上に覆い被さるようにしてピアノを支配する。普段見せる優しさも、朴訥《ぼくとつ》さもそこにはない。

そして僕はやっと気づいた。

岬のピアノは岬そのものなのだ。

彼は喋る代わりにピアノを奏でる。

鍵盤を使って泣き、ペダルを踏んで昂揚する。ピアノの筐体《きょうたい》から放たれる旋律・絶叫・哀悼・躍動・沈鬱・そして軋み——それらは全て岬の肉声なのだ。

やがて岬はゴールを目指して最後の疾走に入った。

めまぐるしく動く指と、そこから紡ぎ出される狂おしいメロディ。体育館そのものを刻むようなリズムと空間支配力。

さっきとは別の手汗で、僕の手はぬらぬらとしている。

とどめの一音。

残響が幽《かそけ》く観客席に消えていく。

第一楽章の終わり。観客席からは咳一つ聞こえない。見なくても分かる。観客は一人残らず、金縛りに遭ったように動けずにいるのだ。

ステージ袖の光景はもっと滑稽だった。〈月光〉よりも気合いの入った演奏はクラス中の度肝を抜いたらしく、全員が呆けているか、驚いているかのどちらかだった。

春菜は壁に凭《もた》れて体勢を保っているが、今にも倒れそうな風情で熱っぽい顔をしている。板台はまるで化け物を見るような目で、岬の姿に釘づけになっている。

こんな演奏者に勝てる訳がない。

比較することすら畏れ多い。

皆の顔にはそう書いてあった。

だが岬は観客や僕たちの反応など、まるで意に介さないように次の楽章に入る。

第二楽章アダージョ・カンタービレ　変イ長調。

アリオーソ風の上声とバスの間を十六分音符が支える、あの馴染みのあるメロディで曲が始まる。クラシックには縁がないという人でも、このメロディだけは知っているはずだ。

棚橋先生がこの第二楽章も演目に加えたのは、納得できる戦術だった。激烈な曲で聴衆の横っ面を叩き、その直後にスタンダードな曲で興味を惹く。演目自体に幅が出て好印象を持たれやすい。

実際、第一楽章とは正反対の曲調だ。主要楽章のハ短調に対して三度下の変イ長調を第二楽章に持ってくるのはベートーヴェンが得意としていた手法だが、その効果は聴衆にも絶大だった。

八小節の伴奏の美しさといったら他にない。

緩やかで華麗、たおやかで優美。聴くほどに安寧と平穏を感じさせる。切れ間ない音の愛撫《あいぶ》に、いつまでも身を委ねたくなる。

ゆっくりとした曲なので指を速く動かす必要はないが、冒頭から歌うように演奏するために常にメロディと伴奏のバランスに留意しなければならない。

ただ、流麗な旋律を紡いでいる岬の動きに若干の違和感を抱いた。何となく曲から離れているような印象を受けたからだ。岬の演奏姿を記憶していた僕だけが気づいたのかも知れないが、いつもの自信に満ちた腕の振りではなかった。

三十七小節目に、主題は三連符による和声へと代わる。本来であればやや気忙《きぜわ》しい速度になりながら、右手で奏でるメロディを維持しなければならない箇所だ。運指に自信のない者は三連符を左手で弾いて右手の負担を軽減するのだが、もちろん岬はそんな真似をしない。楽譜通り右手で旋律をがっしりと摑んでいる。

ところがホ長調に転じる時、予想外のことが起きた。

あろうことか岬が音を一つ外したのだ。

皆の記憶に馴染んだメロディだったので、ミスは誰の耳にも明らかだった。

そんな馬鹿な。あの岬がこんな単純なミスを犯すだなんて。

狼狽《うろた》えた僕の目の前で、岬はまた音を外した。今度はテンポまで狂っていた。

岬の表情に焦燥が走る。まるで精密機械が変調を来《きた》したかのようだった。

音は次々と外れ、鍵盤の外側へこぼれていく。

もうメロディもリズムもなかった。岬は蒼白になって左の耳に手を当てる。必死に音を拾い集めようとしている顔だった。

聴衆もステージ袖にいる者も異変に気づいてざわめき出した。

「どうした」

「外れっぱなしじゃないか」

岬は諦め悪く、まだ右手を鍵盤に走らせていた。メロディだけの曲は片翼飛行のようなものだ。単調で、貧弱な音の塊にしかならない。加えてリズムが破綻しているので、まともに聴けたものではない。心地良く張り詰めていた空気は、一瞬のうちに白けて弛緩したものに堕ちた。

それでも岬の悪足掻きは続く。たどたどしい運指で必死に音を掻き集めようとする。

しかしその甲斐なく、彼のピアノはどんどんみすぼらしくなっていった。

「引っ込めえ、岬」

僕の真後ろで声がした。確かめるまでもない。板台が野次っているのだ。

「これ以上、音楽科に恥を掻かせるなってばよ」

客席のざわめきが一層大きくなり、遂にはピアノの音を呑み込んでしまう。

「もうやめとけえ」

「引っ込めったら」

「可哀想じゃないか」

「何の罰ゲームだよ」

これ以上、放っておけない。

僕がステージに踏み出した時、同時に棚橋先生も動き出した。

だが僕たちの援助は必要なかった。

岬は突然立ち上がり、客席に礼もせずにこちらへ向かってきた。

僕は思わず息を呑んだ。

あの端正な顔立ちが今は見る影もなかった。五歳児のように怖れ慄《おのの》き、左耳を押さえたままひどく取り乱した様子で駆けてくる。

それは敗走兵の顔だった。

岬は誰とも顔を合わすことなく、人と人の間を縫うようにして袖から出口へ消えていった。僕たちは声を掛ける間もなかった。

やがて袖に集まっていた連中の中から秘めやかな拍手が起こった。音のする方向に振り向くと、手を叩いていた美加は薄ら笑いを浮かべていた。それは祝福や労いの拍手ではなく、侮蔑と嘲笑の拍手だった。

「ほらあ、みんなもご苦労さんって言ってあげなきゃ」

美加につられて拍手する者や、へらへら笑い出す者が現れた。拍手の音が次第に大きくなる。自分より高みにいた者が墜落した時の喝采だった。

「お前ら、最低だ」

彼らに捨て台詞を投げつけて、僕は岬の後を追った。

おかしい。

いったい何が起きたというんだ。

岬本人はこの原因を知っているのか。

頭の中で駆け巡るいくつかの疑問を押さえ込みながら、僕は体育館と校舎を繋ぐ渡り廊下に出た。

岬の姿はそこにあった。やはり左耳を押さえたまま、廊下に膝をついている。

「岬くん」

僕が近づいても、すぐには気がつかない様子だった。それで彼の肩を摑んで、もう一度名前を呼んだ。

「岬くん！」

「あ、ああ、鷹村くん」

岬はすっかり狼狽《ろうばい》して、まともに喋ることもできないようだった。

「僕は、僕は……」

「いったいどうしたんだよ。さっきの滅茶苦茶な演奏は」

「変だ、変なんだよ。さっきから左の耳が全然聞こえないんだ」

4

その後、岬は僕と棚橋先生に付き添われた病院で精密検査を受けた。

結果は岬にとって残酷極まりないものだった。

専門医の診断結果は突発性難聴。原因不明の感音性難聴だった。

岬は茫然《ぼうぜん》として医師の話を聞いていた。何でも厚労省の指定する特定疾患の一つで、原因が不明なので治療法もないらしい。

発症は突然だ。徐々に聞こえが悪くなるといった具合ではなく、ある日突然聞こえなくなる。症状も様々で眩暈《めまい》を起こす患者もいれば耳鳴りを訴える患者もいる。共通しているのは聴力の極端な低下で、岬の場合は左耳にその傾向が甚大だという。

「発症して一週間以内に治療すればまだ見込みはあったのだが……何かそういった前兆のようなものはなかったのかね」

医師から問われた岬がぽつぽつと話し始めたのは次の内容だった。

きっかけは二週間前、音楽演習の際、左耳の中に水がたまったような違和感を覚えたという。それを聞いて僕も思い出した。皆の冷たい視線を浴びながら、左耳を押さえていた時だ。あれは瞑想に耽っていたのではなく、左耳に不調を感じていたからなのだ。岬は大事を取って医者に診てもらったのだが、専門医でなかったために気のせいで済まされてしまったらしい。

そして合唱の練習をしていた時、急に眩暈がして左耳が聞こえなくなった。その時はほんの数秒で治まったため、あまり重く受け止めなかったが、既に症状はどうしようもないところまで悪化していたのだ。

「本当に、治療方法はないのですか」

棚橋先生は取り縋るようにして訊いたが、医師は申し訳なさそうにこう答えた。

「似た症状のメニエール病や外リンパ瘻《ろう》とかであれば、原因が判明している分希望があるのですが、原因不明となると完治するとは断言できませんな。長期に亘《わた》ってステロイド剤を投与する方法もありますが、この患者さんの場合はとにかく発症からかなり経過していますので……」

医師の話を聞く度に、岬は顔色を失っていく。

「しかし、常時聞こえなくなるという障害ではないし、片方の耳だけだからね。日常生活を送る上での支障はあまりないよ」

「日常生活なんて関係ない……」

陰陰滅滅とした声に僕はぞっとした。まるで別人が喋っているみたいだった。

「いつ聞こえなくなるか分からないなんて、時限爆弾みたいなものじゃないか」

「しかしね、悪化しない限りほんの数分続く程度じゃないか。それなら健常者とさして変わりはない」

「別に健常者じゃなくたっていい」

「おい、君。聞き捨てならんことを言うな。世の中にはもっともっと重篤な障害を抱えて……」

「音が満足に聞こえなくなったら、いったい僕に何の価値があるっていうんだ」

叩きつけるような声に、僕たちは返す言葉もなかった。

翌日、岬は学校を休んだ。

棚橋先生は治療のためと簡単な説明に留めてくれたものの、こういう不幸事に限って話は早く、そして詳細に伝わる。その日のうちにクラス全員が岬の難聴を知るに至った。

突発性難聴という聞き慣れない病名についても、誰がどこで調べてきたのか主な症状や治療法がないことを突きとめてきた。こういう時の皆の探究心とか好奇心にはほとほと感心する。

「でも、これで彼もアンタッチャブルじゃなくなったんだよね」

休み時間になるなり、美加が聞こえよがしにそう言った。

「アンタッチャブルって何がだよ」

尋ねてきた祥平に美加は訳知り顔で答えた。

「だって岬くんは岩倉くんを殺した犯人かも知れないのに、先生たちやみんなはなかなかそれに触れようとしなかったじゃないの。それって岬くんがピアノの天才で、音楽科の救世主だったからでしょ。天才で救世主だから、誰も手を出そうとしなかった。実際そうだったんでしょ、学級委員さん？」

祥平は決まり悪そうに押し黙る。

「文化祭を前にして救世主に去られたりヘソを曲げられたりしたら、音楽科の不利になる。だから人殺しの容疑があっても、見て見ぬふりをしたってことでしょ。でも、その天才もとんだポンコツだったんだから、もうアンタッチャブルでも何でもない」

　ポンコツ、という言葉に僕の耳が反応した。

　あんまりといえばあんまりだ。

「まあな」

　僕の前にいた板台が相槌《あいづち》を打つ。

「あいつってさ、どことなく俺たちのこと見下してるみたいだったよな。顔とか頭の出来はこっちに置いておくにしてもさ。音楽に関しては完璧に俺らとは別の世界の住人だって態度だったよな。鼻持ちならないってのは、きっとああいうヤツのことを言うんだろうな」

　何を言い出すんだ。

　少なくとも僕の知る限り、岬が自分の才能や技術をひけらかしたことは一度もない。他の人間を蔑んだり貶めたりしたこともない。

　典型的な嫉妬だった。岬にその気がなくても、自分との圧倒的な差を見せつけられて被害妄想に陥っているのだ。

「ったくよ。文化祭じゃ俺たちにえらい迷惑だったと思わね？　途中まではすげえ高評価だったのによ、あいつのピアノのせいで台無しだったんだぜ。これで音楽科の評判が落ちたら、全部あいつの責任だぜ」

「でも、あの慌てぶりったらなかったよね。見た？　あたしと擦れ違う時なんかさ、半べソかいてたんだよね」

「俺も見た見た。あいつってさ、ひょっとしたら精神年齢が小学生並みじゃねえの。ステージで失敗したからって、泣きながら敵前逃亡はないよな」

聞きながら僕は呆れ返った。

クラスの合唱なんて評価の対象にすらなり得なかった。あの時、聴衆が関心を持ち耳を傾けたのは岬のピアノソロだけだったではないか。

少し考えて合点がいった。

美加たちは自分たちの腑甲斐なさを全部岬のせいにしようとしているのだ。確かに岬が演奏を中断してしまったのは責められても仕方がないのかも知れない。でも、そのことと合唱の不出来は全く別の問題だ。

他人に責任転嫁してしまえば自分の情けなさを糊塗《こと》できると、本気で思っているのだ。

「でもさー、これでやっと公平になったよね。疑いのある人間はちゃんと調べられるようになるし」

「ああ。それでなくても、あいつも少しは身の程っていうか高慢ちきなところはなくなるだろうな。所詮はおれたちと同じ高校生だし、ピアノだって音楽科の中でトップっていうくらいでさ。天才でも何でもないよ、あの程度じゃ」

「でも突発性難聴って、すぐ症状が治まっちゃうんでしょ。中途半端といえば中途半端よね」

「完全な障害じゃあないからな。だったらさ、あいつまたいい気になってピアノ弾くんじゃねえかな。片耳聴こえなくっても、お前らよりはマシだとか言って」

「ああー、言いそう言いそう」

　もう我慢がならなかった。

　二人の間に割り込んで言ってやらなければ気が済まない——そう思った時、僕より先に春菜が飛び出していた。

「二人ともみっともないと思わないの」

　思わぬ伏兵に、美加も板台もぎょっとしたようだった。

「さっきから聞いてたらなに馬鹿なこと言ってんのよ。岬くんのことをポンコツだとかあの程度とか。それならあんたたちは、いったいどれだけのものだってのよ。美加のピアノが岬くんのピアノに肩を並べられるの。板台くんのギターは彼のピアノよりも人を感動させられるの。言っとくけど二人の演奏なんてコンクールじゃ予選落ちのレベルでしかないのよ」

いたく傷ついたのだろう。普段は春菜に逆らうことのない美加も、この時ばかりは逆襲に転じた。

「あんただって同じようなもんじゃない」

「なっ」

「この音楽科ではそこそこかも知れないけど、コンクールに出場してどこまでいけるってのよ。あの天才児との差を一番よく知っているのは春菜じゃん。あんただって、どんだけのものよ」

「へっ、そりゃあ春菜は岬の肩を持つのは当然だよなあ」

「あたしが、どうして」

「お前さ、色々と分かり過ぎなんだよ。岬のことが好きで好きでどうしようもないんだろ。ところがあの唐変木はお前の気持ちなんてそっちのけで」

春菜はものも言わずに、板台に平手を振り上げた。だが、みすみす女子に殴られるはずもなく、板台は春菜の左手を容易く捻り上げる。

「あっ」

春菜が短い悲鳴を上げる。

頭の中で何かが音を立てて切れた。

僕は咄嗟に机の抽斗《ひきだし》からハサミを取り出して、そのまま板台に向かって突進した。

小内刈《こうちが》りの要領で片足を引っ掛けてやると、不意を突かれたのも手伝って板台は大の字に伸びた。

「亮っ、貴様……」

みなまで言わせず僕は板台の胸の上に馬乗りになり、片足で彼の左手を封じた。あまりにあっさり組み伏せられたので拍子抜けしたくらいだ。そして右手首を押さえつけ、右手に持ったハサミを相手の目の前でちらつかせた。

「どの指か選べ」

自分でもぞっとする声が出た。

「へっ？」

「今から指を一本だけ切り落としてやる。どの指がいいか選べ」

「お、お前何言ってるんだ。気でも」

「ギタリスト志望でも、お前だったらどうせ頑張ったってアマチュアどまりだ。だったら五本も要らないだろ。一本くらいなくたって平気だよな。小指を詰めるとヤクザと間違われて嫌だろうから他の四本な。さあ、どの指だ。親指か、人差し指か。さっさと選べよ」

僕は相当危ない顔をしているらしい。眼下の板台は目を大きく見開いて、僕とハサミを代わる代わる凝視している。

「俺、何か気に障ることでも言ったのかよお」

「完全な障害じゃないから、またいい気になってピアノを弾くだと。いつ聞こえなくなるかも分からないのにステージに立つ恐怖がどんなものか、お前に分かるのかよ。俺たちみたいに遊び半分で音楽やってるようなヤツじゃなくて、物心ついた頃からピアノ弾き始めて、将来はピアニストを目指して、誰がどう見てもとんでもない才能を持っているヤツなんだぞ。そんなヤツの耳が聞こえないんだ。それが音楽家にとってどれだけ残酷で救いようのないことかってくらい、お前にも分かるだろ。お前が指一本失うよりも辛いに決まってるじゃないか！」

「そ、そんなこと言うけどお前だって」

「ああ、そうさ。俺だって彼の才能に打ちのめされた一人だ。だけどな、自分に才能がないからといって他人の才能を憎むほど堕ちちゃいない。天才の足を引っ張って安心したがるほど腐っちゃいない。お前らと一緒にするな」

板台は涙目になっている。

ふと気がつくと、教室内の誰もが彫像のように動かないでいた。春菜も怯えた目でこちらを見ている。

頭に上っていた血が急降下し、僕はのろのろと立ち上がった。

背中で誰かが「キャラ違ってるぞ」と呟いたので返事をしてやった。

「そんなもの、いつ、誰が決めたんだよ」

学校が終わると、その足で岬の家へ向かった。迷惑がられるかも知れないと思ったけれど、どうしても彼の様子を確かめておきたかったからだ。それに先生からの預かりものもある。

既に陽は落ちて街灯が暗く光り始めている。前に訪れたマンションの一室に近づきながら、僕はどんな風に切り出せばいいか考えあぐねていた。

どうして学校を休んだんだ。

これから治療はどうするんだ――。

駄目だ駄目だ。こんな風に切り出したら喧嘩になる。傷口に塩を塗るようなものだ。

部屋の前までくると、また中から声が洩れてきた。マンション自体が古いのか、それとも父子で大声を張り合っているのか。

「だから言わんこっちゃない。その難聴はお前の高慢に対する報いだ」

対する岬の声はいくぶん小さい。

「報いを受けるようなことはしていない」

「お前がそう思っているだけだ。報いという言い方が嫌なら天罰と言い換えてやってもいいぞ」

「呆れたな。試練という考えはないのかい」

「試練というのは、その人間が乗り越えられるようにできているものだ。ピアニストにとって耳が聞こえなくなるのは、そうそう乗り越えられるものじゃないだろう。乗り越えられない試練は罰でしかない。それがあまりに残酷だというのなら、あるいは警告なのかもな」

「警告？」

「お前はもう音楽の道に進むな、という警告だ」

「……ずいぶんと都合のいい解釈だね」

「都合がいい解釈というのはその通りかも知れん。だが誰にとっての都合だ？　案外、お前にとっての都合じゃないのか」

「どういう意味だよ」

「同じ音楽をやめるにしても、親の反対でやめる訳じゃない。技術の未熟さや結果が出せなくてやめる訳でもない。突然降りかかった災難でやめざるを得なかった……未練たらたらのピアノを諦めるのに、これほど好都合な理由もあるまい」

黙っているのか、それに対する岬の返答は聞こえない。

「楽譜を買い与える傍ら、六法を読ませていて正解だった。今からなら法曹界への鞍《くら》替えもできるだろう。転ばぬ先の杖《つえ》とはこういうことを言うんだ」

「まだ杖を突くような齢じゃない」

「しかし何かに頼らなければ生きていけないだろう。もうお前はピアノで生きていくことはできん。趣味で弾く分には構わないだろうが、少なくとも客からカネを取って演奏するなんて恥晒しはできないだろう。いつ中断するか分からないような演奏を誰が聴きにくるものか」

岬の返事は聞こえなかったけど、僕には彼の気持ちが痛いほど分かった。

彼にとって音楽は全てだった。ピアノだけが彼の生きる手段だった。

そのたった一つの手段を取り上げられたのだ。今から別の方法で生きろと急に言われても戸惑うしかない。簡単に捨てられるような手段でもなかった。

しばらく沈黙が続いた後だった。

「あんたは音楽が憎いんだ」

「何だと」

「僕も母さんもあんたよりピアノを愛していた。だから……」

まずい、と思った僕は咄嗟にインターホンを鳴らした。

不穏な静けさが続いた後、やっとドアが開いた。顔を出したのは四十代くらいの男性だった。

「どなたです」

その声で岬の父親だと分かった。

「岬くんのクラスメートで鷹村と言います。あの、今日の授業で配られたプリントと担任の先生からの伝言があって」

岬の父親は僕の顔を品定めするように眺めると、仏頂面で家の中を指した。

「息子は部屋に引っ込んでいる。中に入りなさい」

玄関から見ると、廊下はひどく殺風景だった。片づいていると言えば聞こえはいいが、まるで生活の匂いがしなかった。

父親は部屋の中にまで案内するつもりはないらしく、僕に場所を伝えるとそのまま廊下の向こうへ消えていった。

部屋のドアをノックする。

「亮だけど」

「鷹村くんか」

すぐに岬が顔を出した。

「学校からプリントを預かって……」

言い終わらないうちに、手を摑まれて部屋に引き入れられた。

「本当なら、もっと別の日に来て欲しかった」

「悪い。プリントだけ渡して帰るつもりだったんだけど……」

「君が謝ることじゃない。ただの僕の都合だよ」

廊下と違い、この部屋の中には人の匂いがした。もっとも部屋の中央にはグランドピアノが鎮座しており、棚はほとんど楽譜と音楽専門書、それからＣＤに占拠されている。どこもかしこも音楽関係のものしかない。さっきの会話を聞く限りでは、どこかに法律関連の本もあるのだろうが、少なくとも僕の視界には入っていない。

「絶妙なタイミングだった」

「えっ」

「表で僕たちの罵り合いを聞いていて、あわやというところでインターホンを鳴らしてくれたんだろ。偶然にしちゃ出来過ぎだ」

「聞くつもりはなかった」

「知っている。古いマンションだし、父親の声はよく通るんだ、きっと法廷で求刑をするうちに鍛《きた》えられたんだろうね」

僕はプリントを岬に渡しながら、おずおずと訊いた。訊かずにはいられなかった。

「まさか、やめたりしないよな。ピアノ」

「どうかな」

岬はまるで他人事のように呟く。

「父親の言っていたことは悔しいけど当たっている。誰だって、いつ中断するか分からない演奏なんて聴きたくないだろうしね。そんなピアニストに場所を提供する酔狂もいない」

感情を押し殺しているのがよく分かった。

押し殺しでもしなければ、爆発しそうだからだろう。

悲しくなった。せめて僕にだけは感情を露わにしてくれていいのに。

「……学校、やめたりはしないよな」

「ピアノが弾けなくなったという理由でやめる訳にはいかないよ。でも普通科への転入は有り得るだろうね。ピアノを弾けない僕が音楽科に籍を置く理由なんてないから」

本人の口から聞くとこれほど寂しい言葉はなかったけど、それでも目の前からいなくなるよりはずっとマシだと思った。

「こんなに自分が嫌になったことはない」

岬はぽつりと洩らした。

「お父さんに言われたことがそんなに……」

「違う。父親に言われたことじゃなく、言われたことに納得してしまった自分が嫌なんだ。音楽家を諦めて法律家の道を進めと言われた時、ほっとしている自分がいた。情けないよ。口じゃ偉そうなことを言っても、結局は用意していた逃げ道に走るんだからな。自分がこんなに臆病《おくびょう》だったなんて、今の今まで考えもしなかった。ピアノを弾けなくなった自分が、こんなに価値のない人間だったなんて想像もしなかった」

それは臆病じゃないだろう――そう言おうとしたが、言葉にはならなかった。

「やっぱりベートーヴェンというのは凄い人だったんだな」

唐突な話に、一瞬僕はまごつく。

「楽聖と比べるのはおこがましいけど、彼と同じ立場になって改めて思い知らされる。聴力を失って、尚も音楽の世界に踏みとどまった彼は紛れもない超人だよ。彼を羅針盤にしたいなんて言ったけど、僕にはそんな資格すらない。片方の耳が数分使い物にならなくなる程度で、もう逃げ道を探そうとしている」

岬の口から聞く絶望の声。

彼の奏でた〈悲愴〉にその声が重なる。

「このピアノ、どうしようかな……」

岬は虚ろな目でグランドピアノを見ていた。

V

Spiritoso lamentando

スピリトーソ ラメンタンド

～心をこめて悲しげに～

1

結局、一日休んだだけで岬はまた登校してきた。僕がクラスには不穏な動きがあることを伝えても、彼は気にも留めようとしなかったのだ。

「みんなが何をどう思おうと関係ないよ。僕は自分のやりたいようにやる」

岬はそう言って、僕の心配を歯牙にもかけなかった。

だからその日、彼が迫害を受けたことには僕にも責任がある。不穏な動きなんて婉《えん》曲的《きよくてき》な言い方をせず、はっきりイジメの対象にされていると告げてやればよかったのだ。

僕は嫌な予感がしたので、岬より先に登校していた。すると案の定、彼の机の上には落書きが残されていた。

〈障害者〉

〈人殺し〉

〈ポンコツ〉

〈もうここにはくるな！〉

古典的過ぎる悪戯だったが、それでも呆れるより先に怒りが込み上げる。

「中学生レベルのイジメだな」

聞こえよがしにそう言ってから周囲を見回すと、何人かは顔を背け、何人かはにやにやと笑っていた。掃除道具置き場から雑巾を取り出して拭き取ろうとしたが、ご丁寧に油性マジックで書いてある。

「しつこさも子供じみている」

こうなったら意地だ。僕は化学準備室からアルコールを借り受け、それで机の上を拭き始めた。すると横から、同じく雑巾を持った手が伸びてきた。

「手伝う」

春菜は雑巾にアルコールを含ませると、無表情で手を動かし始めた。

「仲のいいこって」

板台の囃《はや》しに乗って何人かが口笛を吹く。

岬が転校してくるまでは、板台はただのバンド好きのクラスメートに過ぎなかった。やや軽薄なところはあったけど十七歳ならそれも許される範囲だった。今、僕と春菜に冷笑を浴びせている者たちも、気の置けない友だちだと思っていた。

それが、今回のことで化けの皮が剝がれた。バンド好きの仮面の下では嫉妬が燻っていた。皆のきさくな言葉の裏には劣等感が根付いていた。

どうしてこんなヤツらと上手くやってこられたのか不思議でならない。きっと嫉妬や劣等感を誘発させる存在がなかったせいだろう。

「ああ。少なくともお前らとつるむよりはずっといい気分だよ」

「んだと」

板台は気色ばむが、僕が睨みつけると動きを止めた。よほど昨日のひと幕が応えているらしい。

落書きがあらかた消えたところで、岬が姿を現した。

「おはよう」

岬に挨拶を返したのは僕と春菜の二人だけだった。小気味がよかったのは、岬がそれを気にしていないような素振りだった。

ただ、僕たちはうっかりしていた。岬は自分の机に座るなり奇妙に顔を歪めた。机の表面から立ち上るアルコールの臭いに気づいたに違いない。

岬はまるで僕の動揺を見透かすようにこちらを見る。そして何があったのかを察したかのように、そっと視線を外す。

その仕草が礼を言っているようにも、謝っているようにも見えた。

自分が悪戯書きした訳でもないのに、僕はとても済まない気持ちになった。

これで今日一日が無事で済んでくれたら、と願った。これ以上、岬に有形無形の迫害がないようにと祈った。聴力障害に陥った音楽家は悲劇だ。せめてそっとしておいてやりたかった。

でも、音楽科クラスの昏い感情は僕の想像をはるかに超えていた。

昼休みにそれは起こった。トイレから戻ったばかりの僕は、ドアの近くで一部始終を目撃したのだ。

昼食を終えた岬が机に座っていると、その背後から美加がそろそろと近寄っていく。そして身を屈めると、岬の左の耳元で何事かを告げた。

「えっ……」

耳打ちされた岬は怪訝そうに美加を見る。

今度は何を企んでいる――僕は僕で美加の背後から近づいてみた。

美加はもう一度、岬に囁きかける。だが、至近距離まで接近したにも拘わらず、僕には美加の声が全く聞こえなかった。

「ごめん……もう一度言ってくれないか」

岬が申し訳なさそうにそう言った直後だった。

「どーしたよ。やっぱり左の耳は聞こえないみたいだなあ」

離れた場所に立っていた板台がいきなり嘲笑の声を上げた。はっとして岬が振り向き、その様子を美加が笑っている。

美加は囁いたふりをしただけだった。そして自分の聴力に不安を抱いた岬をみんなで笑い者にしたのだ。

さすがに岬は険しい顔をした。ひょっとしたら、今度こそ怒り出すかと思ったがそうはならなかった。

何故なら僕が先に怒りを爆発させたからだ。

僕は美加の腕を手荒く摑むと、彼女を壁際に押しつけた。

「な、何よ」

よほど僕が凶悪な顔をしていたのだろう。美加は頬の辺りを引き攣《つ》らせて押し黙ってしまった。でも、僕の方は収まりがつかなかった。

美加の頭の真横に腕を突き立てて退路を断つ。

「おいおい。亮。女相手に暴力は……」

後ろから板台が何か言いかけているが聞く耳は持っていなかった。頭の中は沸騰し、理性は彼方に吹っ飛んでいた。

それでも美加の怯えきった顔を見ていると、さすがに最低限の自制心が戻ってきた。

「女だったことに感謝しろよ。男だったらタダじゃおかない」

縛《いまし》めから解放すると、美加は板台のいる方向へ逃げていった。美加があんなに速く走れるとは意外だった。

でも、まだ僕は気が済まなかった。こちらを遠巻きにして眺めていたヤツら全員に向かって言ってやった。

「今、お前らがしたことは人間として最低のことだ。それが分かってやったのかよ」

みんな、口を閉ざしていた。

「勉強でもなければ運動でもない。本人がどれだけ努力してもどうしようもできないことを嗤ったよな？　いい身分だな。いったいお前ら何様のつもりだ」

気分はまだ暗く昂《たかぶ》っている。岬を護れなかった自分への嫌悪感も手伝っていた。

「音楽を専攻しているから少しは繊細だと思ったけど、とんだ間違いだった。みんな腹の中は真っ黒で、神経はムチャクチャ図太いよな。俺もそんなに誉められた人間じゃないけど、少なくともお前たちよりはマシだ。演奏が拙くても人間が善ければ救いがある。人間ができてなくても、演奏が素晴らしかったら生きていく価値がある。両方ともクソなお前らは、いったい何を武器に生きていくつもりなんだよ。ええ？」

一度喋り出すと、もう止まらなかった。

「ここにいる連中は音楽科の生徒なのに、音楽の才能はからっきしだ。おまけに普通科に行くこともできない。当座の居場所に音楽科があったから、そこにお情けで置いてもらっているだけだ。頭も才能もない。だから岬くんみたいに才能のある人間を妬む。自分たちがどれだけ足掻いても手に入れられないものを、与えられているからだ。

言っておくけど、お前らがどんなにやっかんだり憎んだりしたって、それでお前たちに神様が微笑む訳じゃないからな。お前たちはこれからもずっとずっと、才能のない自分と向き合って生きていくんだからな」

言い終わると、教室には気まずい沈黙が流れた。

もちろん僕一人が浮いているという自覚はあるが、それ以上に他の人間が沈んでいた。

言ってはならない真実を言ってしまった。

皆が知りながら、絶対に触れなかった事実に触れた。

皆の僕を見る目が急に鋭さを増した。それは明らかに裏切り者を指弾する視線だった。もうこのクラスでは誰からも相手にされない予感がひしひしと迫ってくる。

それでも別に構わない——自棄《やけ》でも何でもなく素直にそう思った。そして次の瞬間、一番嫌なことに気がついた。

僕が罵倒したのは僕自身だったのだ。

どんなに他人をやっかんだり憎んだりしても、音楽の神様が微笑むことはない。これから死ぬまで、僕は才能のない自分と向き合って生きていかなければならない。

沸騰していた頭が急速に冷えていく。怒りに満ちていた胸も萎んでいく。

すっかり自分に嫌気が差しかけた時、僕の手首を強く握る者がいた。

「ありがとう……もう、いいから」

岬はそれだけ言うと、そっと僕から手を離した。

午後の授業はまるで頭に入らなかった。

腹立たしさと羞恥と絶望が混じり合って、胸の中に溜まっている。このまま放っておくと内部から侵食されて、身体が腐ってしまいそうだった。

時間が過ぎればこの澱《おり》も薄らいでくれるかも知れない――その期待は六時限目のホームルームで呆気なく粉砕された。事もあろうにホームルームの議題は〈文化祭の反省会〉だったのだ。

出来が去年と同程度だったのなら、お茶を濁すこともできた。去年より悪くても「それなら来年は有終の美を飾って」と締め括ればそれで済んだ。

でも、今回は勝手が違う。出来は最低で最高だった。僕たちの合唱は月並み以下、岬のピアノソロは途中まで最高の出来。パート毎の評価がはっきり分かれていたので、反省材料が偏ることは充分に予想できた。

「さて、反省会だが……今回は直前になってプログラム内容の変更があり、加えて豪雨災害で練習時間がごっそり奪われた。だから十全のパフォーマンスが発揮できる環境になかったことは否めない」

棚橋先生の弁は僕たちの不出来を擁護していながら湿りがちだった。無理もない、と他人事のように思う。年に一度の発表の場で醜態を晒せば、その評価は音楽科クラスのみならず担任にも跳ね返ってくる。

「ただ、限られた時間の中でベストを尽くすことも求められている。その点については不満も残る」

話の途中で誰かの手が挙がった。

「あんな状態でベストを尽くせるはず、ありません」

声の主は塔子だった。

「何だ、塔子。具体的な問題点でも……」

「担任の先生や仲間の中に、人殺しに疑われている人がいて、どうやって集中しろって言うんですか」

くそ、爆弾投下しやがった。

これで反省会の内容が荒れる。そう考えて辺りを見渡した僕は愕然とした。

ほとんど全員が塔子の発言が当然だという顔をしていた。板台と美加は薄く笑っていて、塔子の言葉があいつらの後押しによるものと分かるのに時間はかからなかった。

春菜は塔子を睨み据えていた。そして岬は法廷に立たされた被告人のように頭を垂れていた。

「あたしたちに文化祭の反省を求める前に、そんな人たちが参加したこと自体が間違いだったと思いませんか」

「賛成ー」

「塔子、いいこと言った」

「異議なーし」

本人に対してこれ以上失礼な話もなかったが、棚橋先生は眉間に皺《しわ》を寄せる程度で決して荒ぶることはなかった。

「それがお前たちの本音だったら、先生としても謝るべきだろう。確かに身近にクラスメートを殺した人間がいるとしたら、おちおち練習もしていられないだろう。これは当然分かってくれているものと思ってちゃんと話さなかった先生の失敗だ。それは謝る。だがこれを機にはっきりさせておくが、岩倉の死に先生は何の関わりもない。もちろん岬もだ」

塔子が押し黙ると、すぐ次の声が上がった。

「じゃあ岬くんはどうなんですか」

「だよな。まだ本人からの言葉聞いてないものな」

「けどよー、自分でやりましたなんて言う犯人はあんまりいねーと思うぞ」

めいめいが勝手なことを言い合う中、すうっと美加が手を挙げた。

「ついさっき、クラスのある人がとても胸に響くことを言いました。人間的に問題があっても演奏が素晴らしかったら生きていく価値があるって。そうしたら、人殺しの疑いをかけられて、なおかつまともに演奏ができない人はいったいどうなんでしょうか」

岬の肩がびくりと震えた。

「確かに岬くんの演奏技術は凄いと思います。あたしたちが逆立ちしたって絶対に敵いません。でも、それは現時点での話です。あたしたちの誰かが一生懸命練習したら、いつかは今の岬くんのレベルに追いつけるかも知れません。でも悪いけど、岬くんはどんなに技術があっても最後まで完奏できる保証がありません」

「だよな」

板台が殊更大声で援護射撃を試みる。

「止まった時計と遅れた時計みたいなもんだ。止まった時計は使い物にならないけど、遅れた時計は遅れた分さえ分かっていたらそれなりに使える」

自分では上手い喩えだと思っているのだろう。板台は得意そうに目一杯鼻の穴を膨らませている。上手い喩えどころかとんだ屁理屈だが、屁理屈には屁理屈で返すことができる。

止まった時計はそれでも一日に二回、正確な時刻を示す。けれども遅れた時計は未来永劫、正確な時を刻むことができない。演奏も似たようなものだ。岬のピアノは時限爆弾かも知れないが完奏できたら、他に太刀打ちできる演奏者はそうそういない。美加程度の才能では、どんなに精進したところで岬の前座も覚束ないだろう。

援軍に力を得て、美加が言葉を続ける。

「文化祭の反省というのなら、プログラムに岬くんのピアノソロを選んだ先生と、そんな持病があるのに告知しなかった岬くんに責任があるんじゃないんですか」

「異議なーし」

「発表会ぶち壊した張本人だもんな」

「何とか言えよ、岬」

皆の表情を見るまでもなかった。

教室内には嫉妬と憎悪と加虐心が渦巻いて僕を圧倒していた。今まで溜まりに溜まっていた怨念のマグマが一気に噴き出したような有様だった。

畜生。

何が反省会だ。こんなもの、ただの集団リンチじゃないか。

岬はさっきから俯いたままで、どんな顔をしているのか僕の席からは窺い知ることができない。

胸に燻っていた怒りに再び火が点いた。僕は反撃の狼煙を上げようと口を開きかけた。

　だが、それよりも早く棚橋先生が皆を黙らせた。

「お前たちは本当に、そんなことを思っているのか」

　普段では決して聞くことのなかった、一段と低く重い声だった。

「文化祭の不出来が全て先生と岬の責任だと、誰かが一生懸命練習したら今の岬のレベルに到達できると本気で信じているのか」

　しん、と皆が黙り込む。

「以前言ったように疑いがあるというだけでその人間を色眼鏡で見るというのは卑劣な行為だ。繰り返しになるからそれ以上は言わん。今、先生が言わなきゃならないのは……」

　話している最中に、いきなり岬が席を立った。

　僕たちはもちろん棚橋先生も見守る中、彼はドアに向かって歩き出す。

「ここから先は僕はいない方がいいと思う」

　早速、板台の野次が飛ぶ。

「逃げんのかよ、この野郎。ひと言くらいは何か言ったらどうだ」

「僕や棚橋先生への疑いが晴れれば、それでいいんだろう?」

　胸がざわついた。

僕以外の人間もざわついた。

口調にいつもの柔和さはなく、代わりに好戦的な響きがあった。

「生憎と今はそれを実証する道具もなければ機会もない。でもその時が訪れたら、必ず別の可能性を提示してみせるよ。約束する」

そう言い残して、岬は振り返りもせずに教室を出ていった。

後に残された僕たちは毒気に当てられて声を発することもできない。まさかあの岬が皆の前で見得を切るなんて想像もしていなかった。

「うん……うん」

沈黙を破ったのは棚橋先生だった。

「岬が出ていってくれたから話しやすくなった。さっきの話の続きだが、お前たちは本当に自分も努力すれば岬に追いつけると信じているのか」

返事はない。手を挙げる者もいない。

「今だから言うが、プログラムに岬のピアノソロを入れたのは何も受けを狙ってのことだけじゃない。お前たちに天才とそうでない者の違いを教えたかったからだ」

途端に板台が反応する。

「何だよ、それは。どうしても俺たちにコンプレックスを感じさせたいってことかよ」

「そうだ」

僕を含めてクラス全員が絶句する。

「音楽科クラスに在籍しているからには、みんなそれぞれ音楽家に夢や希望を抱いているはずだ。著名でなくても、専業でなくても音楽で身を立てることができたらと誰もが一度は考えたはずだ。いや、きっと今も考えているのだろう。だがな、夢を追うことと夢で生きることは似ているようで全くの別物だ。才能も努力もできない人間が夢を見続けていると、いつか現実と闘う力を失くしてしまう。先生は音大で才能のバケモノみたいなヤツらを沢山見てきたから、早々に夢から逃れることができた。でも、他にいたんだよ。入学して四年経っても、そして卒業しても自分の才能が見極められず、夢に呑み込まれてしまった同期生がな。これはこと音楽の世界だけじゃない。学術やスポーツ、何でもそうだが特定の才能を必要とする世界で成功するのはバケモノだけだ。才能のバケモノか努力のバケモノだな。普通の人間には到底できることじゃないし、神様が微笑むのもほんの一握りでしかない」

棚橋先生の言葉はとても現実的だった。

だからこそ抗いたくなって、僕は声を上げた。

「じゃあ、才能のない人間は夢を見ちゃいけないんですか。希望とか持っちゃいけないんですか」

「神様は音楽の神様だけじゃない」

不意に棚橋先生の声が優しくなった。

「絵の神様、小説の神様、スポーツの神様、科学の神様、料理の神様、営業の神様……神様なんて星の数ほど存在している。お前たちにしたってそうだ。どんな人間にだって誇れるものが一つくらいあるだろう。だったらその神様に微笑んでもらえるように努力すればいい。有名でなくても、みんなからちやほやされなくても、自分にスポットライトの当たる世界は必ずどこかにある。逆に羨ましいとか他人が成功したとかの理由で選んだら苦労するし、正しい努力ができなくなる」

「正しい努力……」

「たとえば先生が今から中日ドラゴンズの四番打者を目指して努力したとしても、それは正しい努力とは言えんだろう？　何にだって努力は必要だが、見当違いの努力は努力じゃない。ただの徒労だし、頑張っているという言い訳にしかならない。だから足掻いて足掻いて、正しい血と汗を流す戦場を探す。誰にでも自分の闘える戦場がある。学生時代というのは、多分自分の戦場を探す時間なんだよ」

理屈は呑み込めたが、それでも大人の説教じみて聞こえた。

「こんな風に言われても、すぐには納得できないだろう。当たり前だ。今から負けることを考えるなんて鬱陶しくて、惨めなだけだからな。そしてお前たちの年代は何よりも鬱陶しくて惨めなことを避けようとする。でも忘れないで欲しい。勇気を持たなければ、これから先の人生が辛くなる。捨て去る勇気がなければ、何でもかんでも背負って身動きが取れなくなる。選択する勇気、諦める勇気が結局は可能性を拡げるんだ」

僕たちはひと言も発せず、ただ棚橋先生の顔を眺めていた。

板台や美加たちは絶望の上塗りをされたように唇を噛んでいる。春菜や祥平は新しい単語を覚えたように、興味深そうな目をしている。

それぞれがそれぞれの顔をしている中、僕はといえば絶望と希望の両方を与えられて訳が分からなくなっていた。

それにしても、と思う。

岬の言っていた〈別の可能性〉というのは、いったい何を意味していたのだろう。

2

そして十一日。

この日は朝から雲行きがおかしかった。本降りというほどではないものの、小雨が大降りになったかと思うといったん止み、また小雨が続くという空模様だった。

朝方のテレビで観た気象情報によれば、日本海をゆっくり南下した秋雨前線は東北地方から山陰地方にかけて停滞し、日本列島上空で南北運動を繰り返していた。

一方、九月二日にマリアナ近海で発生した台風十四号は大きな勢力を保ちながらゆっくりと西に進み、東日本海上空に張り出していた太平洋高気圧の縁に沿って移動した。その際、暖かく湿った空気が前線に流れ込み、大気の状態を不安定にさせた。

通常、雨雲は移動するものだが、今回は前線や高気圧に阻まれて動けなくなった上に、更に新しい雨雲が重なろうとしている。だからいつ土砂降りになっても不思議ではないのだという。

当然、夏休みに豪雨被害に遭った学校側には休校の文字が頭を巡っただろうが、ただでさえ始業式の遅れが年間計画に支障を来しているのに、これ以上授業を遅らせる訳にはいかない。現状は生徒たちに恐怖を呼び起こすような雨量でもなく、直近の補修工事で土砂崩れの危険も薄まったので生徒を帰すまでには至らないという判断だったらしい。

ただ多くの人間は過去から学ばない。あれほど自然の脅威を目の当たりにしたというのに、僕たちはまたしても甘く見ていたのだ。

朝方こそこちらの様子を窺うように降ったり止んだりを繰り返していた雨は、三時間目を過ぎた頃、突如として表情を一変させた。

それこそ土砂崩れと間違えそうな音で、教室にいた僕たちは一様にびくりとした。

「おい……外」

窓際に座っていた男子が恐々《こわごわ》といった体で外を指差す。

彼が指し示すまでもなかった。クラス全員が外の景色のあまりの変わりように言葉を失っていた。

まだ昼前だというのに、まるで夕刻のような暗さだった。そして雨音。篠突くといった言葉が雅に思えるほど、雨は獰猛な音を立てていた。

「これ……この間の降り方よりひどいんじゃないのか」

「視界一メートルもないぞ」

「それにこれ、完璧に横殴りだよ」

「外へ出ても、こんなんじゃまともに歩けねーぞ」

口々に感想を言い合っているうちはまだ余裕があった。だが雨の轟音が牙を剝き、窓ガラスを連打する音が耳を劈《つんざ》くようになると、軽口を叩く者は皆無となった。

全員の恐怖が僕にも伝わる。皆、前回の豪雨で嫌というほど味わった心細さと怯えを追体験しているのだ。現にあの時のショックで体調を崩した美加と塔子は、自分の肩を抱いて瘧《おこり》のように震えている。

「学校は何やってんだよ」

板台が焦りを誤魔化すように訴える。

「こんな降りになってるんだ。生徒を帰らせるとか、親に連絡取るとか色々あるだろう」

「俺、聞いてくるわ」

こういう時の役割は祥平と決まっている。祥平も心細さを紛らすのにちょうどよかったとみえて、そそくさと教室を出ていった。

「この間の豪雨よりひどいな」

僕は岬の横に立ち、彼に話し掛けてみた。クラスメートからの吊るし上げを食らって以来、僕でさえもがあまり気軽には声を掛けられないでいた。差し障りのない会話が天気の話というのも情けない。

「鷹村くんは天気予報、見たのかい」

「ああ、見た。台風十四号のせいで大気が不安定になっているって」

「この間の豪雨も大気が不安定になっての結果だったけど、雨雲の移動があった分まだよかった。今回のは前線と高気圧に挟まれるかたちで雨雲が動けなくなっている。雨量は間違いなく前回以上になると思う」

「……いくら補修工事が終わっていても不安だな」

「土壌自体を入れ替えた訳じゃないからね。あくまでも補修は補修さ。この場所が巨大建造物を建てるには相応しくないという事実に変わりはないよ」

「にも拘わらず、僕たちはずっと登校している」

「『あんな豪雨は観測史上初だった』、『千年に一度の天候だった』。まさかあんな天災が恒常的に発生するなんて誰も思わないし思いたくもない。県の決定に従って建築された場所に問題があったとすると、決定自体の瑕疵《かし》が取り沙汰される。建築には莫大な予算も動いただろうから、携わった役人や業者は当然責任を追及される。だから断じてそんな瑕疵は認めようとしない。移転させるなんてもってのほか。そして軟弱な土壌の上の校舎は、ずっとここに建ち続ける」

「生徒や職員の安全はスルーってことかよ」

「言っただろう。彼らはこれ以上、災厄が起きるなんて想像もしないししたくもない。そういう人間というのは、見て見ぬふりが特技だしね」

以前に比べて、毒を孕んだ物言いが気になった。

「よくそんな怖ろしいことを他人事みたいに言えるもんだな」

「いよいよとなったら外に出なければいい。校舎や体育館の耐久性はこの間の一件で実証されたじゃないか」

「しかし、そうは言っても……」

「どのみち、土砂降りになったら危険性が高くなるのは、関係者のみならず全町民が知ることになった。いくら何でも新設された橋が落ちる前に警察と消防署が駆けつけると思う。今度、対応が後手に回ったら、それこそ批判は免れないからね」

もっともな理屈なので、僕は消極的ながら肯《うべな》わない訳にいかない。

「鷹村くんは怖いのかい」

「君は全然怖くないっていうのか」

「雨や土砂崩れなんかより、もっと怖いものがある」

それが何なのかは告げようとせず、岬は席を立つ。

「こんな時にどこへ行くんだよ。まさか、また助けを呼びに……」

「今日は夏休みでもないし、音楽科クラスだけでなく全校生徒が登校している。先生たちが手をこまねいて見ているだけなんて有り得ない。僕や君の出番はないよ。僕がすることは約束を実行することだ」

岬はそう言って教室を出ていく。拒絶もされなかったので、僕も後をついていく。

彼が向かったのは何と被服室だった。被服科を専攻している生徒がほとんど占拠しているような特別教室なので、音楽科の生徒はもちろん男子生徒にも縁のない場所だった。

「岬くん、この部屋、知ってるの？」

「君に校内を案内してもらった後、全部の教室を見て回った」

「何でわざわざそんなことを」

「長らく時間を費やす場所だからね。隅々まで知っておいても損はないだろう？」

岬は躊躇なく教室の中に足を踏み入れる。却って僕の方が緊張する始末だった。

初めて入った被服室は違和感だらけだった。壁際に並んだマネキン人形、机の上に置かれたミシン、壁に貼られた衣服の歴史。とてもではないけど、同じ校舎の中とは思えなかった。

こんなところまで来て何をするつもりかと見ていると、岬は何の迷いも見せずにマネキン人形に近づくや台座から外してしまった。

「うん……手頃だな。鷹村くん、ちょっとこいつを持ち上げてくれないか」

「へっ」

「僕の目算では約六十キログラム。生身の人間とあまり重さは変わらないと思うけど、どうだろう」

岬は有無を言わさず僕にマネキンを押しつける。こういう時の岬は、やや強引なところがある。

マネキンの身長は僕よりも五センチほど高い。持ち上げてみると確かに六十キロはありそうだった。

「ああ、それくらいの重さだろうな」

「比重が同程度なのかどうかを確かめたかったんだ」

「どうしてそんなことを確かめる必要があるのさ」

岬はそれには答えず、マネキンを見つめて独り言のように呟く。

「ただ比重が同じだけでも役に立たない。ねえ鷹村くん。校内に緩衝材みたいなものってあるかな」

「緩衝材って、よく小包の中に入っているアレだろ。多分、職員室か用務員室にあるんじゃないかな」

「悪い。取ってきてくれないかな」

「どうにも全体像が見えないんだけど……」

「後で必ず説明する」

岬がいい加減なことを言う人間でないのは、僕が一番よく知っている。僕はそれ以上追及もせずに職員室へ向かった。

職員室の窓からは中の様子が丸見えになる。間違いなく豪雨の中での対処法について話し合っているのだろう。声は微かに洩れ聞こえる程度だが、先生たちの表情から深刻な話題であることは分かる。

気後れしたが入室した。咎めるようにこちらを見たのは横屋先生だった。緩衝材を探しているんですと僕が断りを入れると、横屋先生は煩そうに用務員室に行くようにと指示した。よほど会議の内容を僕に聞かれたくないようだ。

用務員室で用件を告げると、すぐに用務員のおじさんは緩衝材を用意してくれた。

「しかし、選りにも選ってこんな時にこんなものをどうするつもりかね。そろそろアナウンスが入る頃だと思うんだが」

「避難命令か何かですか」

「避難ちゅうても集団下校はまず無理やろうなあ。何せ道路が川のようになっとる。流れに足を取られたら濁流に落ち込むかも知れん。ここでレスキュー隊の到着を待つのが順当やろ。こういう時は分散しているより一カ所に集めた方がええから、おおかた体育館にでも集合させるんじゃないのか」

おじさんの話は当を得ている。おそらく校長以下先生たちの下す判断も、その辺りだろう。とにかく持てるだけの緩衝材を抱えて、被服室に戻った。

「ああ、これはいいね。ちょうどお誂《あつら》え向きだよ」

窓の外は相変わらず銀色の槍が降り注ぎ土砂崩れのような轟音が吹き荒れているというのに、岬はまるで気にする風もない。改めてこの男の精神構造が分からなくなった。

「何を平然としてるんだって顔だね」

「クラスでは前回の豪雨がトラウマみたいになったヤツもいる。ただ教室の中で震えていただけのヤツがそうだ。それなのに、あんな決死行をした本人がそんな涼しい顔をしている」

「どうして恐ろしく感じるかというと、相手が訳の分からない存在だからだよ。自分に襲い掛かろうとしているものの正体が分かれば、そんなに恐れることはない。慎重さと覚悟は必要だけどね」

達観しているような、それでいてどこか突き放したような言い方に僕はまた不安を覚える。

「どうもありがとう。僕はもう少し工作をしているから、君はもう教室に戻った方がいい。そろそろ避難のためにクラス毎で点呼をするはずだから、君がいないと先生が困る」

やはり岬も同じことを考えていたのだ。

「僕もすぐに戻るからと伝えてくれればいい」

「でも……」

「大丈夫だよ。僕がいない方が清々するって人間の方が多いんだから。さあ」

言葉に微かな拒絶の響きがあった。

「君も早く戻れよ」

僕は後ろ髪を引かれる思いで教室へ舞い戻る。

教壇には既に棚橋先生が立っていた。

「来たか、鷹村。どこへ行っていた」

「ちょっと」

「岬がどこに行ったか知らないか」

彼もうすぐ戻る旨を伝えると、棚橋先生は渋い顔をしながら僕を座らせた。

「さっき職員会議で決定したので伝える。豪雨のため以降の授業は中止。生徒はいったん体育館に集合した後、レスキュー隊の到着を待って彼らの指示に従うこと」

棚橋先生は努めて淡々と話すが、クラスの中にはそれを聞いただけで顔色《がんしょく》を無くす者までいた。

「差し迫った危険があるという訳じゃない。ただ万一のことを考えての避難行動だ。だから決して慌てる必要はない。出席番号順に並んで移動する」

「やだっ」

いきなり塔子が叫んだ。

「あ、あたし先に行かせてください」

「駄目だ。一年A組から順番と決まっている」

「そんなこと言って、ここで待っているうちにまた裏山が崩れたらどうするんですか」

「心配するな。裏山は補修工事を終えてコンクリート壁ができている。その上でネットまで張り巡らせているんだ。滅多なことで土砂崩れなんて」

「滅多なことで起きないんだったら、どうして慌てて避難させようとするんですか。避難するってことは危険があるからなんでしょ。だったらあたしは早く逃げますっ」

言い終わらないうちに塔子は腰を浮かせる。

「やめないかっ」

一喝されても塔子は着席せず、ドアに向かって駆け出す。それを見ていた男子数人がつられて腰を浮かせる。

「俺も」

「俺も」

「待ってられっかよ」

子供じみた慌てぶりと一笑するのは難しい。他のクラスならともかく、この音楽科クラスは前回に凄まじい恐怖を体験している。それを考えれば無理のない行動と言えた。

ばん、とけたたましい音がして、席を立った者を含めて全員が動きを止めた。

棚橋先生が黒板に平手を叩きつけていた。

「無駄に騒ぐな。こんな時に体力や気力を使ってどうする。みんな自分の席に戻れ。集団行動が取れないヤツは縛ってでも従わせるぞ」

低い声が本気を窺わせる。避難行動の際に規律が乱れたらパニックを誘発する。棚橋先生が恫喝《どうかつ》紛いな物言いをするのも当然だろう。

だが他の恐怖に侵食された時には教師の脅しなど通用しないことがある。棚橋先生の怒声にも怯むことなく、板台が反逆の声を上げる。

「それなら俺たちより先に縛らなきゃいけないヤツがいるだろ」

「何だと」

「岬だよっ。あいつこそ自分勝手に行動して未だに戻ってない。前みたいに、一人でさっさと逃げ出したに決まってる」

そうよ、と美加が追随する。

「逃げるのは得意だもの。教室からでも、ステージからでも」

この二人、また蒸し返すつもりか。

眠っていた怒りに火が点いた。

殴ってでも黙らせてやる——咄嗟にそう考えた時、ドアを開けて当の本人が姿を現した。

「遅れてすみません」

岬を見た全員が驚いて声を失くしていた。僕も例外ではない。

岬は頭の上から爪先までずぶ濡れになっていた。前に垂れた髪や服の裾からは水滴が落ちている。

「岬……外に出ていたのか」

「少し様子を見ていました」

早速、板台が咬みついた。

「見ろ、やっぱりこいつ先に逃げ出したんだ。途中で雨の勢いが強過ぎたんで、戻ってきたんだろうよ」

岬はその罵倒に何の反応も示さない。

「先生。今から体育館に避難ですか」

「そうだ。だからお前も早く席に着け」

「どうせ行くのなら、途中で少し寄り道をしてもらえませんか」

「けっ、一人じゃ心細いからクラス全員で逃げ出そうってか。つくづく逃げ道作ることには頭が回るんだな」

「もちろん希望者だけでいいんだよ、板台くん」

岬はやっと板台に向き直った。

「言ったよね。いずれ時がきたら別の可能性を示してみせるって。待たせて悪かったけど、やっとその機会が訪れた。約束を実行するよ」

岬の放ったひと言は皆を固まらせるに充分だった。

3

「外へ出て確かめたのは、事件が起きた時との降雨量を比較したかったからなんだ」

「それがいったい何の関係があるってんだ」

「いくら僕が理屈を捏《こ》ねたところで机上の空論だとか言われるのがオチだからね。百聞は一見に如《し》かず。あの日、岩倉くんの身に何が起きたのかを再現してみようと思う」

「お前、何様のつもり？　名探偵気取ってんじゃねーよっ」

「板台くん……じゃなくてここにいる全員だね。君たちだって、ヘボ演奏家の言葉は信じられなくても、目の前で起きたことは信じるだろう。これが僕なりに考えた証明の方法だ」

　岬は口上を述べてから棚橋先生に向き直る。

「そしてこれは、僕と棚橋先生にかけられた疑惑への異議申し立てでもあります」

　岬と棚橋先生の睨み合いが始まる。十ほども齢が違うというのに岬は微塵も怯まない。

「寄り道程度で済むんだな」

「一フレーズもかかりません」

「……危険な真似はしないんだな？」

「もう懲りました」

「よし」

やがて僕たちが移動する順番がきて、生徒たちは二列になって教室を出た。

「何だ、これ」

先に廊下へ出た者の声が上がる。見れば廊下には剝き出しのマネキン人形が三体、横たわっていた。いや全くの剝き出しという訳ではなく、三体とも胸の辺りに緩衝材を巻かれている。

「それは実験材料だ。悪いけど男子の誰か手伝ってくれないかな」

だが生憎と僕以外に手を差し伸べる者がいなかったので、やむなく棚橋先生が一体を運ぶことになった。

「しかし岬。これは学校の備品だぞ。こんな物、何に使うんだ」

「破損や紛失の場合は弁償しますから」

破損はともかく、紛失というのが気になった。

マネキン人形を背負った岬と僕、そして棚橋先生を先頭に音楽科クラスの列が体育館に向かって歩き出す。

「岬よ。もうそろそろお前の考えを話してみてはどうだ。今ならクラスの全員が聞いている」

しばらく岬は沈黙を守っていたが、やがてぽつぽつと語り始めた。

「僕が岩倉くんの死体について聞いた時、最初に妙に感じたのは、彼が携帯オーディオを身に着けていなかったことです」

「ああ、そういえばあいつ、授業中以外はいつもイヤフォンを耳に挿していたな」

「彼の携帯オーディオは学校の机の中に残っていました。半ば普段からの習慣になっているのに、机の中に仕舞ったきりで忘れてしまうというのが、どうにも解せませんでした」

「しかしな、あの時は校舎の背後に土砂崩れが迫っていて、とても平静ではいられなかったはずだ。そんな局面であったのなら忘れ物くらいするだろう」

「岩倉くんの姿が見えなくなったのは、事態が危機的になる以前でした。彼が消えてから、初めて土砂崩れの兆候が表れたんです。それなら別に慌てる理由はなかった。だから僕は、岩倉くんは学校を出ようとしなかったのではないかと考えました」

「でも岩倉の死体は通学路で発見された。それこそ橋が落ちる前に校外へ出た証拠じゃないか」

「それはあくまでも結果であって、岩倉くん自身はまた教室に戻るつもりだったと思います。そうでなければ携帯オーディオを仕舞いっぱなしにした理由が納得できません」

「教室に戻るつもりだったというなら、岩倉はどこに行ったと考える」

「ケータイあるいは携帯オーディオ、そういう大事なものをいったん手放すのは、落としたり濡れたりするのを防ぐためです。岩倉くんが登校時に持ってきた傘がなくなっているので、彼は校舎の外に出た可能性が高い。そして校舎前の庭は教室から一望できますけど、クラスの人間が窓から目撃できたのは僕と鷹村くんだけです。だったら、岩倉くんは体育館の方向にいたと考えるべきです。あの時、体育館は施錠されていたし、屋外でなければ傘を持ち出す理由がありません」

岬と棚橋先生の先頭組がようやく本校舎の出口に差し掛かる。この時点で雨音はまるで滝のように聞こえる。

「そこまでの話には間違いもないし、こじつけもない。だが同時に証拠もない」

「僕は警察官でもなければ探偵でもありません。今まで隠れていた証拠を見つけ出して真犯人を糾弾することもできません。あくまで別の可能性を示唆するだけです」

僕は二人の会話を聞きながら、話が核心に近づいているのを感じていた。そして担いでいるマネキン人形の意味にも薄々気づき始めた。

それは僕自身に火の粉が降りかかる話だった。

体育館へと続く渡り廊下に立つと、吹き荒れる世界に投げ出されたような気分になった。

横殴りの強い雨。真っ黒い雲の下で凶暴な音を立てる風。そこにいるだけで、もう顔はびしょ濡れになった。

「岩倉くんはあの地点で殺害されたと思うんです」

岬が指し示したのは体育館の前方十メートルにある崖っぷちだった。

「岩倉くんはあの縁に立ち、体育館に背を向けます。周囲は土砂降りで誰かが背後から迫っても気配さえ感じられない。そこで左の後頭部を石のような物で殴打される。場所柄、手頃な石はその辺にごろごろしているので凶器に困ることもありません。そして凶器に石のような物が使用されたということは、この殺人が計画的なものではなく衝動的なものであるのを窺わせます」

「背後から後頭部を強打される。それは死体の状態と合致するから認《おお》めよう。じゃあ彼を殴ったのはいったい誰だというんだ。岬が橋の向こう側へ逃げ果せた時、クラス全員が教室にいたはずだ」

「いいえ」

岬の声はぞっとするほど冷淡だった。

「例外がいます」

もう駄目だ。

僕は覚悟を決めて口を開いた。

「俺だよ」

僕が名乗ると、後ろに続く者たちから驚きの声が上がった。

「岬くんが脱出してから教室へ戻るまでの間、俺にはアリバイがない」

「鷹村、お前……」

棚橋先生が僕を異様な目で見る。少なくとも自分の生徒を見る目ではない。猜疑と非難の入り混じった、温度の低い目だった。

不穏な空気。ところがそれを一掃したのも岬だった。

「違います」

皆の視線が再び岬に集まる。

「確かに鷹村くんにはその機会がありました。同じ時間、敷地内にいましたからね。でも犯人は鷹村くんではありません」

「どうして断言できるんだ」

「岩倉くんの致命傷は左後頭部でした。背後から衝動的に殴打しようとすれば、犯人は左利きでなければ理屈に合いません。でも鷹村くんは右利きです。従って犯人は彼ではありません。でも、その可能性を持つ人物が一人だけ存在します。その人物は鷹村くんが音楽室へ戻るまでにジャージに着替えていました」

もう、やめてくれ。

それ以上、言うな。

「まだ体育館に避難することも決まっていない時点で着替えたのは、外に出ていて制服が濡れてしまったのを誤魔化すためでした。そして、その人物は左利きでした」

僕を除いた全員の視線が春菜に移る。

「春菜……だって?」

「あの時刻、岩倉くんと同様校舎の外にいて、殺害のチャンスを持ち、犯人の条件を満たす人物は彼女しかいないんです」

「待ってよ、岬くん」

皆の視線を受けて表情を強張らせていた春菜が、岬の前に進み出る。

「じゃあ岬くんの推理が正しくて、岩倉くんが体育館前にやってきたことは事実だったとしても、それは橋が落ちる前だったかも知れないじゃない。あなたと亮くんより前に土砂崩れの危険に気づき、取るものも取りあえずここから橋を渡って向こう側へ逃げたのかも知れないじゃない。だったら校舎に取り残されていたあたしに岩倉くんは殺せっこない」

「うん。もちろんその可能性もある。だから言ったじゃないか。僕は他の可能性を示すだけで犯人が誰かを決めつけることはしないって」

「そ、それでも推測だけで、あたしを名指しにするなんて」

「確かに推測だけだけど、証拠も見つけようとすれば見つかる」

「えっ……」

「犯行は衝動的で凶器はそこらに落ちていた石だった。咄嗟に殴ったら、それで岩倉くんは絶命した。きっと君は大混乱して、その場を立ち去ったに違いない。後になって、凶器となった石をそのまま放置したことを後悔しただろうけど、外はバケツを引っ繰り返したような雨だったから、石に付着していた血痕も綺麗さっぱり洗い流されるだろう……そう考えて安心する。だけどね、鈴村さん。血痕なんて洗い流したくらいじゃ完全に拭い取れないんだよ。ルミノール反応といってね、ルミノール塩基性溶液と過酸化水素水の混合液を噴霧すると血液に反応して青白く発光する。しかも新しい血液よりも古い血液により顕著に反応する。補修工事の後だけど敷地内の土や砂利を入れ替えた訳じゃないから、根気よく探し続ければいずれ凶器も発見される。そうしたら、もう君はどんな言い逃れもできなくなる」

岬の言葉は静かだったが、その場の空気を圧倒する。春菜は顔を真っ青にして黙り込んでしまった。

沈黙は肯定の証だった。

岬は春菜の様子など歯牙にもかけない風で説明を続ける。

「岩倉くんはあの縁に立っているところを背後から殴られました。場所が場所だから姿勢を崩した岩倉くんはそのまま崖から下へ墜落し、濁流に呑み込まれたんだと思います」

「濁流に呑み込まれた身体が、どうして道路に転がっていたんだ」

「それを今から実験するんです。じゃあ鷹村くんと棚橋先生は僕と一緒にマネキン人形を担いできてください」

そう言って岬は土砂降りの中、マネキン人形とともに飛び出していく。僕と棚橋先生はその後ろ姿に引かれるようにして続いた。

「岩倉くんの死体が発見されたのは大きなカーブでした。地図を見ると分かるんですけど、上流からの流れがそこで強引に左へ曲がる。事件が起きた頃、濁流は氾濫していて、実際に道路冠水していた部分もあります。それは水が引いた後で崖の断面を見たら見当がつきました」

僕は死体が発見された当時の話を思い出した。カーブのある辺り一面は水溜りのような状態で、木切れや土砂の残骸もあった。それこそが土砂と一緒に岩倉が流されてきた痕跡だったのだ。

「ここの川は急勾配になっています。だからいったん大雨になるとすぐに鉄砲水が押し寄せてくる代わりに、雨の降りが弱くなると水位が下がるのもあっという間です。

岩倉くんの身体は道路に打ち上げられますが、その後水位がどんどん下がったために、まるでそこで殺害されたかのように錯覚してしまう。彼の制服はたっぷりと濁流の泥水を吸いこんでいましたが、打ち上げられた道路も大きな水溜りがあったので見分けがつきません。これは地元の人にしか分からない特殊な地形が作り出したトリックだったんです」

「そう都合よくいくかな」

「それを確認するための実験です」

「マネキン三体を川に放り込むのか」

「比重は人間とほぼ同じ。ただそれだけでは沈んでしまうので緩衝材を胸に巻きつけました。人体も窒息死でない限り胸に空気が溜まっているので、それで条件が近似値になるはずです。さっき外へ出て確かめたら、水位も川の勢いも事件当日と同等でした」

岬がずぶ濡れになってまで外に出ていた理由はそれだったのだ。

「……三体用意したのは、成功確率を検証する目的か」

「すみません、先生。推測と言いながら僕には自信がないんです」

「意外なヤツから意外な言葉を聞いたな」

マネキン人形を担ぎながら、僕は背中に夥《おびただ》しい視線を感じていた。渡り廊下に残っているクラスメートがじっと僕たち三人を見つめているのだ。

「お願いします」

岬に従って、僕たちは担いでいたマネキン人形を川に放り込む。三体のマネキン人形は濁流に呑み込まれて、あっという間に姿を消してしまった。

「もうじきレスキュー隊が到着するんですよね」

「ああ。避難を開始する前に校長から消防署に要請した」

「ここに来る途中で、あのカーブを通過するはずです。マネキン人形が流れ着いているかどうか、確認してもらってください」

「校長を介して伝えておこう。で、この後はどうするんだ」

「どうもしません」

岬はひどく疲れたように肩を落とした。

「僕は体育館の隅で休んでいます」

雨に打たれるのも構わず、彼はとぼとぼと元来た道を引き返す。

その背中がとても心細く見えた。

それから三十分後にレスキュー隊が到着し、体育館に集まっていた僕たちは何事もなく全員が帰宅の途に就いた。

後から知ったことだが、この日の集中豪雨は東海《とうかい》集中《しゅうちゅう》豪雨《ごうう》と名付けられ、静岡・岐阜・愛知・三重の四県で十人が死亡、全国では百十五人が重軽傷を負った。庄内川は氾濫しあちこちで破堤し、名古屋市周辺でも相当数の浸水被害が発生した。しかし、これはまた別の話だ。

棚橋先生から聞いた話によると、レスキュー隊は例のカーブで二体のマネキン人形が打ち上げられているのを確認したという。確率としては三分の二だから、岬の実験は成功したと言っていいだろう。

実験の成功を聞いたからかどうかは分からないがこの日の夕方、春菜が母親に付き添われて加茂署に出頭し、岩倉殺害の犯人は自分であると供述した。

十七歳の少女、しかも現町長の娘が殺人事件の犯人というスキャンダルは地元紙のみならず全国紙やワイドショーの恰好のネタとなったが、これもまた別の話だ。取りあえず、彼女が取調担当者に語った内容は次の通りだったという。

あの日は岩倉くんから呼び出しを受けていました。町長とイワクラ建築、つまりあたしの父親と岩倉くんのお父さんの間で交わされた密約について話し合いたいというのです。この密約については以前から噂みたいなものがありました。二人の間に賄賂のやり取りがあったのではないかという噂です。あたしも父親に直接問い質したことがあり、その時は全否定されていたので安心していたのですが、岩倉くんは汚職の証拠を見つけたというのです。

他人に聞かれてはいけないのでと、岩倉くんは体育館の前を待ち合わせ場所に指定しました。時間は午前九時三十分です。校舎内には音楽科クラスの生徒しかいなかったんですけど、先生が不在なのでどこで鉢合わせするか分かりません。その点、雨の降っている外なら誰も来ないからということでした。

岩倉くんはお父さんの書斎に隠してあった書類を見たそうです。あたしと同じように、親のしたことは自分に関係ないと強がっていてもやっぱり気にしていたんです。

二人の密約というのは、校舎建設の入札の際、イワクラ建築に便宜を図る見返りとして現金を町長に渡すというものでした。そうは言っても業者側にもそうそう自由になるおカネがある訳ではなく、イワクラ建築は地層調査を簡略することで裏ガネを作ったんです。

その話を聞いた時、あたしは目の前が真っ暗になりました。賄賂のために安全を蔑《ないがし》ろにする町長と建築業者なんて最低です。町長の娘であるあたしが世間やクラスメートから袋叩きにされるのは目に見えています。

絶望に打ちのめされているあたしに、岩倉くんは追い打ちをかけるようなことを言い出しました。自分は父親が贈賄や手抜き工事で告訴されても一向に構わない。いや、むしろ普段偉ぶっている父親の鼻を明かせるのなら望むところだと言うんです。その上で岩倉くんはあたしを脅したんです。このことを秘密のままにしたかったら自分の言うことを聞け、と。

以前から岩倉くんがあたしに興味を持っていることは知っていました。でも、まさかそんなタイミングでくるなんて。

あたしはすごく混乱していたと思います。そこから先、岩倉くんが何を喋ったのかあまり憶えていません。

岩倉くんは途中からあたしに背を向けて話し始めました。今、彼の口を封じなければあたしの将来はメチャメチャになると思いました。

雨音が強くなって、あたしが近づいても岩倉くんは全然気づきません。

足元に転がっていた、拳よりも大きな石で岩倉くんの後頭部を無我夢中で殴りました。すると岩倉くんは傘を握ったまま川に落ちていきました。

何も考えられなくなって校舎に戻りましたが、制服はずぶ濡れになっていました。このまま音楽室に行けば疑われると思って、急いでジャージに着替えました。それから先はクラスの子と一緒に行動しました。まさかあたしと岩倉くんが会っているその向こうで、岬くんが校舎から脱出していたなんて想像もしませんでした。

体育館で救助を待つ間、岩倉くんはそのまま下流に流されていったとばかり思い込んでいました。だから、岩倉くんの死体が道路で発見されたと聞いた時には本当にびっくりしたんです。

これがあたしの知っている一部始終です。

4

二度目の豪雨に襲われた日から、岬は音楽科の連中とすっかり疎遠になってしまっていた。

春菜が自首したので岬にかけられていた疑惑は一掃されたはずだったが、罵倒していた者は本人が現れるときまり悪そうに逃げていくばかりで一向に謝罪の言葉を口にしない。岬は岬で無関心を決め込んでいたので、両者の溝が埋まることはなかった。

そして僕もまた彼とは距離ができてしまった。明晰さは以前から知っていたが、それでも彼が白日の下に晒した真相は僕を落ち込ませるには充分過ぎたのだ。

そんな状況だったので、岬から放課後音楽室に来て欲しいと告げられた時には戸惑いがあった。正直、彼の顔を直視するのにも気後れを感じる。

気は進まないけれど岬の口調が真剣だったので断る訳にもいかず、僕は覚悟を決めて約束通り音楽室に足を踏み入れた。

「やあ。来てくれたね」

僕を招いたホストはピアノの前に座って待っていた。

「ベヒシュタインか」

「せっかくの名器だから、置いておくだけなんてベヒシュタインだって可哀想だ。音を出してこその楽器だからね」

岬の口調は奥歯に物が挟まったように、以前に比べて親密さが後退していた。仕方がない。それも僕の責任だ。

「どうして君に呼び出されたのかは、薄々見当がついている」

僕が切り出すと、岬はおやという顔をした。今更とぼけることもないだろうと、少しだけ腹が立った。

「僕は君に隠し立てをしていた。それを責めるつもりで呼び出したんだろう？」

するると岬は合点したように軽く頷いた。

「ああ、君が犯人は春菜さんだと知っていた件かい」

やっぱり気づいていたのか。

「……いつからだ」

「岩倉くんの殺害現場が特定できた時点で、そうじゃないかと思っていた。鷹村くんが音楽室に戻った時、春菜さんはジャージに着替えていたけど、君は敢えて触れもせず追及しようともしなかった。それは何故かと考えたら、答えは一つしかない。君は彼女が着替えなければいけない理由、ずぶ濡れになった理由を知っていたからだ」

岬はまるで楽曲の解説でもするかのように淡々と話す。

「時系列では、こうだったんじゃないのかな。僕が川を渡り切ったのを確認して校舎に戻ろうとした時、君は体育館の前で話している岩倉くんと春菜さんを目撃した。この土砂降りの中、どうしてわざわざ外に出なければいけないのか。誰だって気になる。君なら尚更だっただろうね。そして君は春菜さんが岩倉くんを殺害する場面をその場で見たんだ」

僕は岬の言葉を聞きながら、あの日の光景を脳裏で再生していた。

崖に立つ岩倉。その背後で春菜が石を握った左手を振り下ろす。

前のめりになり、岩倉の身体が濁流の川に落ちていく。少し遅れて岩倉の持っていた傘もひらひらと舞い落ちていく――。

春菜は渡り廊下の方へ逃げるように駆け出す。僕は信じられないものを見た気分でその姿を目で追っていた。

「それを知っていながら、どうして俺を責めなかった」

僕は責められる立場であるにも拘わらず岬に詰め寄る。

「君の言う通り、俺はずっと犯人が春菜だって知っていて、君には黙っていた。それを何故責めない」

「君は事あるごとに僕を弁護してくれたじゃないか。板台くんに対しては実力行使までしてくれた。感謝することはあっても、君を責める理由はどこにもない」

「そんな理屈があるか！　俺が目撃したことを証言さえすれば、君は疑われることも後ろ指を指されることもなかった。一番近くにいながら俺は……」

「それは無理というものだよ。君が証言すれば僕の疑惑は晴れるだろうけど、代わりに春菜さんが逮捕される。それだけは決して避けなければならないからね。君は春菜さんが好きだったんだろう？」

胸を射抜くひと言だった。

秘めてきた想いだった。今まで誰にも告げず、誰にも知られまいとしてきた想いだった。

「まさか、僕が気づかないとでも思ったのかい。君の言葉通り、僕は君の一番近くにいた。そして君は自分で思っているほど器用な人間じゃない。春菜さんに対する気持ちなんて丸分かりだったよ。それは岩倉くんにも春菜さん本人にも同様だったと思う」

何だ。

僕は自分の馬鹿さ加減に、大声で笑い出したくなった。

それなら秘めやかだと思っていたのは僕だけだったのか。

じゃあ、春菜が君に憧れているのも知っていたのか？

僕の想像だが、春菜が岩倉との取引を拒絶したのは岬の存在があったからではないか――喉から出かかった言葉をすんでのところで止める。僕がわざわざ口にすれば、余計に岬を苦しめるだけだ。

「君を裏切った。それでも俺を赦《ゆる》してくれるのか」

「赦さなきゃならないことなんて、ない」

僕は泣きそうになった。

「じゃあ、責めるつもりもないのに俺を呼び出した理由って何なんだよ」

「演奏を聴いて欲しくて」

「そんなもの、いつだって聴いてやるよ」

「これが最後の、演奏になると思う」

自分の耳を疑った。

「……どういう意味だ」

「その通りの意味だよ。僕はもうピアニストになる夢を捨てる。いつ片耳が聞こえなくなるか分からないような病気を抱えながら演奏活動を続けていくのは不可能だ。ピアニストになれないのに、鍵盤を叩くのは未練がましくて耐えられそうにない。だからこれを限りにピアノを弾くこともやめる」

「待てよ！」

思わず叫んだ。

「何てもったいないことをするんだ。君ほどの才能、望んだって決して手に入らないっていうのに。君の崇拝するベートーヴェンは難聴と闘いながら作曲を続けたんだろ。君ならその勇気を見習うべきじゃないのか」

「夢を捨てるのにも、勇気が要るんだよ」

岬は悲しくなるほど優しい声でそう言った。

「これでもずいぶん考えに考えた上で出した結論なんだよ。これ以上、誘惑しないでくれないか。今の僕には鷹村くんの言葉が一番辛い。最後の聴衆に君を選んだ僕の気持ちを少しは察してくれ」

静かだが肺腑から絞り出すような言葉に、もう逆らいようがなかった。

「リベンジ、という訳でもないのだけれど、僕は不首尾に終わった〈悲愴〉を最後まで弾きたい」

柔らかだが有無を言わせぬ口調。

僕は居住まいを正してピアノ横の椅子に座る。これが岬最後の演奏になるのなら、音を聴くだけでなく、運指や姿勢、表情までも記憶に留めるべきだと考えたからだ。

「中断してしまった第二楽章から始めさせてもらうよ」

自ら最後の演奏と宣言したのも手伝ってか、岬には珍しく気負いが見えた。鍵盤の上に両手の指を翳した時、表情に躊躇いがあった。

だが、それも一瞬で消えた。

流麗で馴染み深い八小節の伴奏が始まるや否や、岬の全神経はピアノに集中したようだった。

たおやかに揺らぐ変イ長調。小ロンド形式という曲調もあり、岬の指は軽やかなステップを刻む。ただ、文化祭のステージで聴いた時とは打って変わった印象がある。演奏者本人が難聴という爆弾を抱えているせいもあって、平穏さの中に祈りのようなものが感じられる。だから聴いていても平穏さの中に切なさが入り込む。

運指は緩やかだが、岬は一音一音を噛み締めるように弾く。慈しむような指が鍵盤を愛撫する。

この幸福な時間が永遠に続いて欲しいと思う。岩倉の死も、春菜の逮捕も、そして岬の難聴も存在しないまま過ぎて欲しいと思う。

再現部、ホ長調に転じる箇所で、僕は少なからず緊張する。ここは前回、岬が不調の兆しを見せた場所だ。だが僕の心配をよそに、岬のピアノは悠然と旋律を奏でる。どうやら、まだ発症はないようだ。

そして至極当然のことに思い至った。聴いているこちらも、いつ演奏が途絶えてしまうか分からない。まるで薄氷の上で踊っているのを観ているようなものだが、滑っている本人にとっては比較にならないほどの恐怖だろう。時限爆弾のタイマー音を聞きながら演奏する——そんな怖ろしい演奏を岬は顔色一つ変えずに行っている。それはどれほどの自制心とどれほどの自信を必要とするのだろうか。

ホ長調に転じたメロディが不意に哀愁を帯びながら、音量を増していく。岬の左手が細かなリズムを、右手が主題を奏でる。以前に見せた奔放さに加え、今の岬のピアニズムには慎重さが溢れている。一音も外さない、一フレーズも揺るがさない——そんな決意が聴きとれる。奔放さと慎重さという相反する要素を取り込みながら、演奏技術は更に高まった印象がある。

そうだ。今の岬のレベルでもまだまだ完成形ではないのだ。この若きピアニストは修練と経験で、もっともっと高みに上る可能性を秘めている。それなのに彼はこれでピアノから離れなければならない。

理不尽だと思った。どうして音楽の神様は自分のような凡人を放っておきながら、岬のような才能ある者に試練を与えるのだろうか。

綺麗ごとでも何でもなく、代われるものなら代わってやりたい。僕などがたとえ突発性難聴になったとしても、それほど生活に支障が出る訳ではない。だが岬にとっては致命的とも言える障害だ。どう考えても彼が抱えるべきものではないだろう。

旋律が緩やかになると、徐々に音が絞られていく。だが消えてしまいそうになる寸前でまた音を繋ぐ。

儚《はかな》い音が囁くように細くなる。弱音でも音に強靭な芯を感じさせる岬のピアニズムは健在だ。

不意に冒頭の主題が、伴奏を三連符に姿を変えて戻ってくる。これも弱音なので、僕は一層耳に神経を集中させて残響音をも聴き逃すまいとする。

そして主題の片鱗をちりばめて第二楽章は終わった。

岬は一拍置いてから、すぐ次の楽章に移る。一休みすらしないのは曲の緊張感を持続させる効果があったが、岬自身が難聴の到来に怯えて先を急いでいるようにも思える。

第三楽章ロンド　アレグロ　ハ短調。

矢庭に軽快だが、哀しみを帯びたステップで最終楽章の幕が開ける。これもまたクラシックやベートーヴェンには無縁な者でも耳に馴染みのあるメロディだ。

強い打鍵が、僕の胸に楔《くさび》を打ち込む。続く切ない旋律が、穿《うが》たれた穴から侵入して胸奥をまさぐる。戸惑い、壁にぶつかりそうな不安なリズムで否応なく心が掻き乱されていく。

この楽章の主題は分散和音の伴奏の上に第一楽章の第二主題が重ねられている。本来はヴァイオリンとピアノの二重奏のために作曲された曲だったのだが、結局はピアノソナタのフィナーレに使用されることになった。そのためだろうか、提示部の途中から変イ長調での対位法が見えてくる。この楽想が聴く者に切迫感を与えている。効果的なフーガ。僕は束の間、目の前の演奏者とともに何ものかに追いかけられているような気分に襲われる。

再現部に入ると曲調は一層悲劇的な色合いを帯びる。第一主題もまた哀愁に染まる変調を見せる。第一主題はハ短調で第二主題はハ長調で現れ、互いに縺れ合い、捩り合って突き進んでいく。

ここに至って、やはりこのピアノソナタは非業の宿命を謳う曲であることに思い至った。難聴の兆しに怯えるベートーヴェンが運命を呪い、音楽の神に怒りをぶつけているさまが目に見えるようだ。

その姿はちょうどこのソナタを紡いでいる岬にぴたりと重なる。かの作曲者を敬愛してやまない岬も同じ運命に怒り、嘆いている。

どうして選りに選ってこの自分が。

こんなにも音楽を、こんなにもピアノを愛しているというのに。

作曲者と演奏者の怒りを内包しながら旋律が上向と下向を繰り返す。リズムはおどろおどろしく低く踊る。

岬は唇を真一文字に締めて、全身で演奏しているように見えた。腕の振り、鍵盤に覆い被さる上半身、ペダルを踏む足。五感を駆使し、身体の全てを一曲に捧げている。その狂おしさには嫉妬すら覚える。ピアノを弾くためだけに生まれた者が、その持てる才能の限りを発散させている。僕が渇望しながら、遂に手に入れることのできなかった悦楽を、彼は呼吸をするのと同じくらい簡単に享受しているのだ。

曲が進むにつれて悲劇の予感が高まる。いったんは春の陽射しを思わせる旋律に心が緩むが、これはあくまでひと時の安らぎに過ぎず、すぐに孤独の影が僕の上に伸《の》し掛かってくる。人の少ない冬の舗道を一人で歩いているような寂寥が胸を打つ。

一七一小節目に再びロンドの旋律が頭を擡《もた》げると、第二主題は三連符へ発展してコーダに移る。

最後の疾走。岬の両手は一気呵成に加速する。

肉迫するメロディ。

きりきりと心を締め上げるリズム。

僕は息をするのも忘れて、岬の一挙手一投足を見守るしかなかった。

これで、本当にお終いなのか。

君は音楽と縁を絶ってしまうのか。

どうか嘘だと言ってくれ。

さもなければ時を止めてくれ。

まだ終わらないでくれ。

だけれど、僕の願いを無視してメロディはクライマックスを迎える。変イ長調が一瞬だけ顔を覗かせるが、三連符の下降音型でまた陰鬱なハ短調に戻る。

そして万感の想いを込めた最後の一打。

フォルテシモか、それともフォルテシシモか。息の根を止める打鍵に貫かれて、僕は身じろぐこともできなかった。

最後の一音がしばらく宙空を棚引き、そして幽く消えていく。

演奏を終えた岬は肩を落とし、音の余韻を確かめるように固まっていた。僕も同様に、金縛りに遭ったままでいる。

やがて目を閉じていた首が、納得するように一度だけ頷いた。

「今までありがとう」

目蓋を開いた岬は、ひどく懐かしそうに僕の顔を見た。

「これでもう、悔いはない」

そう言って僕の肩に手を置くと、静かに音楽室を出ていった。

それ以来、岬は僕たちの前から姿を消してしまった。あの日が彼の最終登校日だったのだ。

「お父さんの転勤が急に決まったらしくてな」

朝礼で棚橋先生は弁解がましくこう告げた。

「本人も仰々しいのは苦手だと言っててな、自分が転校することは黙っていてくれと頼まれたんだ。結局、彼がこのクラスにいたのはたったの半年だったなあ」

一瞬、クラスには衝撃が走ったが、その後にはすぐ安堵が訪れた。板台も美加も、憑き物が落ちたように表情を弛緩させていた。

たった半年。しかしこの上なく濃密で、緊張感に満ちた半年だった。クラス全員が音楽の高みを知り、己の才能の限界と矮小《わいしょう》さを思い知らされた。板台と美加が示した安堵は、その責め苦から解放されるからに他ならない。

祥平に後から聞いた話では、僕はその日一日惚《ほう》けたようにしていたらしい。事実、何の授業でどんな話を聞いたのか全く記憶に残っていない。

唯一憶えているのは、学校が終わってから彼のマンションに直行したことだった。既に昨日のうちに引っ越したらしく、部屋の前に立っても住人のいる気配はしなかった。インターホンを鳴らしてみたけど、もちろん何の反応もなかった。

ひと夏の終わりとともに、もう一つ別の何かが終わろうとしていた。

エピローグ

これが僕の十年前に犯した罪の全てだ。

犯人隠匿罪。聞き齧《かじ》った法律知識では二年以下の懲役又は二十万円以下の罰金とされているが、いずれにしても公訴時効の三年を経過しているので、僕を罪に問える者は存在しない。

岬洋介以外には。

彼がいなくなってからも、僕は連絡を取ろうともがいていた。このまま口を噤んで自分の罪を隠し続けてもいいのかどうか、彼に答えを求めたからだ。しかし彼の消息は杳《よう》として知れず、いつしか僕も日々の雑事に追われて日常に流されていった。

夢を捨てる勇気、と彼は言った。音楽の才能に見切りをつけた僕は早々に違う道を見つけることができたに救われた。今でもそう選択したことに後悔も未練もない。僕にも重く伸し掛かる言葉だったが、結局はそれからだ。今でもそう選択したことに後悔も未練もない。選んだ職業は天職とまでは言えないまでも、自分と他人を幸福にできるものなのでそれなりに満足な毎日を送っていた。

だが岬は違う。

あの才能は野に埋もれていいものではない。病気なんかで封殺されていいものではない。どんな経路を辿ってもいいから、いつか復活して欲しい——心からそう願わずにいられなかった。

そんなある日、僕はNHKのドキュメンタリー番組で偶然にも岬の姿を目撃したのだ。

新聞社主催のピアノコンクール。番組の主役は前年のショパン・コンクールのファイナリストだったが、その中に岬の演奏風景が挿入されていた。リストの〈超絶技巧練習曲第四番ニ短調　マゼッパ〉。プロの演奏家でもコンクールやリサイタルでは避けるであろう難曲を、しかし岬は見事に弾き果せた。

それを見た瞬間、僕は彼が甦ったことを遅まきながら知ったのだ。懐かしさと歓喜が同時に訪れ、僕はしばらくテレビの前で目頭を熱くしていた。

数年間の空白に何があったのかは僕にも知る由がない。それでも彼は音楽の世界に帰還したのだ。あのめくるめく、人を狂わせ、絶望させ、昂らせる悲愴の世界に。

そして今、彼の名前と顔はショパン・コンクールを通して世界中に知られるところとなった。だが世界的な人物になっても、きっと彼は彼だ。十年経ってもあまり変わってはいないだろう。変わっているとしてもおそらくは好ましい方向にだ。岬が歪んだり黒くなったりする姿ほど想像しにくいものはない。

僕には、はっきりと分かる。

彼は今もどこかでベートーヴェンを弾いているに違いない。難聴の運命に抗い続けるために、そして聴衆を奮い立たせるために。

彼への称賛は我がことのように嬉しかったけれど、同時に自分の罪を思い出した。

忘れられることではなく、忘れていいことでもない。でも、誰に真実を告げれば懺《ざん》悔《げ》したことになるのか。

今また岬は僕の前に姿を現した。きっと、もう逃げるのはやめろという何者かの警告なのだろう。

それでようやく決心した。

僕はあの夏のことを包み隠さず書き残そうと思う。事情を知っている人間にだけはそうと知れる形。小説のような形で世に出すことができれば一番望ましい。今、僕は仕事柄別の名前を使っているが、岬の実名を出しておけば彼自身がいずれ目に留めてくれるだろう。

十年間の懺悔は彼にこそ捧げるべきなのだ。

僕はパソコンを起ち上げると、真っ白な原稿に早速タイトルを打ち始めた。

『〈どこかでベートーヴェン〉　中山七里』

Concerto《コンチェルト》

～協奏曲～

1

「岬検事ィ。調書、ここに置いときますねえ」

村役場の職員と見紛う服装の紀藤《きとう》事務官が、ファイルを机の上に投げ出した。岬恭《きょう》平《へい》は一瞬咎《とが》めそうになる己をすんでのところで押し留める。この若い事務官に悪気はない。ただ検事に仕える事務官として、訓練が行き届いていないだけなのだろうと好意的に解釈する。

これが東京地検であればと思いを巡らせ始めるが、そうなればますます都落ちの気分を反芻《はんすう》することになりかねないので、それもやめておく。とにかく今は、与えられた場所で与えられた仕事を粛々とこなしていくより仕方ない。岬は気を取り直してファイルを広げるが、しかし鬱屈が晴れる訳でもない。

同じ地方検察庁といっても東京地検とその他の地検では、規模も違えばヒエラルキーも雲泥の差になる。区検察庁ともなれば尚更《なおさら》だ。

この三月まで岬はさいたま地検に勤めていた。担当する事件は百戦百勝、そのまま順当に進めば、異動の際には首都圏の地検で三席・次席の地位を得、東京地検あるいは高検で更なる上席を目指す——それが既定路線のはずだった。

その既定路線がいきなり狂ってしまった。

前任の担当検事から引き継いだ至極単純な死傷事件、検察側の求刑は懲役十五年。日本の刑事訴訟では有罪率は99・9パーセント。懲役十五年の求刑であれば情状酌量の余地があったとしても十二年は堅い数字だった。ところが下された地裁判決は懲役三年、しかも執行猶予までついた。求刑の五分の一で執行猶予まで付されたとなれば、事実上の敗北に近い。

対峙《たいじ》した相手の名前と顔はおそらく金輪際忘れることはないだろう。御子柴礼司《みこしばれいじ》――圧倒的な勝率を誇りながら多額の報酬でなければ引き受けず、しかも法廷闘争では手段を選ばないことから〈悪辣〉の名をほしいままにしている弁護士だ。目を閉じるだけで、尖《とが》った耳と酷薄そうな唇が浮かんでくる。

引き継ぎ案件という事情もあり表立って岬を非難する者はいなかったが、四月の異動で上層部の意向を知らされる。首都圏の地検から岐阜御嵩《ぎふみたけ》区検察庁へ。規模といい方向といい、左遷以外の何物でもない。

宮仕えの身でもあり、左遷の理由を問い質すような無様な真似はしたくなかったので、内示を受けた際にも唯々諾々と従った。思うところがあったのだろう。内示を言い渡した次席検事は弁解がましく付け加えた。

『これは決して懲罰人事の類いではないと思う。ただああいった判決を食らった以上、その当事者をこのまま地検に置いておけば内外からの雑音が直接君の耳に入ってくる惧《おそ》れもある。それは君も本意ではあるまい。ほとぼりが冷めるまで、しばらくは激務から離れていろということじゃないのか』

厚めのオブラートに包んでみても、結局は懲罰であることに変わりはない。岬は忸《じく》怩《じ》たる思いを胸に抱いたまま、御嵩区検に転任した。

やってきて改めて思い知らされたのは、土地の辺鄙《へんぴ》さだった。庁舎最寄りの御嵩駅は名古屋《なごや》鉄道広見《ひろみ》線の終着駅だが、新可児《しんかに》駅からは単線で全ての駅は無人。走っているのも古色蒼然《こしょくそうぜん》としたワンマン電車で、弥《いや》が上にも場末感が際立つ。

不思議なのは赴任に帯同してきた息子、洋介の反応だった。街から田舎への移転をさほど苦にもしていないどころか、加茂北高校音楽科への転校が決まると嬉々《きき》としていたくらいだ。こんな僻地《へきち》の高校のどこにそんな魅力があるのか、岬には全く理解ができない。

岬は溜息《ためいき》を洩《も》らすのを堪《こら》えて、粗雑に置かれた調書のファイルを開く。事務官に渡す前にいったん目を通しているので内容は把握しているが、目下のところ扱う事案はそれだけなので他に見るものがない。

御嵩区検における岬の最初の重大事案は、以下のような事件だった。

五月十一日未明、御嵩町内の寿司屋〈寿司庄《すししょう》〉で店主の建部庄之助《たてべしょうのすけ》四十六歳が殺されているとの通報があった。通報者は被害者庄之助の長男である研造《けんぞう》十九歳。彼が帰宅したところ、店内で血塗《ちまみ》れになっていた父親を発見し、急ぎ警察と救急車を呼んだとのこと。通報を受けた可児警察署の強行犯係数名と救急隊が現場に向かったが、その場で建部の死亡が確認された。

駆けつけた検視官が見立てるまでもなく、誰の目にも死因は明らかだった。胸部に深々と刺さった出刃包丁。刃先は心臓を貫き、他に外傷らしきものはなかった。この時、検視官が示した死亡推定時刻は午後十時から同十一時にかけて。発見が早かったこともあり、検視官の見立ては司法解剖の結果とほぼ同じだった。

寿司屋の店舗は居宅と棟続きになっており、店舗側は帰宅する研造のために施錠されていなかった。元よりこの界隈は犯罪が少ないことも手伝い防犯意識が希薄だったのだが、建部の場合はそれが災いした。

可児署強行犯係の見立てでは何者かが店舗側から忍び込んだところ、奥から出てきた建部と鉢合わせになり殺害されたかたちだ。凶器となった出刃包丁は店舗の厨房《ちゅうぼう》にあったもので、建部と乱闘になった賊が手近にあったそれを使用したと推測される。店内には乱闘の跡も確認されている。

田舎になればなるほど人間関係は濃密になるので、こうした殺傷事件の容疑者は絞られやすい。建部の事件もその例外ではなく、容疑者はすぐに割れた。

牧瀬《まきせ》二郎《じろう》四十五歳、独身。産廃業者。近所の話では建部とは浅からぬ因縁があり、牧瀬本人も評判のいい男ではなかった。事件発生から一週間後、可児署は牧瀬を殺人容疑で逮捕するに至る。

もちろん近所の評判を鵜呑《うの》みにして逮捕するはずもなく、決め手は二つあった。一つは建部の死亡推定時刻にアリバイがなかったこと。そしてこれが最も大きな要因だが、凶器の出刃包丁から牧瀬の指紋が検出されたのだ。

岬は捜査資料にある、出刃包丁の写真に視線を落とす。出刃包丁は魚をさばくのに最適らしいが、建部はより使いやすくするためか柄をやや長めにしている。捜査員の話では他の調理器具についても、逆に柄を短くしたり握りに滑り止めを貼ったりと工夫をしているらしい。

刃渡りというのは切っ先からアゴにかけての名称だが、凶器の出刃包丁は心臓を貫通したこともあってほぼ全面が血に塗れていた。

握りの部分から検出された指紋は建部と牧瀬のもの二種類のみ。因《ちな》みに指紋採取の直後に牧瀬が捜査線上に浮かんだのは、本人に前科があり警察のデータベースに採取された指紋が登録されていたからだ。

チャンスに方法、そして揺るぎない物的証拠。これだけでも牧瀬の有罪は確定したも同然だ。岬に残された仕事といえば、この後の検事調べで殺害の動機を確定させ公判に向けて万全の準備をするだけだった。
簡単な事件だと、その時点では考えていた。

午後になって、可児署から牧瀬が移送されてきた。岬は紀藤を引き連れて執務室に移り、手錠と腰縄で拘束された牧瀬と対峙する。

「では聴取を始めます」

検事調べといっても容疑者から訊《き》き出す内容は、警察の取調室で聴取したこととほぼ変わりない。供述調書も司法警察員の作成したものを員面調書、検察官が作成したものを検面調書と呼称する違いでしかない。

被疑者牧瀬二郎の第一印象は典型的な半グレだった。牧瀬は産廃業を自営しているが、ここ数年はまともに仕事をしておらず、恐喝やら詐欺やらヤクザ紛《まが》いの行為で日銭を稼いでいるらしい。四十も半ばの男に半グレというのも妙な話だが、牧瀬の顔を見ているとそう形容するしかない。世を拗《す》ね、他人を嫉《そね》む気持ちが面に出ている。加えて粗暴さを隠そうともしていないので、不良中学生をそのまま老いぼれさせたような雰囲気を醸している。

以前、懲役を終えた元受刑者から話を聞いたことがある。それによると、刑務所に収監された受刑者は大きく二通りに分かれるらしい。一つは人の愚かさ浅ましさを反面教師にして思慮深くなる者。そしてもう一つが、犯罪者の群れに再教育される半端者。おそらく牧瀬は後者だろう。

「強姦《ごうかん》の前科があるね」

岬は機先を制するように言葉を続ける。前科者だからといって普段はこうした攻め方はしないのだが、今回の事案は前科が大きく関与している。

「ちゃんと勤めを果たして戻ってきたんだから、マエのことはいいじゃないですか」

牧瀬は鬱陶しそうに抗弁する。岬にはその抗弁こそが鬱陶しい。

「塀の外へ出て同じことをしていたのでは、勤めを果たしても意味がない」

指摘された牧瀬は忌々しそうに鼻を鳴らす。

「出所してから捕まったこと、ありませんでしたよ」

「強姦は親告罪だからね。いくら非道があったとしても、被害者が泣き寝入りすれば警察も手出しはできない」

それこそが建部と牧瀬の因縁だった。

出所してからも牧瀬の性癖は矯正されていなかった。半年に一度の割合で強姦あるいは準強姦を繰り返していたが、被害女性が泣き寝入りをしていたので逮捕されることはなかった。

ただし逮捕されなかったというだけで牧瀬の悪評はついて回る。この鼻つまみ者に堂々と立ち向かったのが、建部の妻菜々美《ななみ》だった。自治会の環境委員を務めていた菜々美は牧瀬の産業廃棄物不法投棄を協議会で槍玉《やりだま》に挙げたのだ。

牧瀬はただ指を咥《くわ》えて見ているような男ではなかった。ある日の夕方、買い物帰りの菜々美をクルマに引きずり込み慰みものにした。しかもそれだけでは飽き足らず、情交場面を撮影し、写真を近所のポストに投函《とうかん》するという非道を重ねた。

菜々美は首を吊《つ》った。

後に残された建部は警察に訴えたが、被害者が死亡してしまっていてはどうしようもない。被害者の親族も告訴権を有するが、時間の経過に伴って強姦の事実を示す証拠もない。結局は泣き寝入りだ。

だが建部は妻を殺された恨みを決して忘れなかった。

「被害者は事ある毎に、あなたをつけ狙っていた……可児署の取調室で供述した内容に間違いはありませんね」

「ありませんよ。あの野郎、家にまで押し掛けてきて女房を返せだの殺してやるだの、うるさいったらなかった。道端で殴りかかってきたのも一度や二度じゃない。まあ、そのたんび返り討ちにしてやりましたけどね」

牧瀬は悪びれる風もない。

「しかしそう何度も続けば、身の危険を感じるようにもなる。それで十日の夜、被害者の店舗に忍び込み、姿を見つけられた被害者と乱闘になり、厨房にあった出刃包丁で殺害した」

途端に牧瀬の反応が変わる。

「それは違う。俺はあのオッサンを殺してもいなけりゃ押し入ったりもしない。あの日の夜はずっと自分の家にいたんだ」

岬は員面調書に目を落とす。やはり、ここでも牧瀬は同じアリバイを主張してきた。

「しかし、それを証言する者はいない。証言者には不適格な家族すらもあなたにはいない」

「行ってないったら行ってないんだ」

「近所の人の話では、大抵その時間、あなたは外出しているらしいじゃないですか。どうして十日に限って在宅していたんですか」

「それは刑事さんに話しましたよ」

「もう一度、改めて」

「これから繰り出すって時にいきなりペンキをぶっかけられたんですよ」

員面調書の内容ではこうだ。十日の午後八時半頃、牧瀬は外出しようと家を出た。ところが家の前の角から何者かが飛び出してきて、牧瀬の頭から大量のペンキを被《かぶ》せた。突然のことに驚いていると、何者かはあっという間に姿を晦《くら》ましてしまったというのだ。

「ラッカー系の塗料で水じゃ洗い落とせないわ、臭いはキツいわで、風呂に入っても取れやしない。家の中にじっとしているよりなかったんだ」

「まるで誂《あつら》えたような嘘《うそ》だな」

「嘘じゃないったらっ」

「それじゃあ、どうして凶器の出刃包丁にあなたの指紋がべっとり付着している？　確か〈寿司庄〉には一度として足を踏み入れたことがないんじゃなかったんですか」

犯した女の亭主が切り盛りしている店で呑《の》む度胸はさすがにないのだろう。事実〈寿司庄〉の常連客は、店で牧瀬を見たことは一度もないと証言している。つまり殺害の現場に立ち会っていなければ、包丁に牧瀬の指紋が付着し得ない証左の一つだ。

だが、岬は念には念を入れて質問する。凶器となった血塗れの出刃包丁の写真を牧瀬の眼前に置く。

「事件のあった十日以前、これに触れたことは？」

「こんな物、見たこともない」

「しかしあなたの指紋が採取されている。それだけじゃない。力いっぱい握ったように掌紋まで取れている。あなたの話には整合性がまるでない」

「本当なんだ。あの店には一度も行ってないんだよ」

牧瀬は必死の面持ちで食い下がる。この顔だけ見せられ、凶器に指紋さえ残っていなければ、あるいは岬も信じてしまうかもしれない。

実際、鑑識が隈《くま》なく捜査しても、現場からは牧瀬の足跡や毛髪は発見されなかった。指紋が残っていたのも凶器に付着したものだけだった。

これに対する可児署強行犯係の意見はこうだ。

『牧瀬は前科持ちです。強盗なり殺人なり事後処理については塀の中でたっぷりレクチャーを受けたに違いありません。帽子を目深に被っていれば毛髪の抜けるのを防げます。足跡も消すことができます。現場で自分が触れた部分を拭き取ることもしたでしょう。ただ殺しは初めてだったので、うっかり凶器に付着した指紋だけは拭き取るのを忘れてしまった』

こうして本人と話していると、牧瀬という男が慎重でもなければ賢明でもないことが分かる。従って捜査員の意見も頷《うなず》けないことはない。

だが、一方で違和感も払拭できない。証拠隠滅を図ったのなら、凶器に付着した指紋など、いの一番に拭き取るべきだろう。それを忘れて足跡や毛髪の残留を気にするのは、いくら牧瀬が浅慮であったとしても辻褄《つじつま》が合わない。

それでもアリバイが立証できない以上、この男にはチャンス・方法・動機の全てが揃《そろ》い、動かし難い物的証拠まである。

この違和感をどうしたら解消できるのか。牧瀬の供述は員面調書の記述と何ら変わることがないから、これ以上続けても無駄だろう。

岬は割り切れない気持ちを抱いたまま牧瀬の聴取を続ける。それは台本を二人で読みあわせるような作業だった。

一時間に及ぶ聴取が終わると、牧瀬は同行してきた捜査員に連れられて可児署の留置場に戻っていく。裁判所には既に勾留請求をしているので岬はこれから十日間、延長が認められれば更に十日間の猶予の中で起訴するか否かの処分決定をしなければならない。

ただし最大二十日間というのはあくまで制度上の話であり、確実に有罪の見込める案件はその限りではない。公判を維持するのに全てが揃っている牧瀬の場合は明日にでも起訴決定してもいいくらいだ。

犯罪の態様は様々あるが、煎《せん》じ詰めてみれば色と欲と恐怖だ。牧瀬は建部の復讐を怖れて先手を打とうとした。店に乗り込んだのも当初の目的は威圧だったのかもしれない。凶器が厨房にあった出刃包丁だったのは、牧瀬が他の凶器を準備していなかったことを物語っている。

その威圧目的が、建部の予期せぬ抵抗に遭って殺害にかわった。予期せぬ行動だったから証拠隠滅は中途半端になり、アリバイも取ってつけたような代物しか用意できなかった――自ら組み立てた物語に岬は頷く。これなら牧瀬が凶器に付着した指紋を拭き取らなかった理由を説明できる。少なくとも可児署強行犯係の立てた筋書きよりは説得力を持つ。

だが、別の自分が一向に納得していない。これだけ条件が揃っているというのに、なかなか首を縦に振ろうとしない。違和感が払拭されないまま、胸の襞《ひだ》に絡まっている。

「検事ィ。取り調べ、お疲れ様でした」

部屋へ戻るなり、紀藤事務官が思い出したように話し掛けてきた。検察事務官は検事の影となる存在だ。東京やさいたまの地検では検事調べにも同行していたが、ここでは勝手が違うらしい。紀藤は事務官になって間がないと聞いているが、上昇志向が感じられない。研鑽《けんさん》して検事に昇格するつもりはないのだろうか。

「僕、ちょっと緊張してましたよ」

「区検の管轄では殺人が珍しいからかね」

「それもあるんですけど、被疑者の牧瀬、名前だけですが知っていたんです。あ、もちろん近所の噂《うわさ》程度にです」

「何だ。君は被疑者の近所に住んでいたのか」

「いいえ、二つ隣の地区です。それでも牧瀬はヤクザ者だから近づくなという話は伝わっていますから」

「ある程度、相手の人となりが分かっているのなら、代わってやってもよかった」

するとと紀藤はぶるぶると首を横に振った。

「そんな滅相もない。名前だけでも知っているから、余計に腰が引けてしまいますよ」

岬は胸の裡《うち》で嘆息した。

東京地検や前任地のさいたま地検とはあまりに様相が違っている。かの地の検察事務官たちは、検事調べがあろうものなら熱心に検事と被疑者のやり取りを観察していた。検事不在の折には、自分が代わって被疑者取り調べをしなければならないからだ。そして、そういう経験を積み重ねることによってスキルを上げ、検察事務官三級から二級、二級から副検事、そして検事へと階段を上っていく。

岬は出世欲のない者、覇気のない者を肯定的に捉えられない。上昇志向に盲従する訳ではないが、背伸びをしない人間に成長は有り得ないと考えているからだ。

今の若い連中は皆こんな風なのだろうか。

そう考えた時、ふっと洋介の顔が思い浮かんだ。

2

案件が少なければ、それに関わる書類仕事や雑務も当然少なくなる。区検での仕事は時に定時で終わることもあり、それまで残業が当たり前であった岬にはそれも驚きの一つだった。

帰宅が早くなるのは、慣れない上に気後れがあった。早くに戻れば息子と接する時間も長くなるからだ。自分の息子と一つ屋根の下にいることが、何故こんなにも気疲れを覚えるのか。

借り上げ社宅として契約したマンションの一室が岬の住まいだ。３ＬＤＫの間取りは家族帯同には手狭だが、父子二人の生活には充分な広さだった。

「帰ったぞ」

ドアを開けると、玄関には洋介の靴がある。帰宅しているのに返事がないのは、まただぞろ部屋に籠《こ》もってピアノを弾いている証拠だった。

耳をそばだてると、洋介の部屋からかたかたと鍵盤《けんばん》を叩く音が洩れている。ピアノの音がしないのは消音機能を使っているからだ。

どうせ夕飯も食べてはいまい。放っておけば何時間も飲まず食わずで弾き続けるので、強制的に止《や》めさせる必要がある。

ノックもどうせ聞こえない。いきなりドアを開けると、案の定、洋介はヘッドフォンをして鍵盤を叩《たた》いている。これではマンションが爆撃されても気づくかどうか。

背後から肩を叩くと、夢から醒めたような顔をこちらに向けた。

「ああ、おかえりなさい」

「飯は」

「今から作るよ」

岬は自炊することが滅多になく、洋介が家にいる時は家事を任せっきりにしている。やらせてみると母親に似たのか、炊事も洗濯も要領よくこなしてしまうのだ。

「ピアノばかりじゃなく、ちゃんと……」

「『法律概論』は読み終わったよ」

こちらの言葉を遮るように言うと、洋介はそそくさとキッチンへ行こうとする。こうした如才のなさは自分にも妻にもなかったものだ。おそらく父子家庭の中で培われたものだろう。

すれ違う際、洋介の左頬に湿布が貼られているのを見つけた。

「どうした、その顔は」

場所が場所だ。まさか転倒したとかの傷ではないだろう。

洋介はぶすっとしたまま答える。

「クラスメートとやらかした」

「やらかしたって……」

「先に手を出してきたのは向こうだった。やむなく自衛に回ったから、正当防衛が成立する」

親がこういう職業のせいだろうか、いつしか岬が責めようとする前に、理論武装して抵抗しようとする癖がついた。

「正当防衛かどうか知らんが、原因はお前にもあるんじゃないのか。理由もなく殴りかかるようなヤツはそうそうおらんだろう」

「何にだって理由はつくよ。本人にはどうしようもない理由でもね」

「どんな理由だったんだ」

「僕が僕であるという事実」

洋介はさらりと言ってのける。この息子は、時々大人びたことを口にする。それが単なる背伸びや虚勢でないことくらいは分かるので、岬はますます当惑する。

「嫌われてるのか」

「少なくとも敬遠はされてるみたいだね」

やはりそうか、と思う。洋介が周囲から浮いているのは今に始まったことではない。

亡き妻遥子《ようこ》から伝え聞いた話では、幼稚園の頃から異彩を放っていたらしい。それが小学校・中学校と進級する度に顕著になっていった。協調性が不足しているのかと、父親としては気になるところだ。

ところが遥子は心配するどころか、息子の行動をするがままに任せた。

『いいじゃないですか、周囲から浮くくらい。洋介本人が悪さをしていないのに浮いてしまうのは、周囲に原因があるからです』

遥子はそう言って洋介を弁護したが、岬にはあまり説得力がなかった。遥子自身もどこか浮世離れした母親だったからだ。

実際、遥子と洋介は酷似していた。世の母子が似ているのとは少し趣が異なり、岬の目には歳の離れた一卵性双生児のように映った。人当たりの柔らかさに喋《しゃべ》り方、ピアノに向かった時の凜々《りり》しさは瓜二つだった。

そして何よりもその瞳。遥子も洋介も日本人離れした鳶《とび》色の目をしていた。遥子が元々ロシア人の母親を持つハーフだったせいだが、その特徴ゆえに最近ではますます母親の面影が際立ってきたように思える。ピアノを弾いている横顔を見ると、ふとした瞬間に遥子と重なるほどだった。

「でも大丈夫」

岬の想いを知ってか知らずか、洋介は事もなげに言う。

「この湿布は別のクラスメートが貼ってくれた。そういう友だちも、いる」

「音楽科だからこその軋轢《あつれき》じゃないのか」

するとと洋介は、不思議なものを見るような目をした。

「どうしてそんな解釈をするんだよ。音楽は人と人を結びつけるものじゃないか。融和はあっても軋轢なんてない」

そう言ってキッチンへと向かった。後に残された岬はまたも妻子から拒絶されたような疎外感を味わう。


元より岬は音楽の趣味に乏しい。八十年代のアメリカン・ポップスくらいは聞き覚えがあるものの、クラシックしかもピアノ曲となると耳に馴染《なじ》みがない。何しろ学生の頃から司法試験の勉強に明け暮れ、検察庁に入庁してからは調書や捜査資料に首ったけだった。とてもではないが悠長にクラシック演奏を愉しむ余裕などなかった。

それなのに、出逢《であ》った伴侶はピアノ弾きだった。

生まれ育った環境も違えば、趣味嗜好も価値観も異なる。信奉する神も片やテミス、もう片方はミューズ。当時はハーフという存在に偏見が根強く、どちらかと言えば保守的な岬にはどれもが相反する要素だった。

それなのに、強く惹《ひ》かれた。

気がついた時には一緒に暮らしていた。岬を深く知る者ほどこの組み合わせには驚き呆《あき》れ、中には偽装結婚を疑う無礼者までいた。

遥子の何が自分を惹きつけたのか、今となっては説明が難しい。己の持ち得ないものに憧れがあったのかもしれないし、あるいは魔が差したのかもしれない。確かなことは、遥子とともに暮らした十数年間が不思議に充実していた事実だった。

ともあれ、遥子を失ってからの岬はしばしば虚無感に苛《さいな》まれた。失ってから初めて存在の大きさに気が付く。自分の人生にとって他人の占める面積がこれほどまでに大きいとは。

同時に洋介への責任の重さを痛感するようになった。本人は母親の遺志を継いでピアニストになるつもりらしいが、今日び音楽で飯を食っていくのが夢物語であるのは、岬でも知っている。今までは趣味の延長として音楽科への編入も許していたが、大学入試が視野に入ってきた今、真剣に法律家への道を自覚させなければならない。毎日、法律関連の参考書を読ませているのもそのためだ。

親の欲目ではないが、洋介は法律家向きの論理的思考に秀でている。理解度を試すために司法修習生用の設問を与えることがあるが、時として模範解答以上の可能性に言及することさえあるのだ。正直、己の青年時分よりも出来がいいのではないかと思う。

「できたよ。野菜炒め」

洋介の声で、キッチンに向かう。テーブルの上には手際よく作られた二人分の食事が並んでいる。

味にうるさい方ではないが、洋介の作ったものは大体食べられる。時には味が濃すぎたり薄すぎたりということもあるが、今日の野菜炒めはちょうどいい塩梅《あんばい》だった。これなら一人暮らしでも充分にやっていけるだろうと思ったが、その時には己も一人暮らしになっているという単純なことに気づく。

「最近、どうだ。学校の方は」

沈黙に耐えかねて絞り出した質問がこれだった。我が子相手に何を気負っているのかと思うが、被疑者相手の尋問の方がまだ気楽だった。

「どうって、何が」

「授業の進み方とか全国模試への取り組み方だ。ここは僻地だから首都圏の高校と、色々勝手が違うだろう」

洋介は咀嚼《そしゃく》にたっぷり時間をかけてから口を開く。

「特に心配していない」

「来年、受験だろう」

「筆記は今の時点で取りこぼしはないと思う。実技も今の状態を維持できればいけると思う」

「実技だと。いったい何の話をしている」

「もちろん音大の話だよ」

　岬は箸を止めた。

「音大は許さんと言ったはずだ」

「僕は承知したと言った憶えはないよ。大学進学は僕の意思だ。特別特待奨学生なら在学期間の学費を全額免除してもらえる。お父さんに経済面で迷惑はかけない」

「音大を出てどうするつもりだ」

「もう何度も言った。僕はピアニストになる。いや、その道しかない」

「なあ、お前の歳は多分に夢見がちなことを言うものだが、少しは現実を見ろ。ピアノ演奏だけで生活をしていける訳がないだろう。独身でもそうなのに、家庭を持つとなったら尚更だ。法曹界を目指せ。お前なら司法試験でそうそう足踏みすることもあるまい」

「僕が踏むのはピアノのペダルくらいだよ」

　こちらが真剣に話しているのに、洋介は聞き流している。二人の間に不協和音が漂う。

「夢を見るのには年齢制限があるんだぞ」

「夢だとは思っていない」

「お前は世の中をなめている」

「お父さんは僕とお母さんと、そしてお父さん自身をなめている」

「……どういう意味だ」

「僕は二人の間にできた子供だからね」

言葉を返そうとすると、早々と皿の上を平らげた洋介が席を立った。

「ごちそうさまでした」


翌朝、岬は牧瀬の自宅へ直行した。

送検された捜査資料は何度も読み返した。被疑者の検事調べも終えた。牧瀬に対する心証は真っ黒で、検事正に報告すれば即日にでも起訴を決定する事案だ。

だが岬はまだ納得できなかった。自ら組み立てた推論も、冷めた頭で考え直してみると所謂《いわゆる》検察側の作文のように思えてくる。当然だ。可児署も検察も牧瀬が犯人であるという前提で捜査をし、そして調書を作成している。

岬は徹頭徹尾論理的であろうと肝に銘じている。法廷を支配するのは感情ではなく、論理だからだ。犯行態様と求刑のバランス、改悛《かいしゅん》の情の有無と判例の比較。全ては法理論に基づくものであり、裁判官の心情はほんの匙《さじ》加減でしかない。

岬を都落ちさせた裁判がちょうどそうだった。御子柴という男は外連《けれん》に満ちた弁論を展開し、予想外の証拠を提出してきた。その度にこちらのペースが乱され、普段の岬では考えられないようなミスを誘発した。錯乱に思考力が低下し、結果的に大敗を喫した。

敗戦は貴重な体験だ。自分の至らなさを克明に弾き出してくれる。それを学び取らなければ折角負けた甲斐がない。

論理論理論理論理。被疑者に対する悪感情を排し、理詰めで考える。そういう姿勢で臨まなければまた同じ轍《てつ》を踏むことになる。

牧瀬の自宅は周囲を塀に囲まれていた。塀の高さは二メートルほどもあろうか。いきなり角から現れた人物にペンキをかけられたという牧瀬の証言にも、一応の信憑性は認められる。ただしその道路は未舗装であり、一見しても土の上にペンキの垂れた跡は残っていない。加えて自宅の洗濯漕からはペンキ塗れの衣服が押収されているものの、付着したタイミングを特定できないので、これまた積極的な物証にはなり得ない。

看板は〈牧瀬産業廃棄物処理工場〉を謳《うた》っているものの、作業場のような建物は見当たらない。築年数の経っていそうな木造二階建てと、すっかり壁の色が褪色《たいしょく》したプレハブ小屋があるだけで、敷地の大部分は廃車や大型ゴミの集積場と化している。家

の前に立っただけで機械油と鉄錆《てつさび》の悪臭が鼻を突いた。おそらく近所からも嫌悪され

ていることだろう。

近隣住民の防犯意識は希薄だが、牧瀬もその例外ではない。門扉は開いたままにな

っており、まるで不法侵入を歓迎しているような佇《たたず》まいだ。いや、敷地の中で目につ

くもののほとんどはゴミなので、盗まれても構わないのだろう。その証拠に施錠もさ

れていないプレハブ小屋の中にあるのは使い古した大工道具や廃材ばかりで、これま

た盗む価値もない代物が放置されている。

岬の持論ではないが、本棚は持ち主の知性を表し、部屋の散らかり具合は精神状態

を表す。その伝で言えば、庭は持ち主の性格を表すのかもしれない。この庭の状態か

ら弾き出される牧瀬の性格は、〈無秩序〉と〈無法〉だ。

家の中は、既に可児署の捜査員が攫《さら》っていてめぼしいものは残っていないはずだ。

その結果採取できたものは牧瀬の荒《すさ》んだ生活を構成するピースではあったものの、犯

行を立証し得る材料ではなかったらしい。

いや、と岬は大きく頭を振る。

これも大いなる偏見だ。庭の状態や家の中の荒《すさ》み方は居住者の性格を知る上で参考

にはなるかもしれないが、決して居住者本人を示すものではない。自戒を込めて、岬

は再度敷地の中を見渡した。

次に向かったのは〈寿司庄〉だった。殺害現場ではあるが、こちらも鑑識が洗いざらい捜査した後で、しかも残った家族の居住場所だ。とうに規制線は外され、警官の見張りもない。司法解剖を終えた建部の遺体も荼毘《だび》に付されている。今はただ主を亡くした寿司屋の幟《のぼり》が空《むな》しくはためくだけだった。

店舗のドアは開いていた。声を掛けると、少し遅れて奥から返事がした。現れたのはまだ少年の面影を残した二十歳ほどの若者だ。

岬が身分を名乗ると、やはり長男の研造だった。

「検事さんって、刑事みたいな捜査もするんですね。初めて知りました」

「警察の捜査だけでは不足という訳じゃないけど、人一人を訴えるんだからね。慎重には慎重を期すということだよ」

「あんな牧瀬みたいな悪人にも人権はあるんですからね。当然と言えば当然なんでしょうけど……」

反応の仕方がいちいち新鮮に映るので、つい自分の息子と比較してしまう。洋介は研造よりも二つ年下だが、親の職業で犯罪慣れしているのかひどく大人びた反応をするのが常だった。

「君は家から大学に通っているのか」

「こんな田舎ですけどね。一時間も電車に揺られたら名古屋とか多治見《たじみ》に出られるんですよ。あんまり冒険心とかないんですね。どうせ同じレベルの大学なら地元でもいいかって」

研造は屈託なく笑う。相次いで両親を失ったというのに、そんな顔をされたら逆にこちらが応える。

「捜査で来られたんですよね。どうぞ見てやってください」

勧めに従って、店の中を見回る。

広さは九坪程度。カウンターの他にテーブル席が四つ。さほど広くもないが、数人で飲み食いするにはちょうどいい。カウンターの端から厨房に続いており、建部の死体はここに倒れていた。

可児署強行犯係の見立ては単純かつ明快だった。表のドアから侵入した牧瀬がカウンターまで進んだところで、奥から現れた建部と鉢合わせする。二人は揉《も》み合いになり、牧瀬が厨房内に押される。牧瀬は咄嗟《とっさ》に厨房内にあった出刃包丁に手を伸ばし、建部に襲い掛かる。だが最初の一撃が見事に急所を捉え、建部は包丁を抜こうと柄に手を掛けるがその場で膝を屈し、そのまま前に倒れる。床に倒れた拍子に包丁は更に深々と建部の心臓を貫き、建部の息の根を止める。当初は威迫目的でやってきた牧瀬は狼狽《ろうばい》し、証拠隠滅も不充分なまま現場から退散する——。

検察側の作文と卑下した状況を、こうして現場に重ね合わせてみると、相応に説得力を持っているのが分かる。

「カウンター近くに乱闘の跡があったんだよね」

「はい。テーブル一脚がこんな風に大きくずれていました」

岬は脳裏でその時の様子を再現してみる。テーブル一つが割に大きいので二人が揉み合いになった際、一脚だけずれたというのも頷ける。

横に立っている研造に気づき、ふと興味が湧いた。

「死体を発見したのは君だったな。午後十一時三十分頃に帰宅」

「ええ。午後九時からその時間まで市内のファストフード店で大学の友人と一緒にいました」

このアリバイは可児署の捜査によって裏が取れている。複数名の証言なので信用していいだろう。

友人と他愛ないお喋りをした直後、父親の死体を発見する。その時の衝撃と絶望を想像すると居たたまれない。

「事件には関係ないことだが、この店をどうするつもりだい」

「元々、家業を継ぐ気もなかったですからね。一人で住むには広過ぎるし、ほとぼりが冷めたら売りに出そうと考えてます。それに親父だって長く続けるつもりはなかったでしょうし」

岬は自然に頭を垂れる。これは司法解剖の結果判明した事実だが、建部の肉体は膵《すい》臓《ぞう》がんに侵され、長生きは望めない状態だったという。

ただいずれにしても人死にのあった場所で、しかもこんな辺鄙な場所では碌《ろく》に買い手もつかないだろう。

思っていることが顔に出たのか、研造が薄く笑いかけてきた。

「ご心配なく。別に高く売ろうなんて思ってません」

「しかし、実家を手放すとなればそれなりの覚悟が要る。見合った代償がなければ納得できないんじゃないのか」

「思い出の詰まった場所だから、手放したいんです。親父を火葬してから何日か一人で住んでみたんですけど、母親のことも思い出して結構辛いんですよ。それに二人のことを思い出すと同時に牧瀬の顔も浮かびますしね」

研造の顔に翳《かげ》りが差す。

「思い出さないようにしても無理なんです。二人とも牧瀬一人に殺されたのだと思うと、何か胸を掻《か》き毟《むし》りたくなるんですよ。堪《たま》らなくなって、あいつが逮捕されたことを悔しく思ってしまうんです」

「何故かね」

「逮捕されて裁判にかけられたら、もう自分の手では殺せないじゃないですか」

「……検事を前にして、あまり物騒なことは口走らないでくれないか」

「すみません……でも検事さん。この歳になって初めて知りましたよ。人間って、こんなにも他人を憎めるものなんですね。牧瀬を思い出す度に眠れなくなっちゃうんです。失恋した時だってひと晩過ぎたら熟睡できたんですけどね」

「老婆心で言っておくが、なるべく早く忘れることだ。でなければ、いずれ君もどうかなってしまうぞ」

柄にもなく、岬は研造の肩に手を置く。両親を亡くした研造に、一瞬洋介の顔が重なった。

「辛さや憎しみが心の中に巣食うと、前に進めなくなる。そういう被害者遺族を今まで嫌というほど見てきた。君にはそうなってほしくない」

3

被疑者と被害者の自宅を巡って犯行時の様子を思い浮かべても、岬はまだ納得できずにいた。区検の鍋島《なべしま》検事正から呼び出しを食らったのは、ちょうどそんな時だった。

「寿司店主殺し、どうなりましたか。確か明後日が勾留期限のはずでしょう」

「それについては勾留期限の延長を請求する所存です」

「勾留延長。何か可児署の捜査内容に遺漏でもありましたか」

「遺漏はありません」

「それでは何故ですか」

「被疑者の供述に納得できない点が見受けられます」

「あの、アリバイとも呼べないアリバイの件ですか。被疑者の詐話《つくりばなし》ではないんですか」

「その他にも凶器に付着した指紋の件があります」

「最有力の物的証拠じゃないですか」

「だからこそ、裁判官の目からも盤石なかたちにしておきたいのです」

すると鍋島は、半ば呆れ半ば感心するように口を窄《すぼ》めてみせた。

「やはりさいたま地検のエースと謳われた岬検事ですね。堅実というか、慎重に慎重を期している」

慇懃《いんぎん》な口調だが、顔では遅鈍さを責めている。勾留延長も想定外だった様子だ。

「慎重居士《こじ》は望ましい態度だと思います。しかし一方、この管内で発生した重大事件は速やかに解決することが望まれています。大きな事件が少ない分、市民の関心が特定の事件に向きやすい。徒《いたずら》に長期化させるのは司法への不信を生みかねません」

区検だから大きな案件をいくつも抱え込むなという事情は理解できる。さっさと起訴して事件を終結させなければ、上位検察庁から睨《にら》まれかねないという危惧も分かる。だが、そもそも検察官とは検察権を行使する権限を有する〈官庁〉と定義されている。いわば検察官一人一人が独立した訴追機関だ。上位検察庁が何を苦々しく思おうが、検事正が何を焦ろうが、それで担当検事の判断を左右させられては原理原則から逸脱する。

「長期化が一般市民の不満を煽《あお》るのは確かでしょう。しかし不満であっても不安ではありません。遅鈍でも決して冤罪《えんざい》を作らないという姿勢は、必ず評価されます」

「……一理ありますね」

鍋島は唇の笑みを崩さなかったが、目は笑っていなかった。

「ロッキード疑獄で名を馳せた元東京地検特捜部の松田《まつだ》さんでしたかね。驕《おご》らず、気負わず、そして怯《ひる》まず。わたしの座右の銘でもあります。結構な姿勢だと思います。敬服しますよ」

「恐縮です」

「ですが、アーバンな地検とローカルな地検の相違も考慮してもらえればと思いますね。さいたま地検と御嵩区検では、一人の検察官が抱える案件の数は天と地ほども違います。そして当然のことながら注目度も違います。そして注目度が違うというのは、取りも直さず注力の仕方も違ってくるということです」

一理あるが聞いて呆れる。こちらの理想論に対して、きっちり現実論をぶつけてきたではないか。

「誤謬《ごびゅう》、遺漏の類いを排除するのは大いに結構。しかし小事に囚われて大事を逃す愚行も避けなければなりません」

「矛盾するような気がします」

「矛盾ではなくバランスなのですよ。岬検事」

鍋島は諭すように言う。

「原理原則は保持しつつ、その時々の要請に応える。小さな組織には、そうしたフレキシブルさが求められます」

ものは言いようだと感心する。相反する条件を並べ立てた上で自由裁量に任せろと言う。それができなければ最初から理想論を並べるなという恫喝《どうかつ》に近い。

「肝に銘じます」

そう言って頭を下げるしかなかった。

部屋に戻ると、早速紀藤がすり寄ってきた。今度は何だ。

「検事、新聞記者が面会を求めています」

「今度は外側からか……」

「えっ」

「何でもない。それにしてもこの区検では、記者との面会は珍しくないのか」

「頻繁にあることではないです」

「会うべきだと思うかね」

「会いたくない理由がなければ、会った方がいいと思います。マスコミと言っても、ここではご近所さんみたいなものですから」

紀藤の勧めに従って応接室へ向かうと、来客が待ち構えていた。差し出された名刺には〈東都《とうと》新聞岐阜可児支局　社会部十朱勇作《とあけゆうさく》〉とある。紀藤の話では、この土地では珍しい苗字ということなので自分と同じく他から流れてきた者なのだろう。

「早速ですが、牧瀬二郎の事件についてお訊きします。逮捕から八日目、明後日が勾留期限となっていますが、区検では未だ起訴に至っていません。何か問題でも生じているのでしょうか」

十朱の質問には早くも執拗《しつよう》さが見え隠れする。田舎で起きた事件にどれだけの疑心を抱えているかは不明だが、こちらが付き合う義理もない。

「特に何の問題も生じていません。検察として提出すべきものを精査しているだけです」

「しかし思いのほか、時間がかかっていますよね」

「何でもかんでも起訴すればいいというものではないでしょう。起訴するからには百パーセント有罪だと信じるに足る案件でなければ、世間も納得しない」

「検察が心を砕かなくても、既に世間は百パーセント有罪だと信じていますよ」

含みのある言い方が引っ掛かった。

「どういう意味ですか」

「殺害された男には殺害されるだけの理由がありませんからね。地元で牧瀬二郎を知る者のほとんどは被害者に同情的ですよ」

やや鼻持ちならない断定口調は新聞記者特有の言い回しだ。

「もう鑑取りでご承知でしょうが、被疑者の牧瀬二郎は地域で忌み嫌われている人物でした。度重なる婦女暴行に恐喝、詐欺、産廃の不法投棄。被害者建部庄之助さんの奥さんがどういう経緯で自殺したのかも周知の事実なので、地域住民は牧瀬が一刻も早く被告席に着くのを待っていますよ」

「その言い方では、まるで人民裁判のように聞こえる」

「勧善懲悪という文言だといささか古めかしくなりますが、今回の逮捕劇はまさにそういう趣でした。手錠を嵌《は》められた牧瀬がパトカーに押し込められるシーンでは、皆が快哉《かいさい》を叫んだことでしょう」

ここまで聞いて取材の意図が見えてきた。つまり未だ牧瀬の起訴に至らない検察に対し、住民代表として抗議しようという肚《はら》なのだろう。

「仰《おつしや》りたいことは大体分かりました。しかし検察が市民感情に迎合するのはどうかと思いますね。勧善懲悪は正しいことでしょうが、そのことと手続きの拙速はまた別の話です」

「まさか不起訴も視野に入れているのですか」

可能性の一つ、と言い掛けたが、すんでのところで思い留まった。

答えたことの全てが記事にされる訳ではない。不用意に不起訴などと洩らせば、その文言だけが独り歩きしかねない。誤報とまではいかないが、メディア発のデマというのはこういうパターンから発生しやすい。

岬はジャケットの襟に付けられた検察官記章を指し示した。

「失礼ですが、この記章の意味をご存じですか」

「もちろん知っていますとも。秋霜烈日。秋の霜と夏の陽射し。厳しい季節の様を、そのまま司法の厳格さ・刑罰の厳しさに擬《なぞら》えている。まあ後付けの理屈だという説も聞きましたが」

「記章をデザインした者の話では、均衡と調和をイメージした抽象的な意匠ということらしいですな。しかし後付けであろうとどうであろうと、厳格さが検察の象徴であることに変わりはありません。刑罰も厳格なら手続きも厳格。そして同時に、司法に従事する者も同様に厳格でなければならないという戒めです。それは十朱さん、あなた方新聞記者にも同様な戒律があるのではありませんか」

問われた十朱はぎょっとしていた。まさか質問していた相手から、己の職業倫理を問われるなど考えてもいなかったに違いない。

「まさか、記事は速報性のみを重視し、正確さ中立公平さは二の次三の次という方針でもあるのですか」

「とんでもない。速報性よりはむしろ正確さが優先するでしょうね。間違った情報、偏った報道では社会の木鐸《ぼくたく》という社会的機能が果たせなくなります」

「つまり、そういうことです」

ここまで言って伝わらないのであれば、今後この記者には何を語っても無駄だ。

「いやしくも一人の人間を断罪し、罰を与えようというんです。態様の見極めや手続きに時間がかかるのは当然でしょう。一度、自分が被疑者の立場になることを想像してみればいい。周囲の声に同調する拙速と、慎重を極める蝸牛《かぎゅう》の歩みと、好ましいのは果たしてどちらなのか」

二択を迫られた十朱は憮然《ぶぜん》とした表情だった。

雑音には耐性がある方だと自認していたが、内からは検事正、外からはマスコミの圧力をかけられると、さすがに気が重くなった。さいたま地検時代には感じなかったストレスを辺鄙な区検で味わうとは予想もしていなかった。

喫緊の案件とはいえ、一日中牧瀬の事件に関わっている訳にはいかない。殺人や強盗といった重大事件でなくても、交通違反、暴行、寸借詐欺といった微罪が送検されてくれば、殺人容疑と同等の手続きと時間を要する。微罪であっても雑事ではない。員面調書の読み取りや検事調べをこなしていくと、あっという間に定時がやってくる。自分一人がいつまでも残っている訳にもいかず、元より終電が二十二時二十九分なのでそれに間に合わせるしかない。

牧瀬の勾留期限は明後日に迫っている。鍋島へ告げたように勾留延長の請求を考えているものの、そうなれば圧力も今より強くなるだろう。

実際、自分が事件のどこに固執しているのかが曖昧だった。牧瀬への心証は果てしなくクロ。状況証拠も物的証拠も揃っている。十朱の前では大見得を切ったが、この段階で起訴してもおそらく検察側の勝ちだ。

無論、起訴状の下書きも済ませてある。罪名殺人、求刑は無期懲役。一人殺して無期懲役はいささか重い量刑だが、前科があることと殺人に至るまでの経緯を考え合わせれば妥当な線だろう。

起訴の準備は万端整っている。

しかしそれでも尚、岬は起訴に踏み切れずにいた。

電車に揺られて数十分、最寄りの駅から歩いて五分。マンションに着いても尚、頭の中は牧瀬事件で占められていた。

洋介は先に食事を済ませ、相も変わらず消音ピアノの鍵盤を叩いている。キッチンに行くと、半解凍になった鮭の切り身がパックのまま置いてある。これを電子レンジで温めろということか。

あまり食欲はない。風呂から上がってからでも構うまい。今は何より考える時間が欲しい。

風呂の追い焚《だ》きが終わるまでにはまだ時間がある。岬はキッチンのテーブルに牧瀬事件の捜査資料を拡げる。目を閉じれば目蓋の裏に文字が浮かんでくるほど読み込んだ資料だが、それでもまた同じページを開く。どこかに見落としや誤解はないかと点検してみる。

自分の固執している部分がいったい何なのか。どうすれば頭の中に漂う靄《もや》を払拭できるのか。

しばらく資料に目を走らせていると目蓋が重くなった。このところ疲れが溜まっていたので、その影響かもしれない。

五分だけ目を閉じていよう――頭の中からの囁《ささや》きに従った途端、猛烈に睡魔が襲ってきた。

目を開けると、正面に洋介が座っていた。寝入ったところを目撃された羞恥と、いつの間にか洋介が捜査資料を開いている光景で一気に覚醒した。

「何をしている」

「キッチンに戻ったら、テーブルの上でページが開いたままになっていた。それは嫌でも目に入るよ」

「返せ」

岬が手を伸ばすと、洋介は言われるままにファイルを差し出した。

「……どこまで読んだ」

「ほぼ全ページ」

「捜査資料の守秘義務については散々教えたはずだ」

「そもそも家庭にそんな資料を持ち帰る方が悪い。キッチンのテーブルに開きっ放しだから二重に悪い」

父親の失点を謳うように数え上げる。本人に悪気がないのは分かっているが、指摘事項がいちいち正しいので腹が立つ。

だが冷静に考えれば、落ち度は確かに岬にある。この件で洋介を詰《なじ》るのは筋違いというものだろう。

「今後は見掛けても不用意に開くな」

「まるで危険物みたいだね」

「危険物には違いない。このファイル一冊の中身で、何人かの人の運命が変わるんだ」

　すると洋介は神妙に頷いてみせた。

「ここ最近、お父さんを悩ませている元凶がその事件か」

「何のことだ」

「いつも考えごとしているし、食事中も心ここにあらずだし、一緒にいて気づかない方がどうかしている」

　岬は半ば啞然《あぜん》として息子の言葉を聞く。

　思い出した。この息子は論理的思考に秀でているだけではない。やたらに観察力が鋭く、当の本人が思ってもいなかったことまで指摘するのだ。

「そういえばさっき、ほぼ全ページを読んだと言ったな」

「うん、言った」

「内容を憶えているのか」

「記憶力はいい方だと思うよ」

それなら今更隠し立てしても意味がないということだ。

「明後日が十日間の勾留期限のはずだけど、きっとまだ起訴状を書いていないよね」

一瞬、返事に窮した。

「どうしてそんなことが言える」

「いったん起訴を決めた事件で、捜査資料を読み返すなんて滅多にしないじゃない」

そこまでお見通しだったか。

だが岬を本当に驚かせたのは次のひと言だった。

「全ページ読み通すと、お父さんが起訴に踏み切れない理由も何となく見当つくしね」

「何だって」

思わず腰を浮かしかけた。

「お父さん、完璧主義だからね。自分だけじゃなく、他人や捜査資料にも完璧を求めている。だからたった一つのちぐはぐさが、気になって気になってしょうがないんだろうね」

「説明してみろ」

「一見単純そうな事件に見える。動機も簡単に予想できるし、殺害のチャンスも方法も明らかだ。被疑者のアリバイは脆弱《ぜいじゃく》で心証も真っ黒。でもたった一つだけ全体のハーモニーから浮いている音がある」

息子らしい言い回しだと思った。

「単独で聴けばそれほどでもないが、不協和音だから余計に耳障りということか」

「うん」

「それはどこだ」

「凶器」

「しかし、出刃包丁が被害者を死に至らしめた凶器であるのは間違いない。司法解剖の結果でも刺創の性状は現物のそれと一致している。他の凶器を使用した後に出刃包丁を刺したというのは有り得ない」

「ええっと」

洋介は束の間、困惑したようだった。説明に困るというよりも、父親に理解できる言葉を探しているという風だった。

「お父さんを悩ませているのは、凶器に被疑者の指紋が付着している点だよ。現場では他に見当たらないのに、選りにも選って凶器に指紋が残っている。犯行の痕跡を消したと仮定するなら、凶器の指紋を拭き取り忘れるなんてちぐはぐもいいところだ。逆に凶器から拭き取り忘れたのなら、他の場所からも検出されなきゃおかしい。簡単に言ってしまうと、凶器に被疑者の指紋さえなければ、この犯行はすごくすっきりする。どこにも不協和音は生じない」

そうだ。それこそが違和感の正体だった。

指摘されると、喉に刺さっていた小骨が取れたような気分になった。

「これはきっと僕がお父さんよりも有利な立場にいるから気づくことができたんだと思う」

妙なところで気を使わなくてもいいと思ったが、口には出さなかった。

「何が有利なんだ」

「僕は演奏に親しんでいるし、一端に調理の真似事もしている。それはお父さんには縁のないことだからね」

4

それから二日後、つまり勾留期限の当日、岬は執務室に彼を呼び出していた。

「いきなり連絡をもらったのでびっくりしました。いったいどうしたんですか」

「本日が勾留期限の十日目になるので、一報を入れた。検察の対応を気にしていると思ったので」

「それはそうですよ。それで、どうされるんですか。やっぱり起訴するんですよね」

「いいや」

岬が静かに首を振ると、彼は呆気に取られたように見えた。

「それじゃあ期間延長なんですね。まだ捜査し足りないところがあったとか」

「捜査は完了している」

岬はそう宣言したが、正確に言えば全てが終了したのはつい昨日のことだ。洋介の指摘を受けて、新たな捜査をする必要が発生した。その鑑識結果が出たのが、昨日の午後九時過ぎだった。

「この事案は不起訴にする」

「何ですって」

よほど意外だったのだろう。彼の声はひどく上擦っていた。

「どういうことですか。犯人が牧瀬二郎だという動かぬ証拠もある。動機だってはっきりしている。それでいてアリバイはない。誰が見たってあいつ以外に犯人はいない。起訴したら百パーセント有罪だ。それなのに、どうして不起訴なんですか」

「理由は単純です。このまま起訴したとしても公判を維持できない。検察としては有罪を確信できる案件しか訴えることができない」

「だからどうして……」

「犯人は牧瀬じゃない。犯人でない者を訴えたら、後にどんな地獄が待っているか承知しているはずだ」

そう断言してやると、相手は口を半開きにしたままこちらを見つめた。やはり知っていたらしい。

すっかり騙《だま》されていた。しかし、岬は不思議に相手を憎む気持ちになれない。もし自分たちが同じ立場だったらと仮定すると、そうそう拳を振り上げるような気にはなれない。

岬としてはこの段階で話を終わらせたかった。事案は不起訴。その事実だけを伝えれば、それで充分だと思った。

ところが相手は承知しないらしい。顔色を変えて岬に迫ってきた。

「それじゃあ説明が足りない。牧瀬が犯人じゃないのなら、どうして出刃包丁にあいつの指紋が付いていたんだ。真犯人は誰だっていうんだ」

「真犯人も何も、第一これは殺人じゃない。もちろん牧瀬を殺人犯に仕立てるための狂言だったんだが、建部一人で準備したとも思えない。当然、協力者がいただろうな。そう、君のことだ」

途端に研造は表情を凝固させた。

「そこまで言うのなら説明してやろう。まず牧瀬のアリバイだが、ヤツが家を出た直後にペンキをかけられたというのは本当だろう。現場には痕跡がなかったが、代わりに興味ある証言を得られた。研造くん、君の大学も今は学園祭の季節だろう。君のサークルではどんな演《だ》し物を出すのかね」

「模擬店ですよ」

「らしいな。実は昨日、君のサークル仲間から聞いたんだが、君は看板作製を担当している。サークルの費用でラッカー系のペンキを大量に購入しているな。経理係のお嬢さんが丁寧に明細書を保管しておいてくれて大いに助かった。その明細書からペンキの色も種類も判明した。牧瀬の自宅に残されていたペンキ塗れのシャツと照合してみると、見事に一致した。つまり事件の当日、牧瀬にペンキをぶっかけたのは君だ。無論、目的は牧瀬を自宅に籠もらせてアリバイを成立させなくすることだ。一方、君はその足で友人たちと合流、市内のファストフード店で午後十一時三十分までのアリバイを確保する。これで君は容疑者リストから外される。同じ時間に別の場所では工作が展開されていたから、この時間のアリバイがないと君が疑われかねない。友人との会合は計画には不可欠だった」

検事さん、と研造は乾いた声を発した。

「ペンキの件は、まあ分かりました。百歩譲って僕が牧瀬にペンキをぶっかけたとしましょう。でも、それって精々軽犯罪でしょう。結果的にあいつのアリバイを不成立にしたからといって」

「まだ話は途中だ」

低い声で研造の言葉を遮る。

「ここからが狂言の種明かしだ。午後十時から十一時の間、君の父親は厨房までやってくる。店のドアは誰でも入れるよう開錠してあるのは確認済みだ。彼は凶器として用意しておいた出刃包丁の切っ先を心臓の上に突き立てる。この時、柄のアゴ側を握って先に付着していた牧瀬の指紋を掻き消さないように注意した」

喋りながら研造の様子を観察する。計画の全貌を知っていたとしても、その光景は思い出して気持ちのいいものではない。視線は岬を直視していたが、その目は感情に揺れていた。

「本来、自分を刺す場合はためらい傷ができるものだ。いくら決心したところで、やはりその時は躊躇《ちゅうちょ》して当然だ。だが君の父親は一気に自分の胸に突き刺すと、そのまま前のめりになって床に倒れた。無論、胸の傷が致命傷になるようにだ。自殺する勇気を称えるつもりは毛頭ないが、言い換えればそれだけ細君の仇《かたき》だった牧瀬が憎かったんだろう」

「何で偽装自殺なんて回りくどいことをしたんですか。そんなことなら直接牧瀬を殺した方が手っ取り早い」

「相手は多少なりとも喧嘩《けんか》慣れしたヤツだからね。一対一で対峙した時に殺せる確率は五分以下だ。まだ自分で自分を葬る方が確実に思える。それに殺してしまえば、君に殺人犯の息子という汚名を着せてしまう。それだけは避けなければならなかった。幸か不幸か……いや、この言い方は不謹慎だな。済まない。司法解剖で明らかになったように、君の父親は膵臓がんで長生きできるような身体じゃなかった。それで先の短い命を凶器にして、牧瀬の社会的生命を奪おうとしたんだ。いったん牧瀬が起訴されれば君のお母さんに対する非道な行為や、その他の余罪もぼろぼろ出てくる。前科持ちだから量刑の軽減も望めない。長期刑は免れない。刑期を無事に終えて出所したとしてもその時、牧瀬は六十過ぎ。真っ当な職にも就けず、半端者にもなれない。野垂れ死にするのが目に見えている。母親を奪った代償としては相応《ふさわ》しかったのかもしれないな」

説明の途中から、研造はゆっくりと俯《うつむ》き加減になっていった。今はもう、岬を直視もしていない。

その俯き加減の口から力のない言葉が洩れた。

「検事さん……まだ検事さんからは、凶器に付着した牧瀬の指紋について聞いていません。その説明がない限り、親父の自殺説はただの空論ですよ」

「建部さんは熱心な寿司職人だった」

「その点は同意します」

「厨房器具や道具も、自分の手に馴染むよう色々工夫していた。柄を短く切ったり滑り止めを貼ったりしていた。凶器となった出刃包丁もそうだ。柄は市販のものより若干長めだ。しかし考えてみると不思議だ。市販されている包丁の柄を短くするには切ればいい。では、長くするにはどうしたらいいか。簡単だ。他の柄と交換すればいいだけの話だ」

ここからを説明するのが、実は面映《おもは》ゆい。洋介から教えられたことをそのままなぞるだけだからだ。

「不勉強で知らなかったんだが、包丁の柄を交換するのは案外簡単らしい。交換用の柄がホームセンターに売っているくらいだ。だが建部さんが交換した柄は売り物じゃない。何と大工道具の柄と交換した。おそらくノコギリのような道具だろう。牧瀬は敷地内のプレハブ小屋に使い古しの大工道具を放置していた。留守を狙えば簡単に盗み出せる。盗んできた大工道具の柄には、当然牧瀬の指紋や掌紋がべっとり付着している。後は少し柄の方を加工してやればいい」

得々と喋ると罪悪感があるので淡々と話してみる。種明かしされれば馬鹿らしいほど単純な話で、岬自身が呆れ返ったほどだ。

洋介はこのトリックを楽器の部品交換から思いついたと言う。

『ピアノなら弦やフェルト、クラリネットならリード、フルートならコルクというように劣化した部品は簡単に交換できるようになっている。良いものほど長持ちさせようとするからね。それは調理器具だって同じだよ。演奏にも調理にも縁のないお父さんには、なかなか思いつかないだろうね』

だが、研造は最後の抵抗を試みる。

「それだって推論でしょう」

「いいや、立証済みだ。凶器の柄を再度鑑識に調べてもらったら、微量ながら機械油が浸潤していた。これも牧瀬のプレハブ小屋に飛散していたものと成分が一致した。〈寿司庄〉の厨房にあったはずの包丁にどうしてそんな機械油が沁み込んでいたか、別の解釈が可能なら訊こうじゃないか」

この言葉がチェックメイトの合図になった。

研造は力尽きたように、がっくりと肩を落とした。

不起訴の報告と説明を受けると、鍋島は短く嘆息した。

「岬検事。本当によくやってくれました。あのまま起訴処分にして公判を進めたら、冤罪になりかねないケースでした」

「いえ。わたしに十日間の猶予を許していただいた検事正のお蔭です」

本当は息子の手柄なのだが、それを口にすればもっとややこしい話になるので黙っていた。

「いやいや、さすがにさいたま地検のエースと称されただけのことはあります。あなたに早期の起訴処分を勧めた自分が恥ずかしい」

恥ずかしいのはこちらだ。称賛されればされるほど、自分の迂闊《うかつ》さを嗤《わら》われるようで背中の辺りがむず痒《がゆ》くなってくる。

「あの時は早期解決が区検に求められた趨勢《すうせい》でした。どうぞお気になさらぬよう」

「あなたがいてくれて大いに助かりました。しかし、やはりあなたのような人材は区検にはもったいない。もっと多くの、そして重大な事案の集中する舞台が相応しい」

鍋島はそれが報酬だと言わんばかりの顔で告げる。

「人事データシートを作成してもらいましたが、岬検事の希望は東京高検管内でしたね」

検事は毎年春になると、データシートに異動希望地などをフォーマットに入力させられるのが慣例だ。表向きは本人の希望を勘案して人事を決定した装いになっているが、個人的な特別の理由がない限り、なかなか叶えられる類いのものではない。

「希望内容に変更はありませんね」

「ありませんが、何故ですか」

「実は東京高検管内で欠員が一人出そうなのです。病状の悪化で日常業務をこなすのも困難とのことです」

「まさか」

「検事の異動は毎年四月と決まっていますが、欠員など特殊事情が発生した場合には特例が認められます。早ければ来月にでも内示が下るでしょう」

では、今のやり取りが意向打診だったのか。

「ありがとうございます」

岬は一応の礼をして検事正室から退出する。

鍋島から告げられた言葉を反芻してみる。八月に内示が下れば、九月中に十月一日付けの異動辞令を受け取ることになるだろう。異例中の異例だが、御嵩区検での任期はたった半年ということになる。

まあ、いい。

これまでも自分の人事は異例続きだった。今度もそれが一つ加わるだけのことだ。不遜《ふそん》なようだが、この土地に深い思い入れはない。ただし辺鄙な場所であっても司法システムは厳然と機能し、自分たちは己の知見を駆使して業務を遂行すればいいという教訓を得た。この経験値は決して無駄にはならない。

心は早くも東京高検管内に飛んでいる。栄転、いや、この場合は返り咲きといったところか。いずれにしても十月からは、あの多忙な日々が待っていると思うと胸が躍る。新しい任地、新しい土地、そして新しい事件。自分を待ち受けているものが何であるにせよ、己を奮い立たせてくれるのなら大歓迎だ。

不意に洋介の顔が思い浮かんだ。夏季休暇の真っ最中だが、洋介の在籍する音楽科は練習のために今日も登校している。

転校は洋介にとっても初めての経験だった。それがたったの半年で終わると知ったら、あいつはどんな顔をするだろうか。

それでも洋介にはちょうどいい機会だ。次の転校先は音楽科ではなく普通科にさせよう。今回の件で、洋介が犯罪捜査にも並外れた資質を持っていることが分かった。二人で協力して解決した事件。それだけでも半年間の転勤には大きな価値があった。

音楽家などにさせて堪るものか。あいつを必ず法曹界の住人に迎えてやる。

岬は庁舎の窓から土砂降りの外を眺める。

七月の後半になり、長雨が二日も続いていた。

本書は、二〇一六年五月に小社より単行本として刊行された『どこかでベートーヴェン』を文庫化し、加筆修正したものです。「Concerto　コンチェルト　～協奏曲～」は書き下ろしです。この物語はフィクションです。作中に同一の名称があった場合でも、実在する人物、団体等とは一切関係ありません。

〈次回、『もう一度ベートーヴェン』（仮題）をお楽しみに〉